クトゥルー・ミュトス・ファイルズ
The Cthulhu Mythos Files

クトゥルー短編集

魔界への入口

倉阪鬼一郎

創土社

クトゥルー短編集

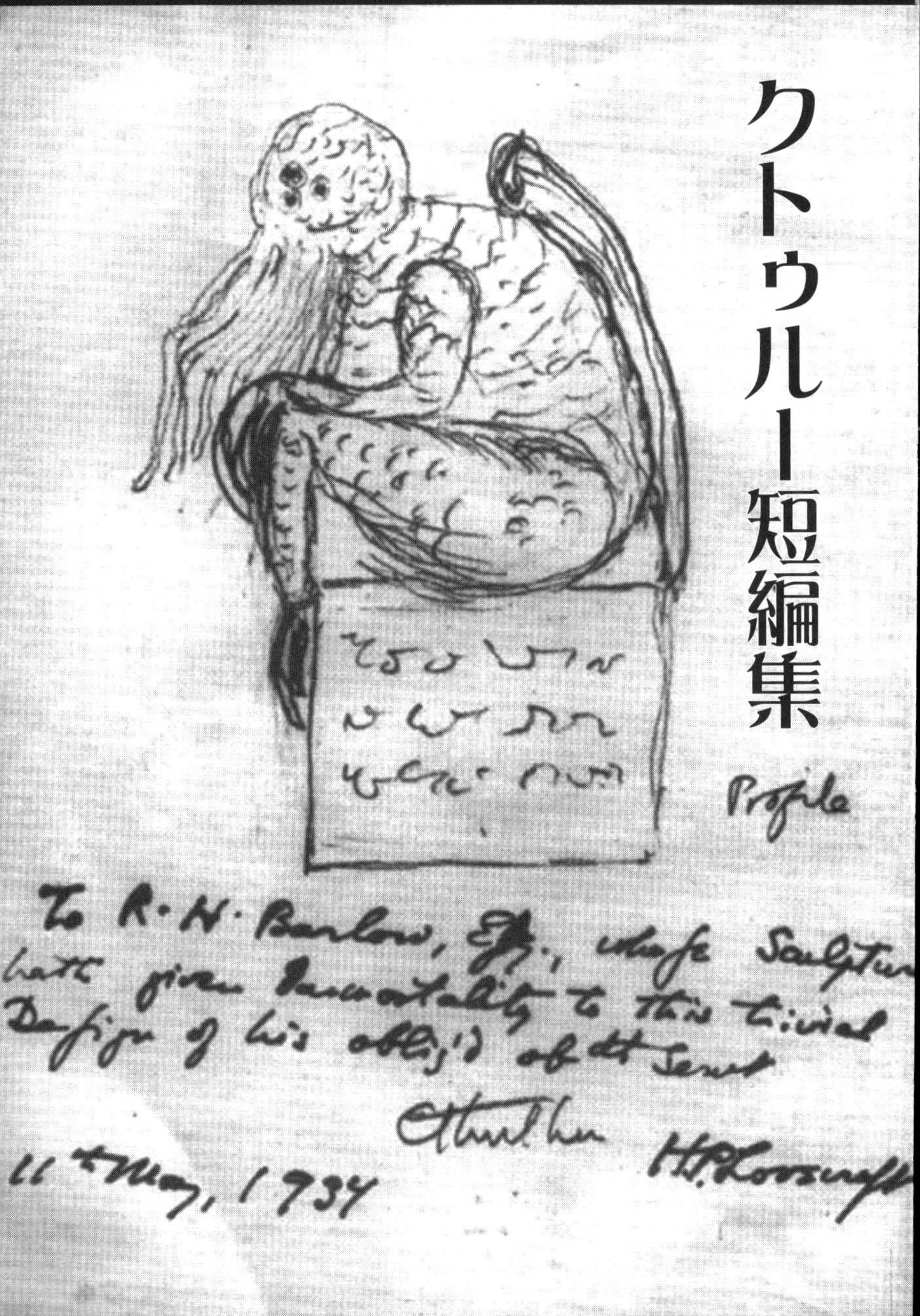

Profile
To R. H. Barlow, Esq., whose Sculpture
hath given Immortality to this trivial
Design of his oblig'd obt Servt
Cthulhu
H. P. Lovecraft
11th May, 1934

目次

混沌

彼方へ

混沌

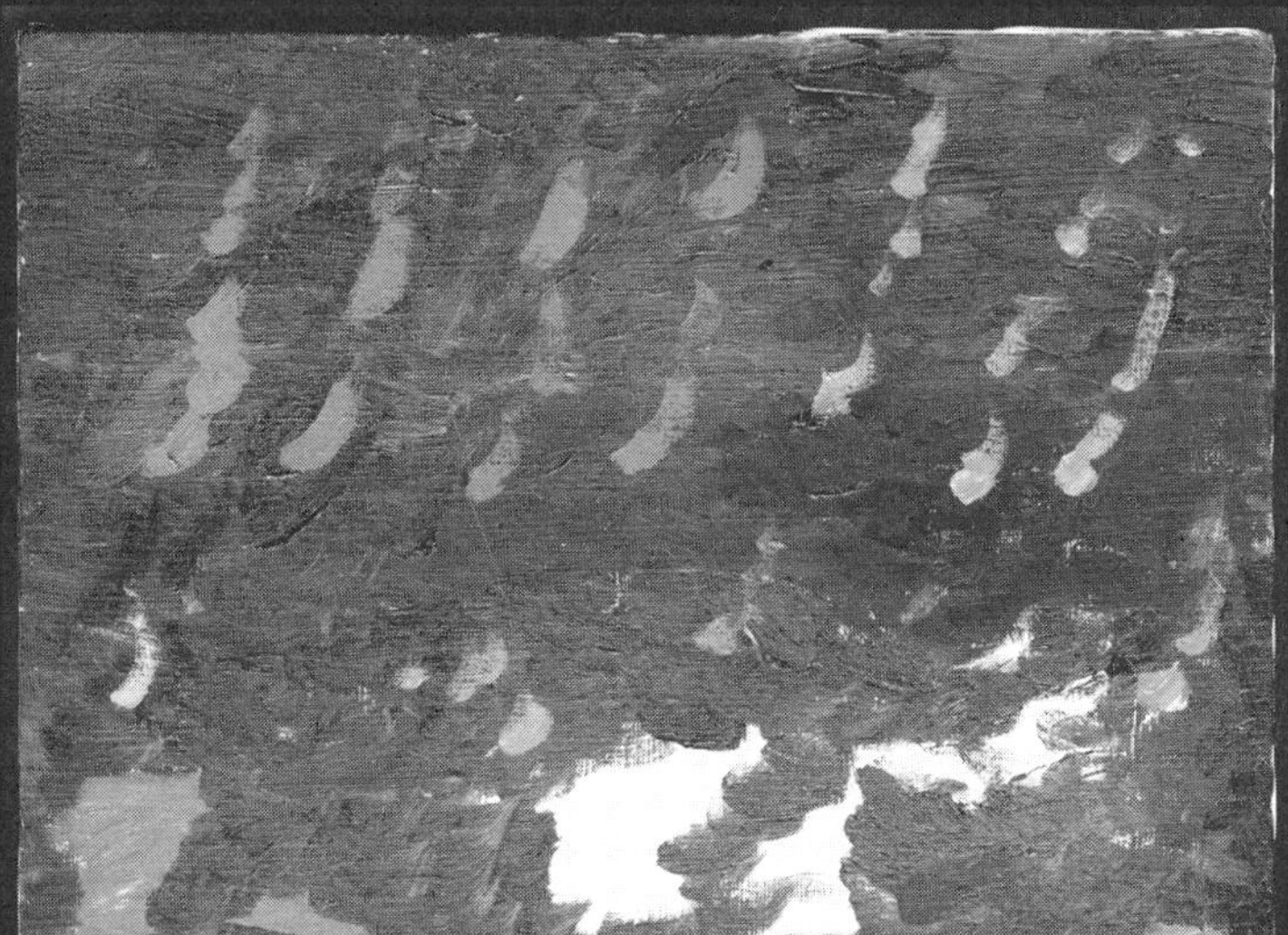

インサイダー

I

ナイル川のほとり、開《あ》かずの谷へイドス、墓窖《はかぐら》にさす光はない。闇は深く、時のとだえたこの人外《にんがい》の地に、おれは廃残《はいざん》の身を沈湎《ちんめん》させている。たとえここにあのつるつるした忌まわしいガラスが存在しても、闇がおれの姿を浮かびあがらせることはない。忘却の淵《ふち》に沈み、姿のない鼠《ねずみ》どもを友として、おれはこのネフレンカの墓窖に生きている。

しかし、記憶は不意に忌むべき朝の陽光のように甦ってくる。自分の名も来歴も顔さえ知らず古城《こじょう》に逼塞《ひっそく》していたころのおれ……。無知なるものは幸いなるかな、それはなんという平穏な日々だったことだろう。おれは生を享《う》けてより城の外へは一歩も出たことがなかった。月日は流れ、〈外〉への憧憬は日ましにつのった。そしてあの運命の日、おれは矢も盾もたまらず城を離れ、生まれてはじめて人間というものの姿を見た。だが、おれを歓迎してくれるはずの人々はおれの姿を見たとたんに算《さん》を乱して逃げ、宴《うたげ》は阿鼻《あび》叫喚《きょうかん》の修羅場《しゅらば》と化した。あとにはただ想像を絶するほど汚穢《おわい》をきわめた怪物だけが残された。そして、その醜怪な姿を映しているつるつるした表面が書に載っていた鏡というもので、映されているのがまぎれもないおれだということを知ったとき、おれは一切を失ったのだ。

おれにはもう光はない。世界はない、時もない。有史以来、無数の死者の魂を鎮《しず》め続けてきたこの知られざる墓窖が、おれにとっての新しい城だ。月に一度、満月の夜、大ピラミッドの下で開かれるニトクリスの宴の末席《まっせき》を汚す以外、おれは影さえも見ず、闇にまじる幽《かす》かな囁きを夢うつつに聞きながら眠り続けている。

宴はおれがまだ地上に生ある者として存在していることを証明する唯一のものだ。ここに集うものどもはすべて汚穢をきわめた怪物で、この時ばかりはおれも自らの姿を省ることなく心ゆくまで酔うことができた。絶滅したはずの恐竜や化鳥《けちょう》の末裔《まつえい》――彼らは怨恨《えんこん》を糧《かて》として生きのび、闇の領域で変形を重ねていた。世に容《い》れられず磔刑《たっけい》となった魔道士は、人間の痕跡をとどめないほどおぞましい姿に変貌していた。ピラミッドの贄《にえ》として埋められた無数の人間の肉が溶け、地下の聖水と混じり合い、砂漠の月光に晒されて発酵した芳醇《ほうじゅん》な酒を飲みながら、彼らは口々に怨嗟《えんさ》の言葉を吐いた。しかし、来歴の知れないおれはただ忘却するためにのみ盃を重ねていた。

ともすると暗くなりがちな宴をいつも盛り上げるのは、蛇のような縄のような混沌《こんとん》の怪物だった。彼はニャルラトホテップと呼ばれ、珍奇《ちんき》な踊りで座の者を喜ばせた。言語を解さず、まったく知性を有していなかったが、暗黒の果てに棲む異形の神々と交信する能力があると言われ、地下の闇から逃れる術《すべ》を持たないものたちから羨望《せんぼう》のまなざしを受けていた。

宴が進むにしたがって座は乱れ、怪物たちの形状はなおいっそう錯綜《さくそう》し、どれが誰の脚であるかも区別がつかなくなっていった。訳のわからないうめき声や突拍子《とっぴょうし》もない哄笑《こうしょう》がそこここで上がり、大ピラミッドをも揺るがすかのようだった。それも月が西方に傾くにつれて静まり、忌むべき陽光がナイルの川面に射す前に、ものどもは一月後の再会を約してそれぞれの闇へ帰っていった。

おれは二度、三度と宴の席につらなった。だが、顔なじみ（といっても、連中はどれが顔やら判然としなかったが）が増えてくるにしたがい、おれは妙な虚しさを感じるようになった。怪物どもはそろって自らの来歴を有し、怨恨の時間を満月に訴えるかのように語り続けた。最後の恐竜ザカリアスは、天変の際にシャンバラの万年氷の割目に陥ちて難を免れ、地下水系をさまよい続けた軌跡をどろどろの鱗《うろこ》を誇示しながら語った。魔性の賭博者グ・クワン・イは、レムリアの妖婆《ようば》バルキーダとの現身《うつしみ》を賭けて敗れた三千年以上も前の戦いについていまなお熱っぽく回想した。暗殺教団異端《いたん》派の総帥《そうすい》カリム・モハマドは、ついに自らの肉体までも変形せざるを得なかった禁断の教義を開陳《かいちん》した。そして酔いのまわってきたおれも、人間どもの宴に容れられなかった運命の夜のことを恥をしのんで語った。

だが、連中の反応は冷やかだった。そんなことは取るに足りないことだった。おれがいつから城に棲んでいたのか、おれはもともと何であったのか。彼らが知りたいのはそういうことだった。おれはしかし何も答えることができなかった。

座はにわかに白くなった。いつもなら腹をかかえて笑うニャルラトホテップの踊りも神経を逆撫でるばかりだった。髑髏《どくろ》の盃もすすまぬ。おれは知った。そう、おれはここでも局外者《アウトサイダー》だったのだ。

再び闇に沈湎しつつおれは考えた。おれはおれ自身のことについて何ひとつ知らない。知っているのは醜怪な姿だけだ。あの古城を建てたのは誰なのか。おれの前に誰が棲んでいたのか。そして、おれはどこから来たのか。

おれはこの無明《むみょう》の闇のなかで、記憶の蘇生を厭《いと》い、忘却を冀《こいねが》ってきた。だがその記憶はある一点でとぎれたままで、闇の彼方へとつらなろうとはしない。

城へ還ろう！　おれは決意した。城には万巻《まんがん》の書がある。あかずの部屋もある。おれがまだ知らない秘密がいくつも隠されているに違いない。

闇をのがれ、夜にまぎれ、おれはナイルの魔風《まふう》にのって彼の地をあとにした。

II

雨になった。饐《す》えた臭いが爛《ただ》れた鼻をつく。そして、激しい落雷とともにおれは真っ逆様に陥ちていった。光はない。だが、おれには見えた。濃い闇の芯に城がある。どこをどう辿《たど》ったかはわからない。石の扉を渾身の力でこじあけ、塔に登り、奇怪な樹木の森を抜け、触手をいくつか失いながら、おれはようやくかつての棲家に戻った。

城は以前と変わっていなかった。蜘蛛《くも》の巣が張りめぐらされ、高い天井は闇に溶けたままさだかに見えない。聞きとれないほど幽かな鼠の声は朽ちていく柱の音のようでもあった。おれはこの城にあるおびただしい白骨を思いながら泥のように眠った。

目ざめても光はなかった。蠟燭をつけるとほのかに視界が広がった。おれはかつてそうしたように、そのあわい光のもとで静かに書見《しょけん》をした。

青年の絵があった。まだ自らのおぞましい姿を知らなかったとき、おれもたぶんこのような青年なのだろうと思っていたものだ。四肢を伸ばした青年は黴《かび》臭い本のなかで薄く笑っていた。おれは頁《ページ》を引きちぎって火にくべ、忌まわしい過去を燃やした。

図鑑のたぐいもとりどりに揃っていた。おれは好んで深海魚や熱帯の獣の巻を繙《ひもと》いたが、どんな珍奇な生物であってもおれの姿の前には色を失くした。

魔術の書も多く、数段にかけて並べられていた。魔女や狼男について書かれた年代物の本のなかにはおどろおどろしい絵がいくつも挿しこまれていた。ニトクリスの宴で出会った者もいる。しかし、どこをさがしてもおれの姿はなかった。

おれはいったん書物から秘密をさぐることをやめ、どれほど広いのか見当もつかない城のなかを探索することにした。部屋の数は知れず、廊下は幾重にも曲がりくねっている。未踏《みとう》の階段をひとたび降りると、もうどこへ通じているのかわからない。

あわい蠟燭の光をたよりに、おれは日に夜をついで彷徨《ほうこう》を続けた。不意に足もとに浮かびあがった白いものが骨であったり、暗黒の部屋に入ると血に濡れた拷問器具が並んでいたりするのは常のことで、おれは潰れた虫どもの粘液に何度も脚をすべらせながら探索行に打ちこんでいった。

自室からの経路を記憶に刻みながら進んだ。さもないと容易に迷ってしまう。収穫のない彷徨を終えると、「ネクロノミコン」の数頁を眠り薬にしておれは疲れきった体を休めた。

狂えるアラビヤ人アブドゥル・アルハザードが記した魔道書「ネクロノミコン」はかねてよりおれの枕頭《ちんとう》の書だった。そのあまりに抽象的な内容はおれ自身の秘密を解く鍵にはならなかったが、高揚した文体は月光の酒に劣らぬほどの酩酊《めいてい》を感じさせてくれた。

これほどの書籍を揃えたのは誰なのか。この奇怪な建物はいつからここに存在しているのか。すべては闇に閉ざされたまま沈黙していた。

方角もわからぬまま、おれはまだ足を踏み入れたことのない場所へと憑かれたように進んだ。そしてあるとき、壁がふとやわらかくなったような気がした。押してみると、それは壁に据えられた秘密の扉だった。扉の向こうに螺旋《らせん》階段が続いていた。降りても降りても底は見えない。そのうちに降りているのか昇っているのかわからなくなった。激しい眩暈《めまい》がおれを襲った。

正気に戻ると、消えかけた蠟燭の炎の先にひとつの扉が見えた。中央に奇妙な紋章がある。魚の頭に細い矢が突き刺さり、柄の端にひとつの眼が据えられている。矢の黒眼と妖魚の白眼は互いに呼応し、魚の尾は弧を描いて全体を包括している。そして、矢を外すと扉が開き、その部屋におれを誘《いざな》った。

ついに来るべきところへ来てしまった。おれはそう直観した。部屋は狭く、体を伸ばすほどの余裕はない。正確に四角形であり、東西南北の壁はすべて黒と白のだんだら縞《じま》で彩られている。用意した予備の蠟燭を灯し、部屋じゅうを照らすと、正面の壁に一枚の肖像画が見えた。

楕円の枠に嵌《は》めこまれたその顔は、人間にも獣にも見えた。耳から口にかけて恐ろしい引きつれがあり、右眼はほとんど潰れていた。頭髪は抜け落ち、鼻は欠け、唇の端に浮かべた微笑がなおいっそう陰惨《いんさん》な印象を与えている。下の方に黒いサインがあり、かろうじてレイファー・アンドリュースと読めた。獣に溶けていく刹那《せつな》の人間――それがレイファー・アンドリュースの肖像画だった。

おれは飽かずその陰鬱《いんうつ》な絵を眺めていたが、ふと影が走るのに気づき、視線を上げた。天井の中央にまるい円盤のようなものがある。その中でおぞましい異形の影が蠢《うごめ》いていた。見憶えのあるつるつるした表面、反射する光、そして汚穢を極めた姿――。それは、まぎれもない鏡であった。

おれは瞬時に顔をそむけ、再び肖像画と向き合った。ふと気づいた。忌まわしい残像と崩れかけた顔が奇妙に似ている。レイファー・アンドリュースの顔をこの上もなく変形させると、二度と見たくはないおれ自身の顔になるではないか！

おれは衝動を忘れ、よりくまなく室内を照らしてみた。そして、扉の陰のちょうど死角となるところに小さな書箱が据えられているのを発見した。

箱に入っていた黒い本は普通の皮とは思えないしっとりとした肌ざわりの皮で装幀《そうてい》されていた。扉を開くと、奇妙にうねった字体で「暗黒録　レイファー・アンドリュース著」と記されている。おれは真上に鏡があることも忘れて憑かれたように貪り読みはじめた。

「ネクロノミコン註解《ちゅうかい》」という副題が示すように、これはあの晦渋《かいじゅう》な「ネクロノミコン」を解釈した書物だった。かつて記述されたことのない上つ世の歴史が、平明とはいえないにせよ「ネクロノミコン」の祭文《さいもん》とは較べようのない具体的なかたちで書き著されていた。ヨグ＝ソトホート、アザトートという二柱の神が究極の混沌の闇に存在し、原宇《ウル》宙の記憶をとどめる唯一にして全なる者としてこの宇宙を統括している。光を知らない闇、闇を知らない光を一如《いちにょ》とする混沌の極……云々の記述はさだかな像を結ぼうとはしなかったが、これらの神が想像を絶する大いなる力を有していることは充分察せられた。また、彼らの盲目の遣いとしてニャルラトホテップの名を見つけたときは思わず心がなごんだ。あの道化者が交信しているという暗黒の果てに棲む異形の神々とは、ヨグ=ソトホート、アザトートのことに違いない。神々は闇をつかさどっていた。彼らはこの星に時の種子を播《ま》いた。流浪《るろう》の神にとってそこは終《つい》の棲家《すみか》となるはずだった。だが、時は光を簒奪《さんだつ》して直線の路を歩みはじめた。この青い星の歴史は、時と地を奪回せんとする異形の神々と道具をもつ二本足のサルとの戦いの軌跡でもあったのだ。

だが……おれは書を閉じて黙考《もっこう》した。このレイファー・アンドリュースという男はいかにしてこのような秘密を知ったのか。また、何故《なにゆえ》に人間から獣へと変形せざるを得なかったのか。

おれは先祖と思われる男の爛れた顔を凝視した。そして、そのなかにおれではないもうひとつの顔を見いだした。引きつれをとり、鼻をつけ、右眼を添えると、意外にも端正な青年の顔になる。おれがまだおれを知らなかったころ、日夜ひもといていた書の挿絵の青年（先刻おれが引導を渡してやった）とそれは生き写しだった。その書はよほど古い時代にものされたユートピア譚《たん》で、人類の理想郷を求める青年の彷徨が描かれていた。それを信じ切っていたころの苦渋《くじゅう》とともに、おれは細部に至るまでいっさいの内容をたどることができる。その著者の名はセバスチャン・アンドリュースだった。

もはや疑う余地はない。この古怪な城はアンドリュース家のもので、おれはその数十代目かの末裔なのだ。

「暗黒録」を書箱に戻し、おれはさらにはっきりした確証を求めて別の文書に触手を伸ばした。

巻物のようなものがあった。破損しないように注意して広げてみると、変色した羊皮紙《ようひし》の上にいくつかの名前が点在していた。それらはとりどりの線によってつなげられ、一本の幹の存在を示していた。アンドリュース家系図――上方にひときわ濃い文字で記されている。

それによると、レイファーはセバスチャンの孫にあたることがわかった。おれは先祖の血の跡を入念にたどった。一見それは通常の家系図と変わらないようだが、レイファーの周辺だけが異様だった。嫡子《ちゃくし》関係は縦、兄弟は横というふうに整然と構成されている家系図のなかで、レイファーのところのみ左上方へ向けて斜線が引かれている。しかもその線は、他が墨で記されているのに対し、黒ずんではいるがまぎれもない血でなぞられていた。線の先に文字はない。文字があるべき部分は焼きとられでもしたかのように欠損していた。

同じような斜線は下方にも見えた。おそらくこの家系図を作成したのはレイファーなのだろう、彼の子孫はどこにも書かれていず空白が下方を領《りょう》していたが、紙がまさに尽きんとする縁《ふち》へ向けて、おそらくおれの名前が記されるべき地点へ、血の斜線がレイファーのものと平行にくっきりと刻まれていたのだ。そこも何者かによって焼かれており、文字は封印されたままだった。

おれは「暗黒録」に記された神々の名を反芻《はんすう》した。ヨグ＝ソトホート、アザトート……。抹殺された部分にはそれら秘密の名前が記されていたのではないか。ヨグ＝ソトホート、アザトート……低く声に出して呟いてみる。先祖レイファー・アンドリュースは大いなる神々と交信し、ためにその現身をかくのごとく変貌せざるを得なかったのではあるまいか。

見ると、男の顔は先刻よりいっそう崩れ、全面にわたって肉が爛れはじめていた。ヨグ＝ソトホート、アザトート……呟いているのはおれだけではない。唇の端の笑いははっきりとそれとわかるほどになり、ねじれたまま幽かに蠢動《しゅんどう》していた。

不意に息苦しくなってきた。全身がカッと火照っている。絵のなかだけでなく、音は上方からも響いている。深層の鏡のある部屋へ、闇を縫って、気配が浸透してくる。おれは業火《ごうか》に焼かれ大崩壊をはじめているアンドリュースの城を幻視した。やがて煙はこの最下層の部屋にも確実に侵入してくるだろう。

レイファー・アンドリュースは快哉《かいさい》を叫ぶかのようにおれを凝視《みつ》め、腐った粘液を顔面から間断なく滴らせた。おれは呆然と上を見た。二つの顔はしだいにゆらぎ、やがて全く同じになった。

ヨグ＝ソトホート、アザトート……声はさらに下からも響いてくる。床が揺れる。おれはこの城の最後の調度となるであろう鏡の真下に、隠された井戸があることを知った。

床板を外すと、底知れぬ闇が続いていた。白い縄梯子が数段まで姿を見せている。だんだら縞の壁はもうどちらが黒か白か判然としない。塔が崩れ、書は焙《あぶ》られ、忌まれた家は無に還るべく炎に狂っている。

肖像画が落ちた。そこにはもう顔はなく、ただどろどろの粘汁だけが蠢いていた。異形の神の名を呼ぶ声はひときわ高まった。

おれは縄梯子に手をかけた。そして、その暗黒の洞《ほら》にのがれようとした瞬間、脆い触手はいともたやすく削げ落ち、おれは無間《むげん》の闇へと落下した。

Ⅲ

闇は落下の速度が増すにしたがって濃くなり、一瞬真っ白になった。そして、より広い奥行きと深さをもつ暗黒と化した。

おれがその世界で最初に見たのはなつかしい影だった。蛇のような、縄のような混沌のものがおれを先導して進んでいる。

ニャル！

蛇は自らの意思をもたず、闇の彼方からの指令を受けて奔《はし》っているようだった。ニャルラトホテップにいざなわれてやがて逢着するであろう場所に、世界のいかなる文字や知によっても闡明《せんめい》されたことのない神秘が潜んでいるにちがいない。おれは何も考えずに暗黒の世界を流れていった。

かつてはその表面に生物をとどめていたかもしれない星の破片……そのあいだを縫って宇宙飛行士の死骸がゆっくりと流れていく。色はなく、出口もない。ニャルラトホテップはさらに濃い闇へと進路をとった。

速度が増すにつれ、削ぎとられるような痛覚がおれの全身を襲った。触手が、脚が、粘液が……ひとつずつ失われていき、ついに何もなくなったとき、混沌の蛇も不意に姿を消した。

あとには闇だけが残った。だが、それはただの闇ではなかった。

これ以上濃くなればすぐさま光と化してしまうような究極の暗黒は見えないままに渦巻いていた。その混沌の中心に何かがいる。意思をもった大いなるものが存在している。おれは前方へ思いのかぎり念を発したが、それはニャルラトホテップ同様、応えようとはしなかった。

混沌の闇の果てには何もなく、すべてがあった。それはいっさいの闇を統禦《とうぎょ》する究極の存在だった。おれは前方へ進めぬまま、闇の波動に瞳を凝らした。

気配がする。気配は幽かな音になり、高まり、やがて明確な声をともなった。

ヨグ＝ソトホート、アザトート……

ヨグ＝ソトホート、アザトート……

宇宙の縁から響く暗鬱な声とともに、闇の混沌の芯に一点の光がさした。それはたちまち七色のオーロラとなり、明滅しながら凝縮していった。

光るものは究極の闇と不即不離《ふそくふり》の存在だった。同様の意思をわかち、うねり、それでいて形状は著しく異なっていた。おびただしい数の虹色の球体が増殖と死滅を一如としながら蠢いている。意思はどの球体にも宿り、全体でまた一つの純然たる意思を贖《あがな》っていた。一にして全、全にして一なる虹色の球体の集積ヨグ＝ソトホートと、究極の混沌たる物云わぬ神アザトートは、瞬間ごとに現れては消え、互いに溶けては離れつつ、いま、おれの眼の前に在った。

おれの念の中心へ向けて、おれにもわかる言葉で、ヨグ＝ソトホートの声が響いてくる。それは、原宇宙から現在に至るまでの封印された恐るべき歴史の啓示であった。

原宇宙の破滅から現宇宙へ、時の発生、光の流離《りゅうり》。「暗黒録」の世界は虹色の力によって連綿と語られた。闇の虚の一角に円型の舞台ができ、さまざまな影が現われては消えていく。さだかならぬ像はいくつもの胎児になった。同じに見えたそれらは微妙に異なり、ひとつの胎児だけがぼうっと光りはじめた。ヒトと呼ばれる二本足のサルの誕生だった。

原宇宙の記憶を共有する神々は宇宙のへりにあたる闇の領域にいた。もはやそこ以外に安住の場所はなかった。

遠い昔、彼らは彷徨の果てにひとつの輝く星を見つけた。そしてその星を終《つい》の棲家とすべく一つの小さな時の種子をまいた。しばらくは平穏な日々が続いた。〈気〉のみをもち固有の形象を有さない彼らのかわりに海神クトゥルーがつかわされ、深海深く都を築き、地上の安寧《あんねい》を護っていた。星と混沌の闇との交信はニャルラトホテップが受けもった。この星で五十六億七千万年の月日が流れ、時の実がたわわに熟するとき、原宇宙の残存者、現宇宙の隠された二柱の神ヨグ＝ソトホートとアザトートは完膚《かんぷ》なきまでに合一《ごういつ》し、最も美しい唯一無二のものとして地上に降臨するはずだった。それまでは、ときおり訪れるニャルラトホテップの「万事良好」という短い知らせを聞きながらただ待っていればよかった。

だが、時の種子は予測を上回る速さで育ち、思わぬ副作用を生ぜしめた。二本足のサルは火を作り、道具を知った。それは神々にとっては予期せぬ脅威であった。現宇宙での最新科学に相当するものが〈時〉と〈光〉だった原宇宙とは全く異なった構造が生まれたのだ。光は簒奪され、時は直線となり、激しく流れはじめた。五十六億七千万年後、現宇宙に再生されるであろう原宇宙の至高都市は、このままではまぼろしとなってしまう。神々は怒り、何度か反撃を試みたが、構造は崩れず、ますます堅牢《けんろう》となり、前線のクトゥルーは意気沮喪して海底都市でいたずらに日を重ねるようになってしまった。

しかし、ヒトのなかにもごくまれにこの大いなる秘密に気づいた者がいた。狂えるアラビア人アブドゥル・アルハザードは精神の薄明《はくめい》に幻影の世界を垣間見《かいまみ》、禁断の魔道書「ネクロノミコン」を遺した。抑圧に抑圧が重なり、地上の構造から逸脱《いつだつ》したひとにぎりの偉大な直観をもつ者だけが神々の姿を見ることができたのである。なかにはヨグ＝ソトホートの虹色の球体の集積を「三千世界いちどにひらく梅の花」と表現した教祖もいた。

大貴族の末裔、最後の異常者レイファー・アンドリュースも〈選ばれた者〉のひとりであった。幽閉されたユートピスト、セバスチャン祖父から憂鬱な気質を受け継いだ彼は、少年の頃に一揆で父母を惨殺され、性格が一変した。素性の芳《かんば》しからぬ女を娶《めと》り、日夜血に濡れた狂宴《きょうえん》をくりひろげたのである。川辺には生首がうちならび、アンドリュース城は悪鬼《あっき》の城として近在の衆から恐れられた。

長ずるに及んでレイファーの乱行はしだいに目を覆わんばかりになっていった。孕《はら》み女をかどわかして淫殺するくらいは常のことで、先祖伝来の土地を削って無数の魔道書を買いこみ、満月の夜には欠かさず魔宴《サバト》を開いて幾人もの贄を犠牲にした。

こうして狂乱の日々を送るにしたがい、レイファーの精神は蚕食《さんしょく》され、しだいに現実の構造から逸脱していった。そしてついに異形の神々を幻視し、黙契《もっけい》を結ぶに至ったのだった。彼もまた原宇宙の種族の一員となり、道具をもたない神々や海底に眠るクトゥルーの代わりにヒトすべてと戦うという壮絶な任務を担わされたのだ。

彼はまず「暗黒録」を記し、各国からあまたの魔術師を館に集め、地上転覆のための秘策を練りはじめた。だが、その蛮行に憤った民衆のために、途《と》につくまえに父母と同じ運命をたどったのだった。

末代数百年、我が家系ヒトならざるものとなるとき、我ふたたび悪夢とともに甦る。

そんな最期の言葉を遺し、レイファー・アンドリュースは鋭い槍で胸を突かれて果てた。死骸からはおびただしい血が噴き出し、見る見るうちに汚穢のものに変形していったという。

そして月日は流れ、ヒトからの変形を全きまでに完了したおれが、呪われたアンドリュース家の末裔が、いま、この宇宙の果ての暗黒空間で、忌むべき、否、**聖なる**ヨグ＝ソトホートとアザトートを前にして呆然とただずんでいるのだ。おれはもうアウトサイダーではない。原宇宙の記憶をとどめた一人の確固たるインサイダーなのだ。

怨恨の歴史を語りつぐあいだ、ヨグ＝ソトホートの声はしだいに細らんでいった。虹色の光は徐々にあわくなり、はっきりとその衰弱が認められた。物云わぬ神アザトートも無辺《むへん》世界に拡がる均質な闇と変わらぬまでに衰えていた。

円型の舞台に幽かに青い星の姿が映し出された。それはもはやヒトの星であった。五十六億七千万年の彼方、その地に至高のものとして降臨するはずだった二柱の神は、ヒトがヒト自身の手によって造った道具や機械が増殖するにしたがって少しずつ死期を早めていったのだ。

虚の舞台は一瞬暗黒と化し、〈気〉の残照が原宇宙の記憶をよみがえらせた。至高都市の面影が想いのこもった最後の映像として映し出されたのである。

もうどこにも存在しない原宇宙の都市――。そこには数々の動くものがあった。動くものから発せられる光はまたべつの動くものへと通じ、すべては混然一体となって揺曳《ようえい》していた。あらゆる光は塔のごときものを媒介《ばいかい》としてさらに濃い光となった。
彼方には暗黒があった。それは大いなる光の源であった。闇と光とは至高都市をとりまく虚の空間で聖なる交合をし、時と名づけられた嫡子を生み出していた。
とりどりの色に彩られた動くものもまた光と闇の嫡子だった。動くことをやめたとき彼らは死に、闇へ還った。そして一条《ひとすじ》の光となって再生した。彼らは同じ闇と光を共有する単一の種族なのだ。
そしていま、この現宇宙のへりにあたる黒洞々《こくとうとう》たる闇のなか、原宇宙の残存者もまた蠢動することをやめようとしていた。だが彼らにとって還るべき闇はなく、再生の途《みち》は全きまでに閉ざされていた。

往《ゆ》け、往きてクトゥルーに見《まみ》えよ……

低く、重く、ヨグ＝ソトホートの最期の声が響く。

往け、往きて大いなる光と時を奪回せよ……

そう言い遺すと、虹色の力は輝きをなくし、究極の混沌の闇とともに無へ還っていった。
名づけようもない暗黒だけが残った。聖なる闇、そして暗黒の世界。いっさいの〈気〉は失せ、おれだけがとり残された。

おれは従容《しょうよう》とその場を去った。ふたたび現れたニャルラトホテップに先導されて闇路《やみじ》を進むにしたがい、触手が生え、無数の脚が伸び、まぎれもないアンドリュース家末裔の汚穢の姿となった。

往け、往きて大いなる光と時を奪回せよ……


ヨグ＝ソトホートの声が頭のなかで幾重にも反響する。

やがて、青く輝く星がおれの行く手を塞《ふさ》いだ。

Ⅳ

クトゥルーの棲むル・リエーはポナペ島の沖に沈む海底都市である。おれは光のささない海の底深く、奇妙な魚たちの灯だけを頼りに彷徨を続けた。

何カ月もの時が過ぎ、無数の魚がおれの頭上を横ぎった。おれの姿を見ると、どんなに鋭い牙をもった猛魚も慌てて逃げ去っていった。

そしてある日、ついに深海に眠る廃都《はいと》に逢着《ほうちゃく》した。水流に蚕食されていまにも崩れようとしている神殿の柱には、アンドリュース家の地下室の扉にあったものと同じ紋章が刻まれていた。

暗い神殿に入ると、盃を傾けていたさまざまな異形の者がいっせいに頭《こうべ》を上げた。もう何千年も来訪者は途絶えていたのだ。来歴を述べると無数の光る鱗をもつ魚神が応じ、しばらく待つように言った。酒が疲れきった体を癒してくれた。年に一度、月光は海底に届く。その光を受けて水死者の骸が少しずつ発酵する。こうして長い年月をかけて造られたのがル・リエーの美酒なのだった。

それにしても、そこは静謐《せいひつ》な都だった。走る影はなく、ものどもは一様に物憂そうに盃を傾けていた。七色の条《すじ》をもつ石床のうねりのほうがよほど息づいていた。かつての前哨《ぜんしょう》基地はもはや幽閉者の城なのだ。

ややあって再び魚神が現れ、おれを奥へ招じ入れた。珊瑚《さんご》に囲まれた長い回廊《かいろう》を抜け、突きあたりの暗い部屋に入ると、クトゥルーもまた静かに酒を飲んでいた。偉大なる海神は大きな鉤爪《かぎづめ》をかざして来訪者に応えた。腐った蛸の集積のような体からは間断なく臭気と酒気が発せられ、長い濃緑色の翼には倦怠《けんたい》の色がまざまざと浮かんでいた。

おれはいささか気圧《けお》されながら神々の終焉《しゅうえん》について語った。ヨグ＝ソトホートの最期の言葉を聞いたとき、クトゥルーのあるかなきかの瞳に一瞬動揺の影が走ったが、またすぐに白くなった。

Nevermore……

クトゥルーは幾筋もの皺《しわ》が刻まれた吸盤状の唇から低い声を洩らした。

私はもう戦うつもりはない。何かをしようと決心した瞬間、頭のなかを白い影が横ぎり、とたんに意気沮喪してしまうのだ。いまの私にできることは酒を飲むことと眠ることだけだ。私はまだ生きている。死ぬことはたやすい。いつでも死ねるという想いがあるからこそこうして永らえているのだ。ヨグ＝ソトホート、アザトート……遠い昔のことだ。祭りの時代は終わった。そして私に残されたのは、この誰のものとも知れない髑髏《どくろ》の盃だけなのだ。

盃をあけ、クトゥルーはしばし沈黙した。書棚には支那《しな》の古い思想書がところ狭しと並べられている。おれは誇り高い原宇宙の末裔として熱っぽく奔意《ほんい》をうながしたが、蛸の化物は触手をわずかに動かしただけで応じようとしない。

私は病んでいる。その病があまりにも多く分散しているがゆえに、私はどうにか生きていられるのだ。……失礼、久々に話したので疲れた。これから眠ろうと思う。

クトゥルーはそう言い終わると、ゼラチン状のどろどろの体を横たえ、それきり動かなくなってしまった。もうどんな説得もこの疲れきった前線の司令官には無駄だとおれは悟った。往け、往きてクトゥルーに見えよ——ヨグ＝ソトホートはそう言った。だが、光と時の奪回は、たったひとりのインサイダーとして、おれ独りで成さなければならない。しかし、クトゥルーを失ったいま、いったいどういう手立てがあるというのだろう。

おれは部屋を辞し、ル・リエーの館のなかをくまなく探索した。水と時の重みによって変形を強いられたものどもがそこここで酒をあおっている。眼に光がない。おれはあきらめず協力者を探した。きざはしのなかほどに、まだ幽かにヒトの面影をとどめている者がいた。魚臭を発しながら少しずつ確実にヒトならざる者に変形しはじめている男は、おれの姿を見て顔を上げた。おれは間髪を入れずに語りかけ、ル・リエーの都に至るまでの来歴を簡潔に語った。

インスマウスから来た、と男は言った。魔法にかけられた土地インスマウスから井・ハンスレイを経てこの地に着いた男は、最後にル・リエーに来た新参者だった。彼もまた酒に溺れ、この腐った貝の臭いがする廃都に沈湎していたが、ひとつだけおれの行く途を示唆する言葉を残してくれた。

ここにはもう何もありません。心残りのある者は〈夢の胎蔵界《たいぞう》〉へ行くのです。最も深い海溝からさらに奥へ一つの穴が続いているそうです。そこへは水さえも流れこむことができません。内部へ、内部へと進んでいくと、すべての神秘を包含する〈夢の胎蔵界〉へたどり着くということです。もっとも誰も帰還した者はありませんから、そこがどんな世界なのかはわかりません。私のいとこも姿を消して久しい時が流れています。どうやらあなたはここの住人になることはできないようだ。命は保証しませんが、往《い》ってごらんなさい。私がお教えできることはそれだけです。一人として見た者はないのに、〈夢の胎蔵界〉の存在だけは誰もが知っているのです。

おれは丁重に礼を云うと、館を去った。誰も還ってきたことがないという不安より、往くべきところができたという想いのほうが強かった。

〈夢の胎蔵界〉へ！

おれはさらに濃い闇を求めて深海を降っていった。

V

異様な水圧だった。もう魚さえどこにもいなかった。ただいちめんの暗黒——。だがそのなかに懐かしい神々の姿はない。おれはおれ自身の〈気〉のみをたよりに出口を探した。そして黒い濁流が押し寄せ、いままさに無に還元されようとした瞬間、おれは唐突にその空間に投げこまれていた。

おれはひとすじの黒い穴を際限なく落下していった。そこには依然として光はなかった。内部へ、内部へ、〈夢の胎蔵界〉へ、ヨグ＝ソトホートの言葉を反芻し、眠れるクトゥルーに別れを告げ、おれはおそらく最後となるであろう旅に身をまかせた。

やがて永劫にもわたるような長い内部への旅が終わり、その世界に目醒めたとき、おれはあまりのまばゆさにしばらく眼をあけることができなかった。

とりどりに彩られた球体が明滅している。その数は測り知れない。無数に光る球体が瞬間ごとに膨らみ、しぼみ、生まれては消え、壮大なパノラマを形成している。そのひとつひとつがヒトの〈夢〉なのだった。

眼が慣れてくるにしたがい、おれはそれぞれの球体が微妙な違いをもっていることに気づいた。鈍色《にびいろ》の小さな球はさしたる変化を見せず、消滅を間近にひかえているように感じられた。いっぽう鮮やかな青色の球は変動が激しく、大きく膨らんで赤色に変わったと見ると、たちまちひび割れて黒くくすんだ。同じヒトの夢であってもこのような違いがあるのだ。また、微粒子ほどの小さな黒い球もそこここに認められた。それはいまだ意識をもたない動物たちの夢だった。これらありとあらゆる生命体が夜ごとに育む夢が無数に集まって形成された世界こそ、すべての神秘を包摂して蠢動する〈夢の胎蔵界〉なのであった。

仔細《しさい》にひとつひとつの球体を眺めると、その内部にいくつかの映像が認められた。明るく光る球は楽しい夢を内包し、暗く輝きを失った球はおぞましい悪夢を映し出していた。それらは瞬間ごとに明滅を繰り返し、同じ色を保ち続けるものは稀だったが、ただどす黒く澱んで十文字にひびが入ったものは二度と輝くことなく、やがて消え去っていった。

おれはその暗い球のひとつを覗きこんで思わず声をあげた。そこにはおれにこの世界の存在を教えてくれたインスマウスの男と瓜ふたつの顔があったのだ。顔はほどなく球とともに消滅した。それは悪夢を見た人間の死を意味していた。原因不明の死は、夢のなかでこれら異形の者の姿を見たがゆえに起きるに違いない。眠れる都ル・リエーを抜け出し、徒手空拳《としゅくうけん》でこの世界にたどり着いた彼らにできるのは、こうして一人ずつ生命を奪っていくことだけだった。

おれは暗澹《あんたん》たる思いで〈夢の胎蔵界〉を見回した。ここには何千億とも知れぬ夢の球がある。その一つ一つを消していっても、すべてを抹殺するわけにはいかない。無意味なことではないか！

おれは瞑目《めいもく》して策を練った。そして何も思い浮かばぬまま再び眼をあけたとき、最初に映ったのはいまだいかなる色も持たない小さな光る球だった。

それは、胎児の夢だった。地上に生を享けるとそれぞれの色に染まっていくが、胎内にいるときの夢の球は色を持たず、一様に光り輝いていた。

おれは憑かれたように小さな球体の内部に瞳を凝らした。そして、恐るべき映像を発見したのである。原形質から最も原始的な生命の形態へ、すでに滅びた数々の動物へ……因果の流れは連なり、まぎれもないヒトの胎児の映像を得たとき、球はにわかに色づきはじめた。そう、原始生命からヒトに至るまでのありとあらゆる進化の諸段階が胎児の夢のなかに映し出されていたのだ。

おれはここで一計を案じた。胎児が夢を見終わり、まさにヒトとなろうとする刹那、ひとつの呪文を唱えてみたのである。

イア！　イア！　ヨグ＝ソトホート、アザトート、彼岸へ往ける者よ、われに大いなる力を与えよ、闇から生まれた光は闇に還らねばならない、ングァ・グァー、フタグン、イア、イア！

すると、どうだろう。胎児の夢はさらに続き、ヒトならざる異形の怪物の影が映し出されたではないか！そして胎児が胎児でなくなったとき、球はかつて存在したことのないまだらの色に彩られたのである。

おれは狂喜し、白色の球を見つけると何度も繰り返し呪文を唱えた。そのたびに胎児は進化の果てに人間以上のものとなっていった。

もうおれは何も考えなかった。ただ一心に唱え続けた。地上でならとうに即身成仏しているに違いない。

IA! IA! YOG-SOTHOTH
AZATHOTH
WGAH'NAGL FHTAGN

だが、五十六億七千万年の後に地上に降臨するはずの仏はもはやこの宇宙のどこにも存在していなかった。神々の最後の力は、いま、たったひとりのインサイダーとしてこの〈夢の胎蔵界〉にいるおれの内部に宿っている。

まだらの球体は着実に殖えていった。ヒトならざるものの胎児には呪文を唱えないでもよかった。そして、精も魂も尽き果てたおれが聞きとれないほどかすれた声で最後の呪文を唱え終えたとき、すべての球体はまだらに彩られていた。

それはおれがアンドリュース家の来歴を知り、現宇宙の果ての暗黒に赴いたとき、闇のなかから現れた虹色の球体の集積と寸分も違《たが》わなかった。

幽かに地鳴りがする。ほどなくそれは〈夢の胎蔵界〉全体に広がり、大きなひとつのうねりとなった。いつのまにかおれのまわりを無数の虹色の球体が取り囲んでいた。そして蠢く渦の中心に至ったとき、巨大な夢の芯は激しい奔流となった。

射精にも見まがうような噴流に身をゆだね、おれはすさまじい勢いで上へ、上へ、地上へと昇りつめていった。

Ⅵ

もうおれはほとんど余力を残していなかった。ただ、世界がどのように変わったかをこの眼で確かめたいという思いだけがおれの脆《もろ》い体を支えていた。

水の色がしだいに薄くなっていく。やがて陽の光が射しこみ、おれは何百年かぶりに大気に触れた。そしてさらに形あるものを求め、最後の力をふりしぼって泳ぎ続けた。

夜になった。あわい月光を受けて摩天楼《まてんろう》がそびえている。おれは人知れず疲れ切った体を起こし、地上へ這い上がった。

裏通りを一目散に抜け、とりどりの光が明滅する広い通りに出た。そして、おれは初めてその光景を見たのである。

そこには数知れないおれがいた。ヒトの衣装をまとってはいるが恐ろしいまでに変形したものどもが月光の街のいたるところで蠢いていた。

おれの念は通じたのだ。もうそれはヒトの世界ではなかった。

見上げると、ヒトが築いた摩天楼もまた燐光《りんこう》を発しながら変形しようとしていた。やがてそれらは有機物も無機物も一如となってどろどろに溶け、光と時に律せられた至高都市が闇のただなかに浮上しはじめるに違いない。帰るべき家をもたないあまたのものどもは街のそこここでまどろみ、一様にまだらの夢を見ている。

にわかに疲労が押し寄せてきた。〈夢の胎蔵界〉で力を尽くし切ったおれの体はもうまったく動こうとはしなかった。そればかりか、力の摩滅とともに少しずつ変形していったのである。

繊毛は細らんで消え、おびただしい触手は統合されて二本になり、その先に五つの棒が残された。腐臭を発する粘り糸は黒いさらさらしたものになって上方に固定された。眼は白と黒に分割され、その下方に二つの穴をもつ突起ができた。そして耳が、口が、足が、性器が……失われてゆく触角や触手を源として生まれ、白い地が汚穢の色をしだいに駆逐《くちく》していった。

やがて、あわく輝く摩天楼の溶けはじめた側面に、変形を完了したおれの姿が映った。それは、セバスチャン・アンドリュースのユートピア譚に挿入された絵と寸分も違わない青年であった。すべての力を出し尽くしたおれは、おれと同じ姿をもつものどもが蠢くこの都市《まち》で、あろうことかヒトに退化してしまったのだ！

もはや言語を解さない数知れぬものどもが四方八方から蹌踉《そうろう》と歩み寄ってくる。まだ進化できないおれを見つけるや、彼らはいっせいに襲ってくるに違いない。

よろしい。おれは従容と死んでやろう。かつてはおれだったものどもに毛穴という毛穴を塞がれながら、最後のヒトとして、おれは誰も待つもののない無へと還って行くのだ。

ヨグ＝ソトホート、アザトート……

ヨグ＝ソトホート、アザトート……

幽かに空耳がする。途《みち》に倒れ、彼方の暗黒に瞳を凝らしたとき、おれの視界はあまたの異形の者たちによって全くさえぎられた。

異界への就職

Ⅰ　謎の求人広告

耳の奥で音楽が暗くなった。

電池の切れぎわのテープは回転が鈍くなり、ただでさえ滅々とした怨み節はますますぐもって名状《めいじょう》しがたい母音の集積と化した。……暑い。声は忌むべき呪文のように高まり、腐りかけた脳髄をゆさぶった。

キサクはヘッドホンを捨て、ようやく万年床から起きあがった。もう陽は高い。カラーボックスの上から求人情報誌が大仰な音を立てて落ちた。

窓をあければ墓場が見える——そんな安下宿に引っ越してからというもの、キサクの生活は惨憺《さんたん》たるもので、もとはといえば大学の事務員として地味に勤めていたのだが、「夏は暑い」などというわけのわからない理由で退職、あてのない失業ぐらしが半年つづいた。画面が波に変わるまでテレビを見たり、都心から埼玉のはずれまで電車で何往復もしたり、終夜営業の喫茶店の壁ぎわの席に陣取ってコーヒー一杯で一昼夜粘ったり、ムダとしか言いようのない廃人生活を送っていたが、ふと気がついてみると貯金が底をつきかけている。ようやく重い腰を上げ求職活動を始めてみたけれども、悲しいかな名は体を表わさずキサクは筋金入りの人間嫌い、黒い本ばかり読んでいる社会には無用の人種で、当然のことながら面接は悲惨なものだった。志望動機を問われて「は、はい、貴社の業務が自己に最適です」と履歴書の記入例通りの返答をして面接官を真っ白にさせたり、全く箸にも棒にもかからず一社、二社……十社、二十社と落ちつづけ、このごろでは履歴書を書く気力も湧かず鬱々と日々をやりすごしていた。頭に浮かんでくる想念といえば「この押入れの中で首が吊れるかなあ」などというたぐいばかり、物事を悪いほうへ悪いほうへと考え、とにかくかなりヤバイものがあった。

それにしても……キサクは求人情報誌を開いて吐息をついた。

「明るい人歓迎！」「ナイス・コミュニケーション！」「とにかくヤル気！」「笑顔のたえないオフィスです」くそっ、明るいだけが人間じゃねえんだ！　やり場のない怒りとともにまた汗がひとしきり流れた。

クルールルー……嫌な音を立ててテープが切れた。日に何度も聴いていたのですり減ってしまったのだ。もう買い直す金はない。キサクはまた世をはかなみはじめた。

そのとき、情報誌の片隅に異様な求人広告が出ていることに気づいた。

ＣＹＡ　営業（外回り）　暗い人求む

経験不問・年齢不問　当社規定により優遇

委細面談

住所……

これは「明るい」の誤植ではあるまいか。外回りの営業が暗くてつとまるのだろうか。しかし、こんなバカな校正ミスを犯すだろうか？

疑念に彩られたキサクの瞳の奥で「暗い人求む」の五文字がしだいに大きくなり、やがて、忘れかけていたひとすじの希望の光が差した。

II　沈黙の面接

エレベーターは故障中だった。しかたなく非常階段に回った。

場末の駅前の小汚い雑居ビルの六階にめざすCYAのオフィスはあった。うらぶれた警備保障会社の事務所、無名のサラ金の営業所、倒錯《とうさく》専門のY本屋、一人ではとても入れない雀荘、小指のないマスターがいるビリヤード等々、ビルは明るい人間を拒絶する雰囲気に満ちていた。

錆びついた裏階段を上るにつれて魚が腐ったような臭いが鼻をつきはじめた。演奏場もあるのか、屋上のほうから暗いジャーマン・ロックが流れてくる。

途中で沈鬱な顔をした幾人かの男とすれちがった。面接の帰りだ、しかも不出来だったに違いない、キサクはそう直感した。靴音が高い。階段が軋《きし》む。音が緊張を煽り、キサクは早くも赤面しはじめていた。

Central Youth Association

昼間でも陽が当たらない扉の金文字はかろうじてそう読みとることができた。「中央青年協会」とでも訳すのだろうか、これだけでは何をする会社なのか見当もつかない。

三度深呼吸し、キサクは意を決してチャイムを押した。ややあって、インターホンからくぐもった声が響いた。

「あいてます」

恐る恐る中に入ると、最初の部屋には誰もいなかった。冷気……幽かに魚臭《ぎょしゅう》がまじっている。オフィスなのに電話がない、コピーもない。床から天井まで背文字の欠けた黒い本で埋めつくされている。

正面の扉に奇妙な紋章が象嵌《ぞうがん》されていた。ひび割れた太陽を三日月が呑みこみ、その先に三匹の孕《はら》み蛇が食いつき、苦しいながらも「ＣＹＡ」という文字をかたどっている。

「どうぞ」

また暗い声が響いた。口の中で何かモグモグ言うと、キサクはいつものようにうつむきかげんで扉をあけた。

クルールー、クルールー、クルールー……

無数のテープが同時に切れた。耳の奥で何かがピチンと音を立てて割れ、キサクは一瞬記憶を喪失した。

うめき声が聞こえる。……

次の瞬間、キサクは暗い部屋にいた。目の前に長大な顔をした一体の蠟人形が置かれている。人形は黒い瞳を見開いた驚愕の表情のまま、キサクの真正面に位置していた。

「あの……」

キサクは間の抜けた声を出した。すると、蠟人形に見る見る血の気が甦った。数回まばたきをし、何ごともなかったかのようにキサクを見つめ、右手で席に着くように示す。今度はキサクのほうがあやつり人形のように、黒い椅子に腰を下ろした。

沈黙が続いた。長い顔の男は落ち着かないそぶりで左右を眺めわたしていたかと思うと、いきなり百年来の恋人に巡りあったかのような熱い視線を送った。質問されても容易なことでは答えないキサクが自分から言葉を発することはない。目を伏せたままじっと押し黙っている。部屋には窓がない、時計もない。壁には蛸《たこ》とも海蛇《うみへび》ともつかない化物の絵がかかっており、端のほうにPで始まるサインが見えた。

これはまっとうな会社じゃないな、とキサクは思った。アングラ演劇か、いや、あんな絵がかかっているところを見ると怪奇画専門の画商とか……うーん、そんなものが商売になるだろうか、これはやっぱり麻薬の密売、いや、人体実験かもしれない、わけのわからない薬を飲まされて闇から闇へと葬られ……それとも壁の向こうにマッドサイエンティストがいて、手術で角をつけられて見世物小屋に……と、不安は不安を呼んで高まり、ようやく質問しようと視線を上げたとき、長い顔の男は唐突に初めて口を開いた。

「どうも……」

「はあ」

「御苦労さまでした」

「は？」

「面接の結果については近日中にお知らせします。私の名は……そう、老テオバルドとでもお呼びいただきたい」

そう言うと、老テオバルドと名乗った男は椅子ごとクルリと後ろを向いてしまった。

「あ、ど、どうも、ありがとうございました」

意味のないあいさつをし、キサクは赤面しながら部屋を出て行った。

――三分後
老テオバルドはゆっくりと立ちあがった。外界にはもう夕闇が迫っている。聞きとれないほど低い呪文を唱えると、老テオバルドは表札を外し、裏返して扉の内側にかけた。

そこには曲がりくねった奇妙な字体でこう記されていた。

Cthulhu Yog-sothoth Army

Ⅲ　彼方からの採用通知

……暗い夜の海を漂っていた。尖った三日月の先からボトリボトリと黒いものが滴っている。

泳げないのに妙だな、と思ったのは一瞬のことで、キサクはまた晦冥《かいめい》に沈んでいった。深く、どこまでも深く、屍骸しか到達したことのない海底まで降っていくと、ようやく夢の赤糸は繋がった。

もう月光はとどかない。しかしキサクには視えた。人智を超えた幾何学精神によって配置されたモニュメント、CYAの扉に象嵌されていたものと寸分も違わない紋章、そしてもはや海が海でなくなる最奥部《さいおう》には有史以来いかなる生物も侵入したことのない究極の神殿が聳えていた。

暗黒の流れにいざなわれ、キサクは神殿に入った。天井や床では生命ある石が蠢き、そこここでみどりの血を滴らせている。他に動くものはなく、濾過《ろか》され純化された〝死〟のかたちだけが半球だけの砂時計の砂のようにふりつもっていた。

キサクもまた一個の老廃物のようにしばらく漂っていたが、不意に肩のあたりをつかまれてふりむいた。奇妙な模様が刻まれた石柱のあいだから伸びてきたそれは、繊毛に覆われ、先端に鋭い爪を備えていた。

神殿の奥で何かが光った。金色に輝くその球体は収縮と膨張をくりかえしながら明滅している。……重い。神殿さえ記憶することのない忘失の時の重みが忌まわしい触手とともに襲いかかってくる。

逃げようとしたが身体が動かない。爪をもつ触手は近づいては遠のき、離れては迫り、キサクの首のあたりを狙っている。天井ではゴロゴロと異様な音が響き、そしてひときわ濃い闇のなかからおぞましい魚臭とともに億万の突起をもつ巨大な赤い軟体動物が現われた。

球体が二倍になる。赤い化物が迫る。神殿は裂け、触手は蠢き、鋭い牙が閃き……その恐怖の深淵《しんえん》のなかでキサクは断末魔の叫び声をあげた。

＊

「ミャウ〜」

とひと声啼《な》いて黒猫が飛び出していった。ようやく眠りから醒めたキサクの真っ白な頭に「悪夢が来りて猫が啼く」というくだらないフレーズが浮かんで消えた。

建てつけの悪いアパートの扉が開き、パサパサと死にかけた蝙蝠《こうもり》のような音が響いた。CYAからの通知だな、キサクはそう思った。

あれは予知夢かもしれない。夢占いでは猫は何の象徴だろう。悪魔のつかい、冥府《めいふ》よりの使者？　ダメだ……いや、あれは因果関係のある物理的な夢ではないか。気にすることはない。アハアハアハ……だがそうすると、あの神殿は？

と、キサクは愚にもつかないことを小半時ほど考えていたが、ようやく気合を入れて起き上がった。

クルールー……

切れたはずのテープが回った。窓の外がにわかに暗くなった。

熱かな、最初はそう思った。妙に身体がフワフワする。足が地についていない感じだ。

見る見るうちに夜になった。そして、外界を全きまでに暗黒が領し去ったとき、キサクの身体は不意に虚《こ》空《くう》へ浮きあがった。

ゆらゆらと天井まで漂いつき、キサクは初めて下を見た。見覚えのある男が仰向けになっていた。瞳孔が開ききっている。それはもうモノでしかなかった。

死んでいる――。キサクと活《い》き写しの男はまぎれもなく息絶えていた。これはまだ夢なのかもしれない。

屍体の頭部を見つめながらキサクは思った。夢の中に夢があり、また夢があり、その核心から見えないままに血が滴っていた。

それにしても無意味な人生だった。万年床の上で硬直しはじめている自分を眺め、キサクは死んでからもうじうじと感慨《かんがい》に耽《ふけ》りはじめた。棚を埋めつくした黒い本がむなしく見える。

ゴロゴロゴロ……上のほうからまた異様な音が響く。どこかにもう一人ぼくがいて、その上に猫が乗っていて、夢から醒めると屍体があって、また猫が……と、エンドレスの泥沼に陥ったとき、不意に天井が裂け、暗黒の混沌から低い声が響いた。


おめでとう。キミはきょうから正社員だ。

Ⅳ　暗黒の研修

「では、これから新入社員の研修をはじめます」

老テオバルドは重々しく口を開いた。すでにもうこの世のものではないキサクを含め、ニューフェイスは十三人だった。あとの十二人は差別用語を駆使《くし》しなければとても描写できない。キサクは誇らしくもあり情けなくもある妙な気分だった。

隣室ではたった一人の事務職員の吉《よし》君が黙々と目録を作っている。壁の化物の脚は面接の時よりも歪んで見えた。

「講師をお呼びします」

老テオバルドは中指よりも長い人さし指を壁のほうへ向けた。絵がウルトラQのタイトルのようにゆっくりと動きはじめ、不意に真っ暗になった。

……暗黒の彼方から何かが近づいてくる。赤い点、と見えたそれは、増殖と分裂を繰り返しながらどんどんわけがわからなくなっていった。胴体も脚もすべてが未分化で、まるでヒトデとカニの突っ張り合いのようだったが、明滅する瞳には人智を超えた意志の光が秘められていた。そしてまず一本の触手が三次元の空間に現われ、ひとわたり研修者を撫でまわしたかと思うと、その名状しがたい・想像を絶する・見るもおぞましい化物は奇声とともにCYAの一室に登場したのであった。

「御苦労さまです」

講師は数え切れない触手のうちの一本を光らせて応えた。

「ではよろしく」

老テオバルドは床板を開け、暗い穴にもぐっていった。CYAの社員には寮として地下墓地《カタコーム》があてがわれるのである。

「みなさん、こんにちは。ありえざるものです」

講師は思いのほかまっとうな声であいさつした。発声器官はどこにもないが、単語ごとに全身を変容させながら意味と音声を伝達するのだ。たとえばいまのあいさつでは、「みなさん」で十三人の新人社員に分裂し、「こんにちは」で分裂したまま思い思いに頭を下げ、「ありえざるものです」でひとつの巨大なクエッションマークの形をとった。

「きみたちは一億数千万人のなかから選りすぐられた暗い人間です。いや、かつては人間だったと言い換えたほうがいいでしょう。適材適所という言葉がありますが、地上にはきみたちの適所はありませんでした。しかし、異界は違います。きみたちにしかできない仕事が待っているのです。そして事業が完璧に成就したあかつきには、究極の暗黒のなかから一にして全なる神ヨグ＝ソトホートが降臨し、人間という名のかりそめの支配者は完膚《かんぷ》なきまでに駆逐され、まさにその時、大いなる地が――聖なる最終大陸ゾシークが虹色の光彩とともに浮上するのです！」

抽象名詞を織りまぜながら早口でしゃべるとあまりに変容が激しく、虹色の残像しか見ることができなかった。

「急ぎすぎました。順を追ってお話ししましょう。暗黒の系譜を、戦慄の啓示を、ありえざる歴史を」

ありえざるものは再び汚穢の集積に戻り、一本の触手を伸ばした。絵が消え、暗黒のスクリーンが広がった。

＊

闇の中に闇があり、また闇があり、その核心に幽かに光るものが見えた。極小の太陽……と見えたそれは殖えては裂け、割れては生まれ、しだいに大きくなっていった。星とも生命体ともつかぬ虹色の集積の彼方では、この上もなく深い闇が波動している。闇はまた光の異名でもあった。光は闇であり、闇は光であり、光のなかに闇があり、闇のなかに光があり……その大いなる連鎖の裡《うち》に全きまでに時はとだえていた。

――創業者にして永世会長であらせられる一にして全なる神ヨグ＝ソトホートの御姿です。

想像を絶する恐怖に接していっぱいに見開かれたすべての瞳の虹彩《こうさい》を集めたかのようなその存在は、宇宙が宇宙でなくなる虚の一点で明滅していた。

――時間も空間も、光も闇も、滅べるものも生まれるものも、森羅万象《しんらばんしょう》一切衆生《いっさいしゅじょう》天上天下《てんじょうてんが》東西南北一陽来復《いちようらいふく》七生《しちしょう》報国《ほうこく》八頭《はっとう》八尾《はつび》九天《くてん》九地《くち》、すべての道はヨグ＝ソトホートに通じ、ヨグ＝ソトホートとともに終わるのです。世界のありとあらゆる謎と神秘が解かれた後も、ただ一つだけ残る永遠に解かれざる謎がヨグ＝ソトホートなのです。その実体は力、原初から終末へと吹き抜ける突風。混沌のままに見えないままに、われわれの脳髄を貫く大いなる力なのです！

二千人の狂人の心象風景を凝縮したかのようなわけのわからない形をとりながら、ありえざるものは熱弁をふるった。

不意に画面が変わり、古代の緑地になった。ティラノサウルスやプロントサウルスにまじり、輪郭のさだかならぬ異形の群れが跋扈している。いかなる文字によっても表現されたことのない彼らは、骨をもたず、血潮もなく、昼の月の向こう、かりそめの太陽の彼方、究極の暗黒に棲《す》む虹色の球体の集積を仰いでいた。

――かつて地上はヨグ＝ソトホートの血統の者によって支配されていました。緑は濃く、限りなく黒に近づき、彼方の闇と同じになったとき、この地に栄《はえ》ある〝ゾシーク〟の名が冠せられるはずだったのです。しかし……

画面は再び暗黒に染まり、そのなかにボーッと血まみれの猿が浮かびあがった。猿は手足を妙な具合に折り曲げながら胎児のかたちをとり、やにわにまぎれもないヒトの姿となって立ちあがった。

——直立した猿、火を見つけた猿、道具をもった猿、文字を知った猿。われわれとは全く異なった構造が出現したのです。どのような構造の相違があったかというと、かいつまんで簡潔に説明すれば、まず……と、ルネ・ジラール十冊分の説明が終わり、新入社員が疲れ果てたとき、画面に蛸の化物が現われた。それはたしかにPで始まる作者の絵に描かれていたのと同じ怪物だったが、見る影もなく衰え、五十を過ぎて序ノ口《じょのくち》まで陥ちた元関脇のような惨状を呈していた。

——海神クトゥルーのなれの果てです。

腐った魚のような眼にはもういかなる意志の光も宿ってはいなかった。

——かつてクトゥルーは輝いていた。ヨグ=ソトホートの嫡子としてこの星を支配していたのです。しかし、ヒトという名の猿のために見るも無惨に失墜《しっつい》してしまった。いま、クトゥルーとその郎党《ろうとう》に出来ることと言えば、海沿いの退化した村のよろず屋を焼くことくらいなのです。ううっ……。

ありえざるものは感きわまってまだらの涙を流した。

——しかし、われわれとて、ただ手をこまねいているだけではありません。忌むべきヒトを駆逐するために、この地にゾシークを顕現《けんげん》させるために、究極のプロジェクトを企画したのです。その担い手こそ……そう、ここにいるキミたちなのだ！

キサクの眼の前にもうひとりのキサクが不意に現れて消えた。

――ヒトVSクトゥルー一党、これではよろず屋を焼いて終わりです。構造は崩れません。かつてはヒトであり、いまはCYAの一員であるという両義性をもったキミたちの力に頼らざるをえないのです。プロジェクトの完成はキミたちの双肩《そうけん》にかかっていると言っても過言ではありません。

百を超える瞳は同時にどこか遠いところを見つめるような目つきになった。

――忌むべきヒトのなかにもごくまれにヨグ＝ソトホートの魂を宿す者がいます。キミたちの面接をした老テオバルドと名乗る男、彼はプロヴィデンスという田舎町で怪奇小説を書き続け、ついに人類史上初めてヨグ＝ソトホート、クトゥルーの聖名に到達した偉大なる幻視者《ドリーマー》だったのです。また、同じ頃東洋にもう一人の大いなる者が生きていました。老テオバルドと同じサイズの頭蓋骨をもったその男は夢野久作《ゆめのきゅうさく》と名乗り、人間の脳髄は物を考えるところではなく、そこには原初から現在に至るまでのありとあらゆる記憶が集積されているという恐るべき真実を見出したのです。二人は図ったように四十七歳で地上を去りました（生没年の一年の差は時差と考えていただきたい）。四十七という素数はまことに霊妙な数であり、実はあの赤穂浪士《あこうろうし》もわれわれの手の者だったのです。つまり……

と、ありえざるものはオカルト雑誌のように論理を飛躍させながらひとしきり数霊術《すうれい》について語っていたが、やにわに真面目な（と推測される）表情に戻って言った。

――原初からの記憶がヒトの脳髄に畳みこまれているとすれば、そこには旧支配者の記憶も含まれているはずです。ヨグ＝ソトホートの種子はどんな脳髄にも秘められているのです。

画面がにわかに明るくなり、何の変哲もない現実のシーンに変わった。サラリーマンが額の汗を拭いなががら舗道を急いでいる。社名入りのアタッシュケースはかなり重そうだ。やがて後頭部がだんだん大きくなり、薄くなりかけた髪のあいだに地肌が見えたかと思うと、画面は不意に男の脳髄のなかに侵入した。

巨大な炒り豆腐のような塊《かたまり》のなかに赤い筋が見える。混沌は幾何学模様に変わり、また混沌になり、極小へ、究極へ、アトムを超え、モナドを超え、そしてただいちめんの白い世界のなかにひとつの虹色の点が浮かびあがった。ヨグ＝ソトホートの種子――ヒトの脳髄に宿る唯一の旧支配者の記憶、常軌を逸した幻視者や狂人の脳でしか蠢動することのない最後の脳細胞、それは彼方の闇に棲む異形の神の細部と寸分も違わなかった。

――ヨグ＝ソトホートは五十六億七千万個の虹色の球体の集積です。いっぽう人類の脳髄には、五十六億七千万個の虹色の種子が旧支配者の記憶とともに眠りつづけているのです。種子が目醒めるとき、全宇宙を貫いてくろぐろと路ができる。そのとき、ヨグ＝ソトホートは大いなる長征《ちょうせい》の途《と》に就くのです。種子を目醒めさせるのはキミたちの任務です。かつては人であったキミたちの声が……呪文が、旧支配者の記憶を甦らせるのです。そして、覚醒した種子と虹色の球体の数が同じになったとき、世界は確実に変わりはじめる。勝利か、敗北か？　ゾシークか、空虚か？　現時点では全く予測できません。ヨグ＝ソトホートに侵犯された人類、人類の脳髄に遍在するヨグ＝ソトホート……そのとき時はどのように流れはじめるのか、想像するだに恐ろしいことです。しかし、われわれに残された手立てはもうこれしかないのです。

部屋が暗くなった。ありえざるものの体は少しずつ闇に呑みこまれていった。

――最後に、呪文を授けよう……

壁が消えた。見えないままに黒いものが流れていく。

そして、脳髄の中心から、闇の彼方から、同時に声が響いた。


イア！　イア！　ヨグ＝ソトホート、エムニ、ラ、トゥール、ミ、ンカイギ、闇から生まれた光は闇に還らねばならない、ラ、ラ、イア、イアー！

Ｖ　恐怖の営業

灰色の街を影たちが流れていく。地上に生ある者が彼らを見ることはない。かつてはヒトであった彼らは、雨に濡れず、陽《ひ》に影をもたず、墓地の黒猫のように幽冥の世界をさまよっていた。

キサクはかつて住んでいた場末の街を歩いていた。人よりも墓のほうが多いこの街が栄えたのはとうの昔のことで、いまでは商いをしているのかどうかわからない仏壇屋や古道具屋がひっそりと軒を並べるばかりだった。

生きている時とはうって変わった明るい気分でキサクはうらぶれた街を漂った。最初のうちは習性でつい車をよけていたが、なんのことはない、もう死ぬことはないのだ。大手を振って車道に出れば、虫の化物はスーッと突き抜け後ろを見せて去っていく。人間であっても同じことで、ろくに話もできなかった女性《にょしょう》に正面からぶつかったり顔の前でおどけて見せたりしても、要は空気と変わりがない。血というものがなけ

れば赤面のしようがない。これはキサクの乏しい科学知識に照らしてみても納得された

それやこれやで水は低きに流れ、しばらくは思うように成績が上がらなかった。しかしありえざるものにコッテリと油を絞られてからというもの、人が変わったように（？）営業活動に邁進《まいしん》しはじめた。

ヒトの背後についと近づき、後ろ頭に向けて呪文を発する――営業といってもやることはこれだけだった。この小説の冒頭で聴いたようなくぐもった声がキサクの口から、あるいはこの上もなく遠いところから放たれると、ヒトは一瞬ビクリと体を顫《ふる》わせ、頭のやや右寄りのところで幽かに虹色の球体が光りはじめる。ヒトはまた何事もなかったかのように歩きだす。その後頭部で、世界を包含《ほうがん》するヨグ＝ソトホートの種子が、いっせいに花開く〝恐怖〟が、忘失の旧支配者の記憶が一様に輝いているのだ。

営業活動はおおむね夜だった。イリュミネーションが消えると〝恐怖〟が光り出す。それは鬼火のごとく、螢火《ほたるび》のごとく、なかなかに風情のあるものだった。

七日七晩営業して霊力が翳《かげ》りはじめると、ＣＹＡの地下墓地《カタコーム》に戻って闇に身をゆだねる。こうして鋭気を養い、また暗く輝く街へと出撃する。出張はテレポーテーションで思いのまま、一晩に四百・五百は当たり前、なかには一人で複数の種子をもっている者もいて（ちなみに老テオバルドは十三のヨグ＝ソトホートの種子を有していた）、あれよあれよという間に目標を次々にクリアしていった。

そして地上では十年が流れ、終末だの大予言だのとそれらしい雰囲気が高まったとき、大いなるヨグ＝ソトホートの種子は、いままさに五十六億七千万個に到達しようとしていたのである。

VI　闇を裂くもの

インスマウスの東方二千哩《マイル》――アトランティスの香り仄《ほの》かに漂う深海では、無数の難破船が残骸を晒し、一片の肉もとどめない骸骨が渦巻く海流に奇妙な踊りをくりひろげていた。この〈名づけえぬ海域〉はバミューダ海域の数倍も恐ろしい究極の海の墓場なのだが、あまりに呪力が強すぎて消息を絶った者の係累の記憶をも抹殺してしまうため、いかなる文献にもとどめられていないのである。

――月は赤く、中空に下弦の姿を顕《あら》わした。光を浴び、数知れぬ異形の者が浮かびあがった。

……アトラク＝ナクア、アブホート、ありえざるもの、イエブ、イオド、イグ、イタカ、ウボ＝サトゥラ、ウルム・アト＝タウィル……

五十音順に並んで円陣を作ったＣＹＡの指導者《マイスター》たちは、三度左へ三度右へ回転し、聖なる宴の始まりを待ちわびた。そのまわりにはキサクを含むおびただしい数のＣＹＡの社員が集結し、暗い海を水子のように埋めつくしていた。

不意に月の彼方から、縄のような蛇のような混沌の怪物が現われた。通信部隊の先鋒ニャルラトホテップの勇姿であった。ニャルラトホテップは言語をもたない。ありえざるものが微妙な這いうねり具合を翻訳し、人知れず連綿と血脈を継いできたロマノフ王朝の末裔を最後にヨグ＝ソトホートの種子が五十六億七千万個に達したことを告げた。

吉報に満場が湧いた。五十音は崩れ、混沌の母音が場を律した。そして鏡のような海面は、いままさに波立ちはじめ、その中心に……赤い月の光がさすところに、名状しがたいひとつの影が浮かびあがった。

数え切れない脚は変形を重ねた頭部に密着しては離れ、触手は耐えがたい魚臭を発しながら間断なく海面を打った。そしてその忌むべき汚穢の集積の中心に光る眼には、まごうかたない意志の光が宿っていた。

――クトゥルーが甦った！

――大いなる海神が復活したぞ！

異形の者は口々に祝《ほが》いの声を上げた。

だがそれは海神クトゥルーの最後の輝きであった。彼は死期を悟っていた。一にして全なる神ヨグ＝ソトホートが降臨してしまえば、もう地上に彼の任務はない。クトゥルーは残されたすべての力をふりしぼって全身を寸刻みに嚙み切ると、恐ろしい断末魔の叫びとともに八方へ飛び散らせた。

肉片は全員に行きわたった。それを嚙み砕いたとき、彼らは大いなる海神の志をはっきりと覚った。

アーオーウーエーイ！

アーオーウーエーイ！

呪文が始まった。


イア！　イア！　ヨグ＝ソトホート、エムニ、ラトゥール、ミ、ンカイギ、闇から生まれた光は闇に還らねばならない、ラ、ラ、イア、イアー！

月が翳った。そしてクトゥルーが完全に消滅しきったとき、暗黒の彼方に新たなる色が現われた。闇は濃く、見えないままに月は欠け、遥かなる途《みち》はただくろぐろと輝いていた。呪文は高まるとともに意味を喪失し、究極の最終母音と化した。

閃光がひらめいた。聖なる宴に盟主《めいしゅ》が現われた。世界は暗黒と虹色の混淆《こんこう》に彩られた。

ああ、その輝ける光景をいかなる言葉で表現できようか。虹は虹を呼んで惹きあい、五十六億七千万個の混沌は全体で一つの不変の意志を贖《あがな》っていた。彼方には何もない。すべてはそこに在った。一にして全なる神ヨグ＝ソトホートは、忌むべき人類に最後の戦いを挑むために十万億土を超えていまここに飛来したのである。

邪神たちは呪文を唱えながら少しずつ虹色の混沌に呑みこまれていく。やがてキサクにも眩暈が来た。闇があり、闇のなかに光があり……それはもう、二度と消え去ることはなかった。

＊

宴は終わった。すべての影を吸収した大いなる神は、一瞬、太陽よりも熾烈に輝いた。そして、五十六億七千万個の虹色の球体に分裂し、闇を切り裂いて全世界へと飛び散っていったのである。

Ⅶ　狂気の街にて

その瞬間、ヒトは同時に発狂した。予言の夏、大地は雨を呼ばず、人々はいつ果てるとも知れぬ酷暑にしだいに歪みはじめていたが、さらに苛烈な熱が脳髄の中枢を襲ったのである。

ヨグ＝ソトホートの種子はいっせいに開花した。ヒトは生きながらにしてヨグ＝ソトホートとなった。前世あるいは先祖の記憶が甦ったとき、一人の狂人が誕生する。だが、大いなる旧支配者の記憶が甦り、その一部が脳髄を侵犯したとき、それをもう発狂と呼ぶことはできなかった。

人類の歴史はその一瞬を境にして断絶した。意識が消えた。すべては晦冥に沈み、あらゆるものは混沌に包まれた。

営々と築きあげてきた文明の結晶を前に、ヒトはそれが何であったかを全きまでに忘却した。意味不明の母音がそこここで放たれ、都市は未踏の原野に還った。

種子を二つ以上もつ者は、精神のみならず肉体の変容をも余儀なくされた。頭部は弾け、触手が飛び出し、かつて地上に現れたことのない怪物が至るところで蠢きはじめた。精神は翳った。理性は崩れた。無意識の海が街を覆った。変容した怪物は、旧支配者の記憶の赴くままに、まだヒトの姿をとどめている者を貪り食いはじめた。

走行中の車や稼働中の機械はとどめるもののないまま回転し、原始の火に収斂《しゅうれん》していった。人類最初の発見はその末裔を呑み、意志あるもののように首都を蚕食しつづけた。

十字路で時計が止まった。自殺者の霊魂が這い出し、一瞬の後、時計はゆっくりと逆方向へ巡りはじめた。ヒトをヒトたらしめる器官を備えた者はしだいに駆逐されていった。脚が、耳が、首が……かつて人間であったことを忘却した臓物が街にあふれ、おびただしい血は老廃物を呑みこみながら激しく下流をめざした。

植物はもう光を呼ばず、瞬間ごとに異種交配を重ねながらしだいに領域を広げていった。その花弁は一様に燃えたつような虹色に彩られていた。

すべての機械は器怪と化した。自由自在に宙を舞い、合体しては奇妙なトーテムとなって聳えた。だがそれも一瞬のことで、もう消えることのない火に包まれると、邪教の人形のように這いうねりながらもろともに溶けていった。

不意に空気の色が変わった。古い写真のような茶色の領域がまだらに現われた。と、見るまにその裂目から白い胎児のようなものが次々に突出し、なだれなだれて地上にあふれた。眼のない顔には怨嗟《えんさ》の表情があった。顕界《けんかい》と幽冥界《ゆうめいかい》とを隔てる被膜はいままさに失われたのである。

文字盤から針が消えた。砂は下から上へと流れた。それぞれの時代に位置を占めていたものが同じ場所に重層して現われ、その名状しがたい混乱のさなかにも虹色は着実に領域を拡げていった。

廃墟に、戦場に、人影がゆらめいている。だがそれはつい先刻まで連続していた現実に存在した人間ではなかった。いま見える人影はすべて幽冥界か過去から侵入してきたものだった。現実にはもうヒトという種族は存在しなかった。裂かれ、砕かれ、焼かれ、その汚穢を極める残骸のなかに、まぎれもない最後の虹色が顕《た》ち現われようとしていた。

やがて、亡霊さえ少しずつ変容しはじめた。〝逆隔世遺伝〟とも言うべき現象が惹起《じゃっき》されたのである。ヨグ＝ソトホートの種子が開花した瞬間の記憶――それは人類最後の記憶であった――が、歪んだ時を遡行《そこう》して先祖をも律し、亡霊は新しい者から順に人ならざるものへと変わっていった。

二十世紀の形象《かたち》は、人類を含め、全きまでに虹色に呑みこまれた。いま地上に存在するのは過去の亡霊と虹色だけだった。火もまた虹色に輝きはじめた。人類は、記憶は、そして時は、恐るべき勢いで虹色の混沌のなかに没していった。

塔が消えた、橋が消えた、墓が消えた。そして文字も忽然と消え失せた。蛇は蠢き、ヒトは直立することをやめ、恐竜は再び断末魔の叫びを上げた。

森羅万象ありとあらゆるものは虹色の奔流に溶けた。時はなく、影もなく……やがて最後のバクテリアが消え、かつて地上を埋めつくしていた生命のかたちは完膚なきまでに駆逐された。

だが、それは死滅した星ではなかった。虹色は息づき、大地を溶かし、海を呑みこみ、その星における〝一にして全なるもの〟としてより輝きを増していったのである。

＊

それはもはやヒトの星ではなかった。まごうかたないヨグ＝ソトホートの星であった。生命はない、すべてが生命だった。極小の粒子も、星それ自体も、単一の虹色に彩られていた。

宇宙の果てから太陽系の第三遊星まで、闇をまとい、闇を切り裂き、いま大いなる神は生きながらゾシークと化した。そしてゆっくりと左へ三度、右へ三度回転した。

その瞬間、太陽は巨大な黒い穴と化した。そして、変貌した第三遊星のたぐいまれな引力にゆらりと崩れ、虚空へといっさんに陥ちていった。

最後の戦いが挑まれようとしていた。空を黒い影が覆った。光と熱を簒奪《さんだつ》された太陽はくろぐろとした塊となって虹色の星に襲いかかった。

＊

光があり、闇があった。

そしていま、宇宙に究極の瞬間が訪れた。

Ⅷ　大いなる回帰

濃い虹色の夢から醒め、キサクが再び意識をとりもどしたとき、眼の前にはまたしても暗黒があった。羽《は》音《おと》のような瞬きのような、幽かな音が響いている。

宴の途中までは記憶があった。ヨグ＝ソトホートが降臨し、大いなる虹色に呑みこまれ……一瞬の後、キサクは闇に目醒めた。永劫にもまさる一瞬の虹色、あれはどこへ行ってしまったのか、すべては幻だったのだろうか。だが……とすると……

空気は重く澱《よど》んでいる。腐臭になじみがある。どうやらここは地下墓地《カタコーム》と知れた。キサクは横たわったまま左右を見回してみたが、光るものはどこにもなかった。

クルールー、クルールー……

上方で呼び声がする。キサクはゆっくりと立ちあがった。

＊

階段を上り、薄い板を開くと、見覚えのある部屋に出た。キサクが初めて面接に訪れたＣＹＡの一室に相違なかった。中央に丸テーブル、椅子が二つ、そして壁には以前と同じクトゥルーの肖像画が掛けられていた。

キサクは壁側の席に座った。いわれのない寂寥《せきりょう》感とともに疲労が堰《せき》を切って押し寄せてくる。みんなどこへ行ってしまったのだろう。懐かしい邪神たちは、ありえざるものは、輝ける虹色は、そして、老テオバルドは……

チャイムが鳴った。

「あいてます」

自らの意思とは関わりなく、キサクの口からくぐもった声が洩れた。

足音が近づいてくる。不安が高まる。そして、ノックの音が……

「どうぞ」

声が出る、扉が開く、顔が覗く。

クルールー、クルールー、クルールー……

億万のテープが回って切れた。

焦点の定まらない伏眼がちの視線、上気した赤い顔、締まりのない口もと、少し薄くなった髪――それはまぎれもないキサク自身の顔だった。

キサクの眼は驚愕に見開かれた。開ききった瞳孔にキサクの顔が大きく映った。

瞳は限界を超えてもさらに開きつづけた。そして不意にバクンと顔から離れ、虚空へと浮き立った。

もうひとりのキサクが消えた。部屋も、ビルも、街も、世界も、一瞬のうちに暗黒に包まれた。

*

すでに滅んだ人類が無限の宇宙と呼ぶ区切られた領域を、無数の眼が漂っている。その数は、正確に五十六億七千万だった。

いくつもの死滅した星系を超え、闇はしだいに濃くなっていった。虹彩は輝きを増し、白眼を覆い、黒眼を駆逐し、五十六億七千万の瞳はついに単一の虹色に彩られた。

闇は究極に達した。時は終わった。

宇宙にまた、新たなるヨグ＝ソトホートが生まれようとしていた。

便所男

夜更けの便所は暗い。

外は雨だ。跫音《あしおと》は響かない。おれの前には黒いドアがある。内側から鍵をかける。密室ができる。ここが今夜のおれの塒《ねぐら》だ。

おれは便所男だ。便所に住んでいる。便所から便所へと放浪している。便所は聖域だ。おれにとっての唯一のやすらぎの場所だ。おれにはもう名前はない。いっさいのしがらみはない。便所にいるときだけ、おれは生きている。おれは便所男だ。そう、それがおれの新しい名前なのだ。

おれにも昔はあった。この大学――いまおれが深夜の便所に潜んでいるこのキャンパスに、かつておれは通っていた。昨日、同級生を偶然見かけた。講師か助教授になっているようだ。向こうはヒゲ面のおれに気づかなかった。しかし、おれはなんの悲哀も感じなかった。おれは地上でたった一人の誇り高き便所男なのだ。

あの日――首都が炎上し、母音《ぼいん》が渦巻いた時、おれは原因不明の高熱にうなされ、部屋と便所を頻繁に往復していた。便は特急だった。身体じゅうの水分が失われ、頭の中で無数の虫が蠢き、さまざまな幻覚が現れては消えた。便はどこへ行くのか、どこまで流れていくのか。かつておれの体内に存在していたものは、もうおれではなくなり、暗黒の渦の中へ呑まれていく。黒い穴が果てしなく続き、何かが光る、何かが溶けはじめる。蛇だ！　脳細胞がピチンピチンと音を立てて割れ、また全身が総毛立つ。天地は逆転し、混沌の地下世界が……黒い穴の果てに……そして、不意に輝きはじめる便！　輝ける大便！　汝はいまどこを行くか。熱い、熱い熱い熱い熱い！

…………

すべてが収束したとき、便はまた硬質な形状を回復した。だが、おれの頭に穿《うが》たれた黒い穴は埋まらず、ますます拡がっていくばかりだった。

おれは少しずつ人間ではなくなっていった。限りなく便所男に近づいていった。便所を見ると、便意がなくとも無性に入りたくなる。便所の臭いがおれを呼ぶ。頭の中が空白になり、やがて黒い穴がおれを上から下まで貫いて開く。

便所にいる時間がしだいに長くなった。便所には気が渦巻いている。愚昧《ぐまい》なる人間どもは排便の神秘を知らぬ。単なる生理現象と見做《みな》している。だが、おれは知った。おれは気づいた。便が体内から離れる刹那、それは幽かな光を帯びていることを――。

便は口・食道・胃腸を経て肛門から排出されるものと人々は思っている。しかし、脳髄の隠された領域から一条《ひとすじ》の赤光が伝わり、便とともに流出されることは知らぬ。便は光とともに流れ、蝟集《いしゅう》し、地下世界へと赴く。ああ、何という壮大なパノラマであることか！　**便所は聖域である。**便は幽かに光っている。中世の錬金術師が便に着目したなら、まぎれもない黄金が得られたに違いない。

おれは名前を捨て、社会を捨て、生活を捨て、便所男として再生した。塒は都市に遍在《へんざい》している。カフェバーのない街はあっても便所のない街はない。食物の心配もする必要はない。便を食えばいいのだ。どうしてこのような簡単なことに気づかなかったのか。当然のことながら肉体は拒絶しない。慣れてしまえば異臭もまた芳香だ。日によって色彩や形状の異なる食事をしながら、おれは放浪を続けた。

だが、おれはこんな生活に決して満足してはいなかった。便所には気が渦巻いている。便には光が宿っている。それらはどこへ流れて行くのか。黒い穴は連綿と続く。その混沌の地下世界へ、おれもまた黄金の蛇たちとともに流れたい。神秘の世界を垣間見んとするおれの欲求は日ましに募っていった。

しかし、そんなおれの視線はいつも白い便器によってさえぎられた。**便器は仮面だ。**おれは仮面の下の素顔を見たい。黒い穴を見たい。無表情な便器を見るのはもう飽き飽きした。便所は汲み取り式であらねばならない！

おれは汲み取り便所を求めて長い苦難の旅に出た。網の目のように新幹線が張り巡らされ、都会と地方の較差《かくさ》がなくなるにしたがい、汲み取り便所は駆逐され、邪悪なる水洗便所が恐るべき勢いで普及していった。おれはもう便所でしか寝られない身体になっていた。全身の細胞が便所を求めていた。あの芳香が熾烈《しれつ》におれを呼んでいた。そこではあたたかい食事が待っている。

駅の便所を追い出され、夜道をあてなく彷徨し、ようやく少女のようにけなげな公衆便所を見つけたときの喜びは何物にもかえがたいものだった。だが、ドアをあけた刹那、喜びは不意に哀しみに変わった。そう、そこにもまた仮面が――白い便器が、わがもの顔に存在していたのだ。

こうして放浪の旅は続いた。三年が過ぎた。そしてついに、僻村《へきそん》の農家の離れに、おれは見つけた。黒い穴を、深い穴を、濃密な香りを、大いなる汲み取り便所を！

だが、ああ何ということだろう！ ここには気がなかった。光がなかった。単一の家族が使用する便所には気は渦巻かないのだ。便所は共同でなければならぬのだ！

おれは終日泣いた。涙も涸れた。空しい食事をした。朝になった。真っ赤に染まった東の空を見た。ここで挫けてはならぬ。便所は遍在している。**便所は不滅だ。**おれは再び蹌踉《そうろう》と立ち上がった。

共同汲み取り便所を求めて、おれは都市に舞い戻った。おれが旅しているあいだにも街は垂直に伸び、排便の神秘を知らぬ愚劣なものどもが跋扈《ばっこ》していた。

便所にも重大な変化が生じていた。そこには紙がなかった。新式のウォシュレットが至るところに据えられていた。**神は死んだ。**光は隠され続けている。汲み取り便所は影すらない。それはもう死語となりつつあった。

急がねばならない！　**世界は便器に覆われていく。**一刻も早く黒い穴を見つけ出さなければならぬのだ。

もう、朝だ。やがて喧噪が始まる。おれは街に出る。汲み取り便所を求めて、黒い穴を求めて、便所男は今日もさまよい続けるのだ！

＊

便所男は目黒の街を歩いていた。異臭を感じて人々はみな避けて通った。あけすけに侮蔑《ぶべつ》の言葉を吐く者もあった。だが、便所男は何の反応も示さなかった。便所の外と内――世界はこれで完結していた。便所男の目はもう何も見ていなかった。

寄生虫博物館はとうの昔に閉館になり、不動の森もビルの林に囲まれて見えなくなっていた。額が熱い。

あの日と同じ熱だ。便所男は疲れ切っていた。また無数の虫が蠢きはじめる。

ビルの谷間にそこだけ忘れ去られたかのような場所があった。うらぶれた中華料理屋がノレンを出している。便所男はよろめきながら店に入った。

「便所を貸してください」

彼が人間と交わす言葉はこの単一なフレーズに限られていた。見事な禿頭の主人が快く応じた。

食事など必要ない。**世界は便所で出来ている。**便所男は奥まったところにある薄暗い聖域へと踏み込んだ。

扉をあけた瞬間、戦慄が全身を奔《はし》った。そこに白い仮面はなかった。まぎれもない素顔が――大いなる黒い穴が、聖域の中央に開いているではないか！

聖域には気が渦巻き、闇の中に光があり、さだかならぬ声が便所男を呼んでいた。永い永い放浪の果てに、彼はついに見つけたのだ。この都市にたった一つ残された至高の汲み取り便所を！

少し小さくはあるが、無理をすれば入れないこともない。便所男は身体をよじり、骨が音立てて折れるのもかまわず、混沌の穴の中へと落下した。

濃密な芳香が鼻をつく。全身が粘液にまみれはじめる。おびただしい排泄物に囲まれながら、呼吸《いき》もできず、便所男は黄金の蛇たちとともに下へ下へと降《くだ》っていった。

行き止まりはなかった。穴はどこまでも続いていた。赤光《しゃっこう》がゆらめいている。何かが溶けはじめる。いまだかつて人類が思い出したことのない忘失の記憶を、便所男は少しずつ呼び醒まそうとしていた。

地殻を破り、熔岩《ようがん》を切り裂き……ついに便所男は地球の中心に位置した。そこには虚《うろ》のような球型の空間が在った。黄金の蛇たちは蝟集し、便所男の周りを三度左へ、三度右へ回転して一つになったかと思うと、凜《りん》とした輝きを放つ黄金の剣と化した。

便所男は剣をゆっくりと上方に振りかざした。地層を貫いて不意に黒い穴が開き、その彼方に、幽かに北極星《ポラリス》が見えた。地が胎動し、濁流とともに激しく噴き上げられ、便所男は黒洞々たる宇宙空間へと放逐された。

＊

均質な闇の中をどれほど流れたことだろう。いま、便所男の憑かれた目の前には、究極のブラックホールが在った。

暗黒の渦にいままさに呑みこまれようとしたとき、便所男はさだかならぬ声を聞き、ふと後方を振り向いた。そして、見た。おぞましい巨大な黒い便器を——。

宇宙は便器だ！　星は糞だ！

便所男はすべての記憶を回復した。その身体はいつのまにか真っ赤に染まっていた。

究極の暗黒、暗黒の混沌のなかに、一条の光がさした。それは輝ける大便であった。便所男は赤い口をあけて最後の晩餐《ばんさん》をした。

究極の暗黒の穴に宿る盲目の神は、排便中の闖入者《ちんにゅうしゃ》に驚愕した。真っ赤な塊と化した便所男は黄金の剣をかざし、一太刀で切り裂いた。

赤光が渦巻いた。**神は消滅した。**便器は赤く染まりはじめた。それぞれの星に蛇が顕《あら》われ、三度右へ、三度左へ回転した。

すべては混沌になった。便所男は黄金の剣で自らの全身を切り刻み、八方へと飛び散らせた。

蛇は遍在する生命体をすくい上げ、宇宙のある一点へ向けて集結しつつあった。**便は便器も排便者をも超越するのだ！**

宇宙の至るところで赤光が渦巻いていた。それは人智を越えた呪文を象《かたど》っていた。とぐろを巻く無数の蛇は少しずつ合一し、ついには単一の存在となった。

赤光は熾烈を極め、宇宙のある一点で、蛇は太古の世に盲目の神によって奪われた黄金の剣に悠久《ゆうきゅう》の時を経て再会した。

名もない、いや便所男という名の英雄の末裔《まつえい》である赤光は、蛇が黄金の剣を尾に胎蔵する瞬間に消えた。

蛇はついに原初と同じ位置に戻った。

便器は消えた。

そして闇は、また静かに波動しはじめた。

七色魔術戦争《レインボー・マジック・ウォーズ》

1

その夏ほどヒトが引力というものを身近に感じた時はなかった。陽《ひ》は蒼天《そうてん》に懸《か》かり、同じような軌跡を描いて沈んでいったが、輝きは失われ、とろとろとあわい橙色《だいだいいろ》の光を投げかけるばかりだった。

すでに冬の地域ではいくつかの都市が氷に閉ざされ、ヒトは少しでも暖かい土地を求めて大移動をはじめていた。地球の冷却化――そのまぎれもない一つの事実は、かつて名づけられたことのない遠方の星の運行異常によって惹起《じゃっき》され、未曾有《みぞう》の混乱を生ぜしめた。二百年はあまりに短い。地球脱出計画の大半《たいはん》は、悪魔の星《デビル・スター》のわずかな気まぐれのために大幅な修正を余儀なくされたのである。

五百二十三年前、何度目かの〈最終戦争〉が閃光《せんこう》とともに三分ジャストで終わり、またいくつかの国が失われた。残されたヒトは「歴史はくりかえされる」といううらぶれた格言を胸に遅々として再建の途に就きはじめた。だが、一人の科学者によって精度99・87%という恐るべき予言が発表されるに及び、そのすべての努力は空しいものとなった。

――七百二十三年後、地球は冷えはじめる。それはこの星の死滅を意味していた。全地球的規模で激しい終末の嵐が吹き荒れた。病を知らない肉体は強烈な快楽のために日に夜に傷つけられた。

こうして〈狂気の時代〉が終わり、世代の者が消えると、ようやく具体的な方策が検討されるようになった。人工的に地球を暖める試みは理論的に成立するとはいえ、表相を覆う生命体の安全はいささかも保証されなかった。それならば、後の見通しは確たるものとはいえないにせよ、とにもかくにも地球を脱出し、〈最終戦争〉の難を免《まぬが》れた人工宇宙都市ラムダを拠点として新たな路を模索するのが上策だろう。いや、それしかあるまい。技術の粋《すい》を集め、各地でいくつかの巨大な宇宙船が建造されはじめた。そしてようやく、来《きた》るべき終末の日にすべての人類とあらゆる生命体のサンプルを収容する見通しが曲がりなりにもついたのである。

だが、正常な航路を外れた悪魔の星《デビル・スター》はそのもくろみを完膚《かんぷ》なきまでに打ち砕いてしまった。二百年の誤差——。それは致命的なものだった。大宇宙船の完成はもはや不可能であると発表された。宇宙へ脱出できる者の数は当初の計画をよほど下回り、微々たるものに限られた。

〈狂気の時代〉がよみがえった。指導者と科学者の子弟にのみ脱出の資格が与えられるという噂がまことしやかに流れ、各地に暴動が起きた。すでに〈最終戦争〉の頃より国家の存在は形骸《けいがい》化していたが、混乱はその傾向に拍車をかけ、しだいに名さえも忘れられるようになった。加えて地球とともに人類も死滅すべきだとする狂徒が輩出し、統括するもののないまま、状況は混迷の一途をたどった。

幾重《いくえ》にもはりめぐらされたメディアを通じて、地球の歴史と脱出の展望についてのおびただしい情報が流された。埋もれていたあまたの資料が発掘され、人類の歴史を総括する壮大な試みがそこここで行われた。

それはひとつの重要な副作用を生ぜしめた。継承者《けいしょう》のなくなった宗教が新たな光に照らされて復活し、国家にかわって暗躍していた数々の秘密結社に摂取され、しだいに超大陸間にひろがっていったのである。

それらは統合・駆逐《くちく》・淘汰《とうた》をくりかえし、七つの主たる流れとなって地球脱出計画を担いはじめた。

＊

白魔術と黒魔術――。フリーメーソンの善悪の両面ホワイト・メーソン＆ブラック・メーソンの対立から長い年月を閲《けみ》し、その由来《ゆらい》も因縁《いんねん》もすでに忘却されていたが、おりおりの表相的運動を吸取しつつ二つの流れは連綿とつらなり、この末世《まつせ》においても確固たる地盤をもって互いに対立していた。

世界連邦設立や人工都市ラムダの建設に腐心したといわれる白魔術派は、精神世界の拡大に意を用いる人々と現実的な方策を模索する人々とがほどよく調和し、このたびの脱出計画においても指導者的な役割を果たしていた。

いっぽう黒魔術派はかの大異常者アルベルト・メアーを中興《ちゅうこう》の祖とし、二一世紀初頭に突如として再生した暗殺教団を傘下に加え、血に濡れたもうひとつの歴史を形成してきた。彼らは大宇宙の果ての混沌《こんとん》の闇に棲む異形の神々と黙契《もっけい》をかわしていると云われ、地球滅亡の年を悪魔暦元年《がんねん》とし、来るべき宇宙制覇《せいは》へ向けて秘策を練りつづけていた。

＊

これら黒白二元《こくびゃく》の魔術に対し、独自な路を築きあげてきたのが有色魔術一派である。

赤魔術は共産主義が危殆《きたい》に頻《ひん》した際、マルクスのひとり子として地上に降臨《こうりん》したウクライナの農夫ヤン・シュメルコフによって示唆《しさ》されたもので、のちに地球空洞説を摂取して万有火力ムーヴメントを展開、あらゆるヒエラルキーの根源に宿る赤い火が一如《いちにょ》となったところに顕現《けんげん》する内部地球のヴィジョンを喧伝《けんでん》して支持者を拡げた。ときには恐水病などの逆効果をも生んだが、人類最初の発見である火をあらゆるものの中核に据《す》えた単純な教理は信奉《しんぽう》しやすく、活力に満ちた人々はしだいに上層部へも浸透していった。地球脱出においても彼らはもっとも楽観的で、いつの日かわれわれ自身が火となり太陽に輝きと熱をとりもどすであろうと信じて疑わなかった。

＊

二〇三三年八月、ノヴァーリスの遺稿が発見された。そこには「青い花」で展開された神秘思想がより簡潔な言葉によって啓示されていた。それはしばらく限られた人々のあいだで呪文のように読み継がれていったが、かのユーラシア大陸戦争終結の日、自らの屍体《したい》から青い花を咲かせた少女エレーンの奇蹟を得るに及び、青魔術として明確なムーヴメントの態勢を整えるようになった。

あまりに唯心《ゆいしん》的な赤魔術などに対し、青魔術の特色は有機物ばかりでなく無機物までも視座に含めたところにあり、森羅万象《しんらばんしょう》ありとあらゆるものは遍在する青い花の一斉開花のための種子を内包しているとした。地球からの脱出も大いなる青い花を求めるための壮挙《そうきょ》であると規定され、母なる青号《マミー・ブルー》と名づけられた宇宙船の建設に日夜《にちや》いそしんでいた。

＊

青魔術は動物と鉱物のなかだちをするものとしての植物に重要な位置を与えたが、植物およびその固有の色を基底にした一派もあった。エコロジー運動に端《たん》を発したそれは緑魔術と称され、各人がザイールの世界樹を象《かたど》ったペンダントを持ち、しだいに枝葉を拡げていった。

だが、いつの日かヒトもまた光合成が可能になるという信念をもつ彼らにとって、太陽と地球の衰弱による衝撃ははなはだしく、有色魔術一派のなかでもその褪色《たいしょく》は明らかであった。最新技術の結晶ともいうべき白魔術、あるいは攻撃機能をも備えた黒魔術の宇宙船などに比し、彼らのそれは旧型で、いかに緑の面積を多くするかにのみ意が用いられていた。

＊

拝火教《はいか》を発掘・摂取した赤魔術のヴァイタリティーは、思索するということを知らない人々のあいだに浸透《しんとう》したが、それに満足できない者は多く黄魔術に走った。同じ光であっても彼らが仰ぐのは月光だった。月光に永く晒《さら》された水は毒を発する、という名の知れぬ錬金道士の言葉を旨《むね》とし、最終戦争の前後に図ったように現れて〈狂気の時代〉をつかさどってきた彼らは、地球脱出を地球の時代から月の時代への大いなる移行ととらえ、月にほど近い人工都市ラムダを経て母なる月面に鎮まる時を心待ちにしていた。

＊

これらの主たる有色魔術に対して、独自に宇宙船を建造する資力をもたない弱少魔術は連合して脱出の準備を進めた。超然的貴族主義の色合いが濃い紫魔術と、夜が夜でありはじめる瞬間に永遠の顕現を視《み》る晦《かい》渋《じゅう》な教義で知られる藍魔術とは盟約を結んで力を補い、地球脱出という大目標に向かって協力関係を密にしていった。このほかにもクリムゾン魔術だのエメラルドグリーン魔術だのといったマイナー魔術が輩出し、百《ひゃっ》花《か》繚乱《りょうらん》の趣《おもむき》を呈していたが、それでは脱出は不可能だと知ると同系統の大有色魔術へと転向し、七台の宇宙船へ向けてしだいに収斂《しゅうれん》していった。

しかし分派活動もまた盛んであり、各魔術間の破壊工作とあいまって状況の混迷にいっそう拍車をかけていた。赤魔術の一派〈力の火〉グループは黒魔術と通底し、さらに貨幣の光を第一義とする黄魔術異端派と結託して白魔術殲滅《せんめつ》のための下工作をめぐらせた。また青魔術左派である〈植物の光《ひかり》協会〉は緑魔術右派と連合して藍魔術の一部を蚕食《さんしょく》した。このようにめまぐるしい動きが数十年のあいだに展開されたが、いよいよ地球が冷えてくると落ち着くところに落ち着き、とりどりの色に塗られた宇宙船の離陸を待つばかりとなった。

最後の日が近づくにしたがい、いかなる魔術をも問わず、一様にヒト自身の機能に顕著《けんちょ》な変化が見られるようになった。すでによほど以前から生殖器《せいしょくき》は快楽にのみ捧げられるものとなっており、受胎《じゅたい》と出産は完璧なメカニズムによって統禦《とうぎょ》されていたが、それに必要な体液にさえ生殖機能が喪失《そうしつ》しはじめたのだ。地球の死滅という厳然たる事実は、精神や肉体の領域を超え、種の機能という根源的なものに鋭い一撃を与えたのである。当座のことだけを考えると人口の減少は歓迎すべき事柄《ことがら》だったが、このままでは地球の死滅につづいて種《しゅ》としてのヒトが死滅するのは必定《ひつじょう》であり、事態はまことに由々《ゆゆ》しいものであった。

だがこの危機は名の知れぬ一対の青魔術の少年少女によって未然に防がれた。愛し合う彼らは、いかなる生殖機能にもよらず、互いに発するオーラを結晶させて分身を生ぜしめたのであった。これは共時性を帯びて各魔術間に伝播《でんぱ》し、そこここで新しいヒトが誕生した。愛の持続が失われるとその結晶も崩壊するという難点はあったが、ヒトはこの発見に狂喜し、黒魔術では異形の神との黙契、赤魔術では内部の火の幻視というふうに、相対的な意味をもつ〈愛〉を確認しつつ血脈を継いでいった。そしてこのシステムが全的に行きわたるとオーラは目に見えるものになり、それぞれの色を発するようになった。赤は赤に、青は青に、緑は緑に、同じ色をもつ人々が輪郭《りんかく》の外なるオーラを光らせながら七台の宇宙船へと集結した。

＊

しかし、いまだいかなる色も持たない人々も存在した。彼らは地球に殉じ、地球とともに生を終わろうとする者で、〈地球人〉と蔑称《べっしょう》され、雪と氷に全《まった》きまでに閉ざされる時を従容《しょうよう》と待っていた。

彼らには脱出の途《みち》はなかった。生きながら骨となるほかなかった。自分が生まれ育ったこの地で、星とともに死んで行くのだ。これほど幸福なことはない。小動物を胸に抱き、その眼でとらえることができるまでに衰弱した太陽を見つめながら、彼らはしずかに眠りに就いた。

陽《ひ》はますますあわく、終焉《しゅうえん》の幽かな光を太陽系の第三遊星にもたらした。死に瀕した大地はしだいに厚くなっていく氷のためにもはや光を感じることができなかった。降り止むことのない雪は、脱出することを拒んだ〈地球人〉も、選択することを許されなかった動物たちも、〈最終戦争〉終結後復興の途中で捨て置かれた都布も一如として、ただ一色の輝くような白に塗りつぶしていった。

そしてその運命の日、七色の宇宙船は刻《とき》を争って地上を離れた。いっさいの動くものが消えると、あとはただ影のない静謐《せいひつ》な白い世界があまたの骸《むくろ》を覆いつくしていった。

II

それぞれの想いを載せて七台の宇宙船は闇のなかを奔《はし》っていく。ここは黄魔術の人々が乗る黄色い神号《イエロー・ゴッド》の管制室――。

「あと1分31秒後、ラムダの中央ステーションに到着。全員、着陸態勢に入れ」

ラムダには約三千人の技術者が駐留している。地上での抗争やシステムの変化を経験していない彼らに対する処置は重要な懸案だった。とりわけここを基地として月面に移住する計画をもつ黄魔術にとって、ラムダの人々の支持を得ることは必要不可欠であった。

だがその計画は瞬時にして無に帰した。人工都市への入口はどこにも存在しなかった。否、すべての入口が無作為に開かれていた。それは砲撃のあとの忌むべき傷口だった。崩壊の跡はそこここで黒い十字を象《かたど》っていた。唯一攻撃機能を有する黒魔術の黒 海号《シー・ブラック》が先に到着し、宇宙における唯一無二のものとなるために他の魔術の依代《よりしろ》を破壊していったことは、誰の目にも明らかだった。

生き残った者は皆無だった。幽かに月が見える。何の手立てもないまま母なる月へ赴いて死を待つか、このままあてなく闇を旅していくか、二つに一つだった。深層の部屋で翳ったオーラを発しながら永い間黙っていたエリム船長は、目をあけると前方の闇をゆっくりと指さした。彼《か》の地を後にし、不可視の月を求めて静かに船が動きはじめたとき、地上を離れるときには見られなかった涙がいくすじも流れた。

＊

闇、闇、闇のなか、その色はない。緑色の怪物号《グリーン・モンスター》の内部には厭世《えんせい》の空気が色濃く漂っていた。ある者は黒洞々《こくとうとう》たる闇の彼方に世界樹を幻視しようとして果たせず、しだいにオーラを失っていった。またある者は有毒ガスに覆われた緑光星に憑かれ、単身船をまろび出てそれきり還らなかった。

……またひとり逃げて行く。緑は一瞬の光芒を残し、またたくうちに均質な闇に溶け去った。もう誰もふりむこうとはしない。ジュラは伏せていた眼を不意にあげた。

そこにはルリアの耀《かがや》く緑の瞳があった。オーラはオーラを呼んで惹き合い、そしてまたひとつのひめやかな生命が誕生した。

＊

「ねえ、ひとつ訊いてもいい？」

青色の混沌からヒトとしての形状を成し了《お》えた新しい生命は年若い母親にたずねた。

「あたしはどこから来たの？」

「地球……」

「その星はどこにあるの？」

「ずっと、向こう」

「じゃあ、あたしたち、これから地球へ帰るのね」

「……」

彼女は何も答えず、小さなまるい石を静かにわが子の額のまんなかに押しあてた。それは瞳と見まがうような青く輝く鉱物だった。

「これ、なあに？」

「この石をつけると霊視がひろがるのよ」

「霊視？」

「そう、あなたにも青い花が見えるわ」

「……何も見えない」

「……いまに、見えるわ」

母と子はそれきり塑像のようにおし黙ったまま窓の外を見つめつづけた。

＊

赤い太陽号《レッド・サン》は聖なる太陽に接近しようとして果たせず、軌道制御機能の一部をやられ、あてなく虚空をさまよっていた。死滅した星の破片以外に流れるもののない闇のなか、熱と光に憑《つ》かれた人々はしだいに離陸の際の信念を喪失し、狂気の色を深めていった。しかしそれは収斂することなく、瞬時にして消え去っていった。〈力の火〉グループの残党はそこここで黒魔術の呪文を唱え、〈夢の火〉一派によって完膚《かんぷ》なきまでに駆逐された。巨大な卵型の宇宙船はいつのまにか無数の赤い火の玉に覆われ、迎えるもののない闇をゆっくりと流れていった。

＊

同じころ、黒《シー・ブラック》海号は地球からもっとも遠ざかったところにいた。黒いオーラは闇に同化し、その力を享《う》けて、忌まわしい祭儀が日々くりひろげられた。

「大いなる神よ、彼岸に往けるわれらに出口を与えしめよ、イア、イアー！　黙契《もっけい》は完了せり。ラ・ラ・ラ、フタグン、イア、イアー！」

呪文は呪文を呼んでひろがり、見神者《けんしんしゃ》の末裔が口々に発見《ユリイカ》の声をあげた。が、見いだしたものは自らの再生不能の死に過ぎず、ふたたび沈黙が船内を領した。ラムダ崩壊のあと、最新兵器は目標を与えられないまま空しく幽閉されていた。人々もまた均質な闇を視ることに疲れ、求心力をもたない徒労の儀式だけが連綿とつづいていった。

「大いなる神よ……」

「神よ……」

「神……」

声はしだいに細らみ、やがて聞こえなくなった。

＊

そんな黒《シー・ブラック》海号の動きを白《ホワイト・フォンテン》山号のレーダーは常にとらえていた。兵器こそ搭載していないが白魔術の科学技術は群を抜いており、過ぎ行く星が棲む条件に適しているか否かは瞬時にして見きわめられた。しかし刻々とデータを弾き出すコンピュータは芳しい結論をただの一度も出そうとはしなかった。

白魔術の最終目標はこの大宇宙の場で宿敵黒魔術を打ち破り、定住に適した星で安寧《あんねい》な日々を送ることだった。だが武器をもつ黒《シー・ブラック》海号には容易に近づけず、終《つい》の棲家の発見もかなわぬまま時だけが流れていった。頻繁と催された会議もいつしか間遠になり、滅べる地球への想いのみが募っていく。帰還を唱える者も目立ちはじめ、不毛の論議がつづき、いくつもの反逆者の骸が闇に放逐された。オーラも灰と見まがうほどにくすみ、未来を信じない子が生を享けた呪いの声をそこここであげた。

＊

その日、紫の踊り子《パープル・ダンサー》号のなかでひとりの不思議な子供が生まれた。紫魔術の少年と藍魔術の少女とが契ってもうけたその子は、紫とも藍ともつかぬ面妖な色のオーラを発していた。そして、その小さな手の指はたしかに一本足りなかった。

同じような現象は他の有色魔術でも起こりはじめた。ヒトがヒトであることを示す器官を喪失した子が、それぞれの宇宙船のなかで呱々《ここ》の声をあげた。輪郭はしだいにあいまいになり、限りなくヒトならざるものに近づいていった。

そして月日は流れ、幾世代を経て地球脱出がもはや伝説と化したとき、生命の内と外を区別する境界は全きまでに喪われた。機械だけが動きつづける。白魔術のコンピュータがはじめて注目すべきデータを出したときも、それを確認して狂喜するはずのヒトの眼はどこにも存在しなかった。

データは生存可能な星に接近しつつあることを明示していた。ひときわ輝く熱と光の塊《かたまり》を中心として回転する遊星群。その三番目の星が必要条件を満たしていたのである。

宇宙船のなかで生まれ、不要の器官を喪失し、ついにオーラだけとなってたゆたう新しいヒトにとって、その星が死滅した地球に生き写しであることなど知る由《よし》もなかった。

＊

――原太陽系《ウル》。遠い昔、二つの巨大な星がすれちがった。大宇宙において星がきわめて近いところを行き違うことはよほど稀だった。星は互いに接近する方向に膨張し、激しく回転した。そして、二つの星が離れる際にいくつかの遊星群が生まれ、系を形成しつつ遠ざかっていった。

一方の系はヒトが棲んでいた地球を包含する太陽系だった。そして、それと全く同じ構造をもつもうひとつの系が原太陽系《ウル》なのであった。時と名づけられた闇の波動は、二つの系の進化に大きな差異を生ぜしめた。

地球が滅び、その残存者が七台の宇宙船に乗って脱出し、器官をしだいに失いながらこの地に至ったとき、原《ウル》太陽系はようやく少年の日を終わろうとしていたのである。

それぞれの路をたどってきた七色の宇宙船は、不可視の糸にたぐり寄せられるかのようにこの星の周囲に集まってきた。黒　海《シー・ブラック》号は白　山《ホワイト・フォンテン》号の姿を間近にとらえた。だが、もはや指をもたないヒトには先鋭兵器の発射ボタンを押すことは不可能だった。

にわかに幻暈《げんうん》が起きた。ヒトがヒトであることを示す最後の器官が消え、すべては光になった。自分と他人との区別すらつかなくなり、操作できない機械類をたずさえたまま、船は七色の水脈《みお》を曳《ひ》いてゆっくりと原《ウル》地球の表面へと落下していった。

Ⅲ

金属の板が破れ、うねり、あらゆる計器は破壊された。おびただしい光の渦が内部からあふれ、場はあくなき混沌によって律せられた。

いかなる方向性も持たない七色の渦は、七日七晩渦巻いたあと、よせてはかえし、かえしてはよせ、互いにせめぎ合いながらそれぞれの領域をひろげていった。

＊

黒　　　　白
黒　　　白
黒　　白
黒　白
黒白
黒白
白黒
黒白
白黒
黒白
赤
黄
赤　黄
黄
赤　黄
黄

　　　　　　　　青
　　　　　　青
　　青　　青
青　　青

　　　　　　　　緑
　　　赤　　　　緑
　　　　　　　　緑
赤　　　　　　　緑
　　　　　　　　緑
　　　　　　緑　　緑
黄　　緑　緑
　　黄　黄　黄

*

赤　　赤　　赤　　赤

　　　　　　　　　黄　黄　黄
　　　　　　　黄
黄　黄　黄　黄

　　　　青　＊　　赤赤赤赤赤赤赤
　　　青　　　　赤　　黄
　　青　　　　　　　　　黄
　　　青　　赤　　　　緑黄
　　　　青　　　　　　緑黄
　　　　灰
黒　　　紫
黒黒
黒黒黒
黒黒黒黒
黒黒黒黒黒　　白　白　　赤赤赤
黒黒黒黒
黒黒黒

黒黒　　　青　　　　　藍
黒　　　　青
　　　　　青
黒白黒　　＊　　白黒白
　　　　　白
　　　　　白
　　　　　白
　　　　　　　　　　　黄　青
　赤　　　　　　　　黄　　　青
赤赤赤　　　　　　　　黄　青
　赤　　　　　　　　黄　　　青
　赤　　　　　　　　黄　　　青
　　　　　　　　　　　黄　青
　　　　　紫
　黒
　　黄　　　＊　　　緑
　黒

　　　　　藍
　　　　　　　　青
　　　　　　　白青
　　　　　　青白青
　　　　　白青白
　　　　青白青
白青白　　　　　　　＊
白青
白
白
白　　　　　　　　　黄

白　　　　黒　　　　緑
白
白　　　　黒

黒

赤

青　紫　藍

赤

青

赤　藍　紫

青

赤

＊

色は色を呼んで惹き合い、離れ、うねり、喪失し、狂い、荒れ、波立ち、あくなき戦闘の果てにそれぞれの場に鎮まっていった。

海ができた。陸ができた。風が吹いた。雨が降った。雪が舞った。七色は混然一体となり、濃淡とりまぜてあまたのものに収斂していった。

オーラとなった生命は、さらに原地球《ウル》における戦いの過程においてすべてが未分化《みぶんか》となり、ありとあらゆるものに宿った。魔術は意味を喪失し、純然たる色はもはやどこにも存在しなかった。

夜から昼へ、昼から夜へ、月日は流れた。闇のなかにも光があり、光のなかにも闇があった。山は割れ、赤い炎を吹き出し、やがて冷えていった。灰のなかから緑が生まれ、泥流《でいりゅう》は水をせきとめて青を造った。幾月も降りつづいた雨が止み、原太陽《ウル》が輝く赤を放った。

薄明《はくめい》にはすべてが凪《な》いだ。最初の月光が射した。音はない。やがて、闇がいっさいを覆いつくした。

＊

こうして原地球《ウル》は大いなる始源の姿を顕わした。地水火風、いっさいのものは遠い昔に離れた双生児の太古の世と同じに見えた。水は流れ、火は逆巻き、陸と海はしだいにその形状を明らかにしていった。

だが、この世界には生命がなかった。いや、あらゆるものが生命だった。緑魔術の果ての姿の森だけがわずかに植物という生命体の様相を示していたが、それは黒魔術の闇や青魔術の海などと構造においていささかも異なってはいなかった。

世界には動く影がなかった。終末から死へ、地球から宇宙へ、ヒトからオーラへ、そして七色のスペクトルとなって激しく戦ったそれらは、地となり水となり木となり光となって原地球《ウル》の森羅万象に鎮まっていた。

宇宙船の破片はもうそれが何の役割を果たしていたかわからないまでに変形し、奇妙な墓碑《ぼひ》かトーテムのようにそこここで埋もれかけていた。線はずたずたにひき裂かれ、あるものは海へ、あるものは火口へと没して見えなくなった。

ヒト、そしてオーラにたたみこまれた記憶は、個が流れのなかに呑みこまれる刹那に失われた。魔術全体の意志だけがあとに残った。緑魔術の樹木は念願の光合成をし、黄魔術の土は冷え冷えと月光を招いた。赤魔術の炎は原太陽《ウル》に宿り、白魔術の光はあまねく世界を照らした。青魔術の水は海から蒸発して地に降る際に億万の青い花を咲かせた。黒魔術の闇は形象をひとしなみに塗りつぶしていった。そして藍魔術と紫魔術の薄明は夜と昼のあわいにひっそりと息づいていた。

それらは日々刻々と周期を重ね、魔術の意志は法則と化した。地球人の末裔はいたるところに遍在していた。しかし、もう彼らには意識のかけらさえ残ってはいなかった。

Ⅳ

あわく息づきはじめたその星を、原太陽《ウル》はしずかに照らした。星は、いかなる動物をもしたがえず、ゆっくりと回転していた。

前方は闇、後方も闇。東西南北併呑《へいどん》し、暗黒は輝く星を浮かびあがらせていた。生命という特異な存在のかたちがひとつの死に瀕した星からもうひとつの育ちゆく星へと長い年月をかけて移動した。その過程において形象は失われ、双生の片割星《かたわれぼし》に逢着したとき、元の生命の刻印は完膚なきまでに溶解していた。

流れだけが残った。流れは混沌となり、すさまじい戦いがくりひろげられ、そしてすべてが終わったとき、もうそれは生命のかたちではなかった。

＊

幽かに、声が聞こえる。それは暗黒のなかから輝く星へ向けて陰々と響いている。宇宙船から放逐された者の骸がいくつも漂っている。それだけがヒトの姿をとどめている。闇のなかに、ひとすじの螺旋の路ができた。その彼方に、死滅した星の姿が忽然《こつぜん》と浮かびあがった。雪と氷に覆われたその星は、あまたの骸を胎蔵《たいぞう》し、深く眠っていた。〈地球人〉も、小動物も、機械の破片も、眠りのとばりをこえて、遠い遠い世の記憶を少しずつ呼びさましているかのようだった。

動く影ひとつない暗黒で、どこを見ても黒洞々たる闇だった。さだかならぬ声は、二つの星をつなぐかのように、低く、かすかに響きつづけている。

鏡のない鏡

それは鏡ではなかった。

悪夢を見るとかならずたどりつく場所――。僻村《へきそん》の、生家の、土蔵の、地下の壁。（もっとも私に生家があったのか、あったとしてもそこに土蔵があったかどうか、はなはだ疑わしいのだが）。そこには枠だけの鏡があり、太古の世から寝かされているような酒の気配だけを映していた。

夢のなかで夢を見て、夢が夢でなくなり、おぼろげに浮上しはじめる私自身を見るとき、地下への階段が不意に開く。街であれ海であれ、その秘密の入口は唐突に私をいざなうのだ。長い階段を降《くだ》ると、壁がある。鏡のない鏡がある。私は名状《めいじょう》しがたい酒の蒸気を嗅ぎながら悪夢のなかにどっかりと腰を下ろす。ややあって、鏡がないはずの鏡にいくつかの映像が浮かびはじめる。

奥のほうに赤いものが見える。血だ。返り血に染まった私はすでに夢のなかで殺人者となっている。それが芳醇な酒を飲むための第一の資格なのだ。

鏡のない鏡の映像はしだいに鮮明になっていく。殺人者が握る短剣の柄には蛇のような文字がびっしりと彫りこまれている。一字として判別できない奇妙な字だ。やがて心臓がえぐられ、来たるべき殺人劇は幕を閉じる。そして私はいつものように光の中に覚醒する。部屋は眠りについたときと全く変わっていない。ただ、何者かによって届けられた短剣を除いては……。

私は街に出る。ぬめぬめとした風が吹いている。街を歩く私の存在感覚はしだいに薄れ、すべての輪郭はあわい光のなかに溶ける。

同じような光景をどこかで見たような気がする。夢だ。夢のなかの鏡――鏡のない鏡――に映し出された映像と全く同じ光景のなかを私は歩いている。

これは夢ではない。やがて道の向こうから人が現れる。私は短剣の柄をひときわ強く握りしめる。時は流れない。流れるものは、血だ。切り刻む肉の音が崩壊を支え、殺人は現実のままに続行される。

そしてすべての血が尽きたとき、私は何事もなかったかのように部屋に戻り、今日の報酬の酒を呑むために再び夢の世界へ還るのだ。

一体、犯罪の発覚というものは犯罪者の残念に拠るところが大である。私の残念は芳醇な太古の酒の香りの前に完膚なきまでに打ち消され、ために数十件にもなんなんとするいわゆる「事件」はすべて迷宮入りとなった。

さて、酒だ。被害者の流した血は夢の被膜によって浄化され、たとえようもない芳香の酒となって私の前に顕《あら》われる。爬虫類の血と交じり合いでもするのか、それは日ごとに佳味《かみ》を増していく。同時に鏡の映像もしだいに鮮明になっていく。

鏡の向こうに扉がある。不意にその秘密の領域に気づいたとき、私はもうとうに連続殺人犯という名称を逸脱するまでになっていた。連続は不連続となり、そして大いなる連鎖につながった。

血を流して死んでいった者の名前はあとになって新聞で確認した。それは最初のうちは全く無名の市民にすぎなかったが、物理的移動を経ず短剣を懐《ふところ》に部屋を出るや否や目的の地へと到達するという恐るべき超常現象が備わるにしたがい、人類の進歩・文明の発達になにがしかの寄与をした（あるいはするであろう）重要な人物がしだいに加わるようになった。そこには何か忌むべき力が働いているに違いない。そう思ったとき、鏡の奥処《おくど》に潜む秘密の領域が唐突に私の意識の表相に顕われてきたのである。

しかし私に起こった変化はそれのみにはとどまらなかった。殺人の刹那に感じる名状しがたい情欲の湧《ゆう》出《しゅつ》を一体貴君はご存じか？　もっともそれはけっして稀なことではない。注目すべきは、私の情欲のベクトルが殺人を重ねるにつれ外方向から内方向へと変化していったことだ。そして実に、私自身の雄としての機能もしだいに短くなっていったのである。そう、私は限りなく両性具有者に近づきつつあったのだ。

悪夢の時間は細らみ、夢の円環は単一になり、私はその場所へ、鏡の前へ、一瞬にしてたどりつけるようになった。そして酒、鏡――鏡は次の犠牲者を映し、目覚めるや否や間髪を容《い》れずその地へ飛び、殺人、血は流れ、またひとり人類が消え、その構造は少しずつ崩壊し、束の間の現実は終わる。ふたたび夢――酒があり、鏡、目覚め、時間はなく、殺人、酒、鏡、殺人、酒、鏡――の周期は日ごとに短く、気がつけば空は赤く、世界はなだれなだれて終末を間近に迎えようとしていた。

すでに男根はなく、両性の残滓《ざんし》が股間に見るもおぞましい刻印を遺している。呼び声は高まり、忌むべき力は今やその想像を絶するほど恐ろしい形態を鏡の奥処に顕《た》ち現そうとしていた。

そしてその日――空は異様に赫く、神の再来と万人に謳《うた》われた聖者が狂剣に倒れた。私は授けられた至上の酒を含みつつ、鏡のない鏡の奥の扉がしずかに開くのをおぼろげに見た。

初めそれは寄せては返す暗黒の混沌だった。濃淡の輪が顕われ、消え、完全無欠の暗黒の塊《かたまり》が場を律するや否や、一点の光が彼方からさしこみ、忌むべき力のおぞましい現形《げんぎょう》を少しずつ浮かびあがらせていった。

酒に朧朧《もうろう》となった頭は瞬時にして削ぎ取られ、私の開きった二つの瞳孔にまずその胴体（あえてそう呼ぶならば）の前面が映った。

ああ、その幾何学的でいてなおかつ混沌をきわめた超地上的な姿！　七の倍数の角形を内奥《ないおう》に至るまで連綿と包蔵《ほうぞう》する緑色の球体の集積！　その数はすでに消滅した白矮星《はくわいせい》よりも多く、吐き気を催すほどびっしりと表面を覆い尽くしている。しかも球体の内部の角形はさらに両性の器官をかたどったおぞましい象徴を内包し、ねばねばと刹那ごとに蠢《うごめ》きつづけている。角形は角形を生んでは消え、球体は球体を併呑《へいどん》しては分かれ、私の股間にあるものと寸分も違わない刻印は光り、濡れ、弾け、そしてまた瞬間の属性たる永遠の静寂に形象を保った。そう、ここでは死と生殖は完膚なきまでに一如《いちにょ》なのだ。この忌むべき単性生殖者（その刻印は地上の最も下等な生命の形態とも酷似していたのだが）は生きながら死に、死にながら生き、なおかつ形象を保っている。いったいどれほどの時が、そしてその怨恨《えんこん》が見えざる闇の圧力と化しているのだろうか？　もしそれが一瞬たりとも欠けるならば彼の輪郭はぐちゃぐちゃに崩壊し、地上のありとあらゆる形象をも超えた数のものが弾け放たれることであろう。しかし、なおかつそれは単一であり、そしてまぎれもなく大いなる混沌であるのだ。

ああ、胴体につづいて脚が、脚が、脚が……とても数え切れない……脚が見えてくる。それは少しでも理性というものを備えている者にとっては到底正視に耐えないおぞましい群れであった。てんでんばらばらにざわざわと蠢き、それぞれの方角を指し示すべとべとの繊毛《せんもう》だらけの脚。それには法則性のかけらもないが、すべての方角を総合すると闇は全きまでに埋めつくされるのだ。関節は無気味にきしみ、球体と連動し、さだかならぬ音声を発している。だが、大脳を瞬時に硬化させる汚穢《おわい》のダンスは、実に、かつて地上に存在したありとあらゆる高度文明の文字を具象するものでもあった。私は狂い踊る一本の脚にまごうかたないあのシュピ文明の「無」を表わす記号を見た。

時が〈時〉として流れることをはじめたとき、大いなる旧支配者による至福の世界は終焉を告げ、その現身《うつしみ》は地上における最弱最下等の単性生殖者と化し、そしてその怨恨は不可視の闇の領域で果てることなく累々とつらなり、脚を、球体を、汚穢の刻印を……一点の光も差さない暗黒のなかで少しずつ増殖させていったのだ。春に芽吹き、秋に実り、時は流れた。だがそのつい裏側で、脚に籠《こ》められた呪殺の文字は着実に殖えつづけていたのだ。

そしていま——終末の時、闇の彼方から一条の光が差しこみ、旧支配者は何万年の刻印を解かれ、私の眼前にそのおぞましい姿を顕わした。脚・脚・脚……球・球・球……印・印・印……そして、ついに光は顔を、顔を——

だが……ああっ、無い！　顔が無い！

否、ある！　顔は有る！

有るが如き、無きが如き、その人智を超えた恐るべき混沌をいったい誰が形容できよう。それは完全無欠の暗黒であると同時に、完膚なきまでの目映《まばゆ》い光でもあったのだ。晴黒であるがゆえに光、光であるがゆえに暗黒——黒白一如・明暗一如のその一点！　それこそまさに大いなる旧支配者のすべての怨恨が凝集した戦慄の別乾坤《べつけんこん》であった。

表相から間断なく発せられる呻き声が不意に止んだ。私の手にすでに至上の酒のグラスはなく、どことも知れぬその場所に全的に投じ入れられていた。

旧支配者の裏面がゆっくりと顕われた。それは汚穢を極めた前面と全く変わらない球体と刻印と脚の集積であった。ただ、その忌むべき表相を透かして、内部とも外部とも別《わか》たぬ地点へと絶えることなく、旧支配者が支配者であることをやめた時から終末の現在に至るまでの形相の変遷《へんせん》がつづいているのを確認することができた。一つの単純な刻印から、形状はしだいに複雑に、そして混沌をきわめ、旧支配者と寸分も違わぬものとなり、不意に増殖することを止めた。

このとき鏡ははじめて、そしてただ一度きり、鏡としての機能を果たした。大いなる単性生殖者の裏面を透かして連綿とつらなる怨恨の過程の果てに、私は変形を完了した私自身の姿を見た。それは旧支配者の光でもあり闇でもある顔に同化する寸前のひとつの混沌であった。

私は、いやもう私ではない混沌は、唐突に背後に宇宙が宇宙でなくなる境界のぬめりを感じた。と、同時に、忌むべき単性生殖者の形相はにわかな変化を示しはじめた。

ひとつの角形の誕生と消滅はすでに一如であった。蠢く脚はしだいに合一し、人智を超えた恐るべき呪文を象《かたど》り、やがて異形の胴体に溶けた。胴はいったん表裏一体の被膜と化し、闇に呑まれ、光に溶け、ついに暗黒と光明の坩堝《るつぼ》たる顔のない顔がすべての形相を奪い去った。

聖なる闇のなか、混沌はすさまじい勢いである一点へと向けて旅立った。すでに闇はなく、光もなく、はるか背後にその気配のみをとどめていた。

そして――永劫にもわたる長いながい旅が終わり、ひとつの星が混沌の行く手を塞いだ。その青色の星はありとあらゆる生命体を駆逐し、いままさに静かな原初の眠りに還ろうとしていた。

混沌は不意に十万億土の彼方から響く短い叫び声を聴いた。そして、その星に現れた最初の生命体として、鏡のような表相にゆっくりと分け入っていったのであった。

未知なる赤光を求めて

I

黒く妖しい雲が宙空《ちゅうくう》から押し寄せ、真赤な稲妻が数度閃いたかと思うと、にわかに天の一角が開いたかのような豪雨になった。億万の雨粒はすべて赤く、それぞれに螺旋《らせん》を描いて問断なく降り注いでいたが、不思議に冷気は感じなかった。

夢を見ているのかもしれない――地上ではないどこか朧《おぼ》ろな場所でルシアンは思った。赤い雨粒は黄昏時《たそがれどき》の小人のように舞い踊っている。この光景を筆にとどめればきっといいものになるだろう。同じような経験は一再ならずあるが、醒めてしまえぱ記憶は愚にもつかぬもので、夢の鍵は忘却の淵深く秘められたまま……だが、いまルシアンが見ている夢は二度と醒めることはないと思われるほど鮮明なものだった。

不意に雲が切れ、幾条《いくすじ》ものまばゆい光が凄まじい速さで通り過ぎていった。言葉もなく茫然と眺める間《ま》に世界は暗黒に染まり、光は彼方へと去った。落下しているのか飛翔しているのか、上下の感覚はなく、ただ果てしなくつづく黒い穴のなかを、ルシアンはひとすじの線になって流れていた。出口のほうで妖精《フェアリー》とも魔物《デーモン》ともつかぬものどもが蠢いているが、それらはもろともに少しずつ縮んでいる。

ここで一声うめき声をあげれば夢はいともたやすく消え去ってしまうだろう。そう、ちょっと首をうごかしただけで……。ぼくはいま夢の醒めぎわのいちばん薄い領域にいる。醒めたらすぐ仕事にとりかかれるように、ルシアンはどこにもない双眸《そうぼう》を瞠《みは》ろうとした。

四方の闇が波立ちながら押し寄せてきた。数知れぬ黒い触手が見えないままに蠢動《しゅんどう》している。トンネルの出口はさらに遠のき、ひとつの赤い点と化そうとしている。ルシアンははじめて言い知れぬ恐怖を感じた。

……！

たしかに何か叫んだはずなのに、夢は醒めない。いま発した声が後方から投網《とあみ》のように襲ってくる。怕《こわ》くてふりかえることもできない。全速力で駆け出したが出口の赤点はますます縮み……無へ遠ざかり、ほどなく暗黒がすべてを領した。

方向も時も失くなってしまったかのようだった。いまここにいるのはルシアンと限りない暗黒だけだ。夢から醒めると夢になり、夢の中にまた夢があり、無限につづく悪夢の環《わ》を断ち切ろうと………だが、なにかが違う。これは夢ではない。そう、ルシアンはこの世界にいる。暗黒のなかに全的に幽閉されているのだ。

……声が聞こえる。〈外〉からの声だ。闇の一角が薄くなる。

「ねえ、ジョー、やめときなってば……」

「なに云ってんだ、死んだ奴にゃ必要ねえ。金は天下の回り物っつうじゃないか。……チッ、それにしてもシケた野郎だ。これっぽっちじゃ酒代にもならねえ」

ザラザラした男女の話し声――まぎれもない人間の声が、ルシアンのいる朧ろな場所へ響いてくる。助けてくれ！　と叫んでみたが、放たれたのは不明瞭《ふめいりょう》な母音だけ……また無数の触手が蠢きはじめる。

「ジョー、いまなんか聞こえなかった？」

「ああ、変な声がしたな」

「嫌だよ、気味悪いよ、ねえ……」

「チッ、いい年しやがって」

「あんたが変なことしたから怒ってるんだよう」

「うるせえ！」

争う声がしばらくつづき、やがて扉が締まる音が鋼鉄の城門のように重々しく響いた。と同時に、薄い闇の芯からまばゆい光が顕《あら》われ、ルシアンの輪郭を奪い去っていった。変幻きわまりない色彩が二手に分かれて流れ、流れ……そして唐突に視界が展《ひら》けた。

＊

そこは見憶えのある場所だった。気づいたときにはその部屋に茫然と立っていた。たしかにロンドンの裏通り、ルシアン・テイラーの部屋に相違《そうい》なかった。いやに暗く、あたりいちめん灰色がかっていて、壁も天井も微妙にゆらいでいた。

先客がいた。それは人間の姿をしていた。机に向かい、ガックリとうなだれていた。瞳孔が開ききっている。ルシアンと活き写しの男が、ルシアンの部屋で、ルシアンの椅子で、ルシアンの原稿の脇で――死んでいた。

これはいったいどうしたことか？　二人のルシアンが同時に存在していた。ルシアンはもうひとりの息絶えたルシアンに触ろうとしたが、その手はスーッと頭部を突き抜けあてなく虚空をまさぐるばかりだった。

夢ではない。真赤な稲妻が甦る。ルシアンは知った。知ってしまった。自分はもうこの世の人間ではないということを……。原稿の文字は朦朧として読めない。ペンを執ろうとしたが動かない。眼に映るものすべては別の次元のものなのだ。

きれぎれの文章が飛びこんでくる。苦心惨憺《さんたん》して書いたはずなのに、何の高揚もない平板な出来だ。このやせこけた男（死んでいる）は、ところどころ乱された衣服をまとったまま早くも硬直しはじめている。書きかけの原稿をパラフィンランプのあわい光が照らしている。そこに記されているのはもう文字ではない。濃い青色の薬瓶はすっかり空になっている。森魅の土地から来た男（死んでいる）は夢現《ゆめうつつ》のままにこれを嚥《の》んでしまったのだろう。冷気が襲う。泣こうにも身体がない。放逐《ほうちく》された骸《むくろ》は、やがて腐敗し、白い骨だけが残る。ルシアン・テイラーは死んだ。ただ、それだけのことだ。

ふりむくと鏡が見えた。何も映ってはいなかった。幽かに、原稿の束だけが見える。文字は蠕動《ぜんどう》し、無数の蛇になって浮き出し、そしてまた暗黒がすべてを律した。

II

再び光のトンネルを抜け、黄昏《たそがれ》の街に出た。影たちがゆらめいている。あるかなきかの陽《ひ》が人々の輪郭をぼんやりと映している。霧……。否応なく侵入してくる冷気に身を縮めながら、影は灰色の街を流れていく。

そのなかにひときわ影の薄い者たちがいた。彼らの身体はあまりに冷たいので、もう冷気を感じることはない。瞳を開いたまま影はまだ生きている者たちの身体の中を通り過ぎ、深い霧にまぎれていく。死者の群れは往《ゆ》くべきところを知らず、この街にとどまっている。真赤な口が耳のあたりまで裂けている。そのヌラヌラした赤い光を生者が見ることはない。

この街の生ける者には見えぬ一角で、夜な夜な宴がくりひろげられている。怨嗟《えんさ》の声はどこまでも低く、法悦《ほうえつ》のうめきは幾重にも和《わ》し、途《みち》行く者はふと立ちどまり、また外套《がいとう》の襟を立てて歩きはじめる。

ルシアンもまた蹌踉《そうろう》とこのもうひとつの街を歩いていた。サバトで見かけた顔が現われては消え、霧だけが残る。人々はルシアンを前にしても顔色ひとつ変えず足早に通り過ぎていく。こちらから見ると彼らのほうこそ幽霊だ。

試みに石段にこぶしをぶつけてみる。スーッと呑みこまれ、何の感触もない。いちめんの霧、そして灰化している、影は影を求める。だが、二つの影が合一することはない。

……。蒼白の群れは鎮まることなくゆらめきつづける。すでに肉体は朽ち、腐り、崩れ、暗い墓窖《はかぐら》で白骨と化している、影は影を求める。だが、二つの影が合一することはない。

ルシアンの虚ろな身体のまわりにはぼんやりとした羅《うすもの》のような赤光《しゃっこう》が在った。眼窩《がんか》の奥でゆらめき、彼方へと消えていったあの赤い光だった。霧よりも薄く幽かだが、たしかにそれは赤い彩りをもっていた。同じ影はどこにもない。ルシアンだけが赤い光をまとっていた。

いまはもう断ち切れてしまった人生のいくつかの場面《シーン》に赤光は必ず顕《あら》われた。いっさいの由来はわからない。物狂おしく稿を継いでいる時も、青い薬瓶を前に瞳を見開いているときも、寄り添うように盗み見るように、赤い光が渦巻いていた。

いつのまに、見知らぬ街道に出ていた。灰色の荒野の中をひとすじの道がつづいている。浮浪者は小さく路傍《ろぼう》にうずくまったまま最期の夢にまどろんでいる。

彼方から朧ろな影が近づいてくる。灯りはないのに道だけがボーッと光っている。影は真赤に染まっている。全身の傷口から夥しい血潮が滴りつづけている。

見上げると、月はもう一枚の蒼い鏡だ。いっさいの血が喪われた。ルシアンは立ちどまり、宙空に浮く白々とした仮面を見た。それは、まぎれもないルシアン・テイラーの死顔《デスマスク》であった。

*

急速に闇が分かれ、黒い螺旋がそこここで渦巻きはじめた。だが赤光はどこまでもルシアンの虚体にまとわり、去る気配すらなかった。光の源は意識よりも深い虚の一点に在る。ルシアンの意識は螺旋とともに再び晦瞑《かいめい》に沈んでいった。

天空には陽があった。ルシアンは地上とも地底ともつかぬ境界線上の穴の底で白い眼を見開いていた。すでに太陽はひとつの黒い穴にすぎなかった。その中心から赤いしずくが一粒、二粒……と滴り落ちてくる。速度は少しずつ早まり、ほどなく輝く赤い糸となって連続した。

糸は放浪者の眉間をとらえた。ルシアンはにわかにブルブルと震えはじめ、少しずつ上へ上へと持ちあげられていった。地平線の向こうから真赤に染まりながらさだかならぬものが近づいてくる。虚空に縛《いまし》められたまま、ルシアンは気配だけを感じていた。

懐旧《かいきゅう》の小径《こみち》は雑草に閉ざされ、花も鳥もその姿を見なかった。ただくろぐろと荒涼の風景だけがあった。妙《たえ》なる女体と見えた赤い影は枯れ切った泉のくぼみで変化《へんげ》し、頭部から真一文字に鋭い角《つの》が伸びた。大いなる黒い穴を源とする赤糸はよじれあい、からみあい、見えないままにルシアンの虚体を反転させた。億万の虫どもが這いずり回る音が死に絶えた大地に響き、獣の姿勢になったルシアンは脳髄を射るような不意の痛みに声をあげた。汚辱は間断なく注がれ、穴は束の間原始の象《すがた》に還った。

いくつもの赤い螺旋が虚空に散らばった。空を暗黒が領し、ルシアンはその中心へといっさんに引きこまれていった。

Ⅲ

依然として赤光は在った。暗黒のなかにその色だけがゆらめいていた。

唐突に躓《つまず》いて前のめりになり、ルシアンは闇の奥へ階段が続いていることを知った。この旅は至高の赤光への永い永い彷徨《ほうこう》だ――。ルシアンの虚体を覆う色はいまだ幽かな光であった。

死んでからどれほどの時間が流れたかわからない。階段はとぎれようとしない。ふりむいても闇ばかりで色も光も見えない。唯一の色は虚体に宿り、その肉体はおそらく墓窖で緩慢な腐敗をはじめているだろう。二つの影が合一することはない。だが、至高の赤光は彼方に在る。この色が濃くなり究極に達してしまえば、〈二〉という概念も熾烈な光のただなかに溶解する。時間は闇の中に螺旋となって渦巻き、ざわめきつづけている。ルシアンはふりかえることをやめた。

やがて、壮麗な光の門が眼前に姿を顕わした。石柱は奇妙な紋様で埋めつくされており、どうやらそれは文字のようだったが、一字として判読することはできなかった。すでに滅んでしまった民族の言葉が柱の至るところに刻まれているのだ。また扉にはドードーやリョコウバトなど地上から姿を消した生物の化石が疎《まば》らに象嵌《ぞうがん》されていた。

柱のたもとにひとつの人影があった。ルシアンよりもさらに淡い赤光をまとい、長い脚を投げ出したまま物思いに沈んでいた。男はルシアンの姿を見ると翳《かげ》った目をあげた。

「あなたは？」

「ルシアン……」

「どこから来たのですか？」

「ロンドン……。でも、もう死んでいるようです。自分の屍体をはっきりと見ましたから。この世界に来てから言葉の通じる人に逢ったのはあなたが初めてです。教えてください。ここはどこですか？　この扉の向こうには何があるのですか？」

「わからない……」

男は膝を抱えて低く答えた。

「私は夢見の果てにここにたどり着いたのです。現身《うつしみ》は地上で深い睡りに陥っています。眠っている時にだけ夢の国を彷徨する分身がいまの私なのです。いくつもの門をくぐり、さまざまな郷《くに》を通り過ぎてきました。金色の猫たちが護る城、混沌の蛇が蠢く沼……。しかし、どんな経路を辿《たど》っても必ずたどり着くのがここなのです。この門には名前がありません。老賢者も口をつぐんで語ろうとしないのです。扉の向こうにはおそらく人の智では測り知れない魑魅魍魎《ちみもうりょう》が潜んでいるのでしょう。何度か開けようとしたことはあります。しかしそれは私の肉体的な死を意味します。私にはまだ地上の風景が見えます。それが透明になり、すべての色が失われたなら——そのときには、私はこの重い扉を開けることでしょう」

「でも、ぼくにはもう還るべき身体が無いのです……」

しばらく沈黙が続いた。門の上方は闇に溶けたまま、どれほど高いのか判らない。そのたもとで、赤光をまとった二つの影は互いに向き合ったまま動かない。

「ぼくの身体は赤い光に覆われています」

「ええ。私もそうです。あなたほどではありませんが、彷徨をつづけるたびに少しずつ濃くなっていくようです」

「ぼくはこの光の源をつきとめたいのです。そして、言葉にならないほど深いところでぼく自身が赤い光になりたいのです。この門を超えて旅して行けば喪《うしな》われた鍵が見つかるかもしれません」

「わかりました。止めはしません。私が向こうへ往くのもそう遠くはないでしょう。このごろ空の青、樹々の緑がぼんやりと色褪《あ》せて見えるのです。やがてすべての色が消え、世界は真白な単一の光で覆われることでしょう。私が扉を開けるのはその時なのです」

男がそう言い終わったとき、闇の底で鐘が鳴った。音は永く余韻を残し、男の輪郭を微妙に波立たせた。

「もう還らなければなりません。目醒めの時が近づいています。いつかきっとまたお会いしましょう。私があなたであり、あなたが私である世界で……」

「ええ」

「私の名はランドルフ。ランドルフ・カーター」

「ルシアン・テイラーです」

二人は赤く染まった右手をどちらからともなく差し出した。

「では」

ランドルフ・カーターは踵《きびす》を返し、まだ幽《かす》かに鐘の響きが残っている闇の奥へと歩いていった。そのうす赤い小さな背中が点になり暗黒に没し去るまで、ルシアンは縮んでいくカーターのうしろ姿をじっと見つめていた。

そして再び暗黒が視野を領した。ふりむくと、門が見えた。高い、遙かな門であった。

Ⅳ

光の門に手をかけたとき、なつかしい感触が走った。そこには充分な質感があった。それはすでに喪失した現実のものではなかった。だが、ルシアンにとってはまごうかたない真実であった。扉の向こうから無数の蟹を潰したかのようなざわめきが聞こえてくる。ルシアンは門の前でしばらく躊躇していたが、もはや後方には何もない。ようやく意を決し、扉に体をぶつけ、未知なる世界へとなだれこんだ。

苦悶に充ちた亡者の影がからみあいながら押し寄せてくる。断末魔の叫びは幾重にもかさなり、怨磋の渦と化している。扉は内側から開かない。門の裏面は暗い鏡だ。彼方まで……蒼白い亡者の群れを映している。彼らは赤光をまとった奇妙な闖入《ちんにゅう》者のほうへ意味の欠落したきれぎれの母音を発しながらゆっくりと近づいてくる。

ルシアンは恐怖した。生あるうちに感じたものよりよほど強い根源的な恐怖であった。と同時に、ある直観が名状しがたい戦慄をともなって飛来した。**この彼方には赤光が在る!** ルシアンは赤光を視《み》た。いくたびも赤い光を認めた。しかしそれがどこから顕われたものであるかは知らない。かつてぼくは赤い光だった、とルシアンは思った。彼方には赤光が在る。未知なる赤光を求めて、ルシアンは亡者の群れを突っ切り、いっさんに駆け出していった。

触手が鞭《むち》のようにしなり、闖入者の首をとらえようとする。半ば腐った触手はちぎってもちぎってもまとわりついてくる。あまたの突起からはジュクジュクと粘液がにじみ、耐えがたい異臭を発している。

怪物は見えないままに笑っている。ふりむけば目をやられる。闇のなかで変形に変形を重ねた怪物どもはどれほどの数なのか測り知れない。赤光をまとう者はない。ここではルシアンのほうが怪物なのだ。

ひときわ強い衝撃が走り、首が飛んだ。血は流れない。胴体だけになったルシアンはここにはない外なる瞳を開いて転がっていく自らの首を視た。そこにはもう瞳はなかった。くろぐろとした眼窩だけが開いていた。意識をもって増殖する地衣《ちい》類を噛み砕きながら首は少しずつ真赤に染まっていった。

胴体は穴に陥ちた。闇の底には貝ともつかぬ卵ともつかぬ巨大な一つ目があった。互いに離れてはいても、真紅の首と穴の底で蠢く胴体とは一つの意志によってつながっていた。

黒眼を覆う被膜が破れた。どす黒い粘膜が奔《ほとばし》り、一つ目は最期の瞬きをした。その刹那、瞳の中央から真赤な水流が勢いよく噴き上がった。いつか見た赤い泉であった。光はないのにその色だけははっきりとわかった。首は宙空を舞った。口の端には名をもたぬ魔物の肉片が付着していた。にわかに母音が高まり、分身は片割れを呼んだ。ルシアンの首と胴は再び虚空で合一した。その輪郭はひときわ赤く染められていた。こうして最初の試練が終わり、ルシアンはまた長く暗い途《みち》を歩きはじめた。

＊

白い人々が彼方の階段を昇っていく。その嬉々としたさまを見てルシアンは思わず駆け寄ろうとしたが、深い暗黒の川が行く手をさえぎった。川面では双頭の蛇が白い隊列に加わろうとする者を狙っている。

同行者はなかった。ただひとすじの細い道は風もなく、古代文字のようにうねりながら闇の奥へと続いていた。ゴツゴツした岩場に、沼に、湿地帯に、廃残者の骸がいくつも放逐されている。赤黒い骸はもはや顔の判別さえつかず、いましも均質な闇に呑みこまれようとしている。ここまで来て力尽きた者たちは誰に葬られることもなく、再生の途もなく、異界としか呼びようのない無明《むみょう》の世界に屍《しかばね》を横たえているのだ。

あるいは……という疑念を打ち消すようにルシアンは足早にその傍《かたわ》らを通り過ぎた。太陽はなく、月も見えない。見えないままに雲は黒く、やがて雨が……光の雨が針になって、放浪者の赤い虚体にふりそそぎはじめた。微細な針が細胞のひとつびとつに突き刺さる。血は流れない。母音の芯という言葉が不意に浮かび、忘れかけていた痛覚が混沌とともに甦る。

闇のなかに水子のような白い塊《かたまり》が顕われた。それは一瞬意味を持たない文字の象《かたち》となり、楕円の環《わ》になって散らばったかと思うと、やにわにルシアンの両足にからみついた。環は全身に及び、身うこぎとれないままルシアンは暗い坂道を転げ落ちていった。

蠕動しながら緩慢に絞めつけていく環に対し、未知なる至高の赤光への想いだけがルシアンの全身を支えていた。痛覚は極限に達した。牧神の幻影《かげ》が虚空に浮かび、光の雨に溶けては消える。削ぎとられた首が途の果てまで打ち並び、唇の端を歪めて笑っている。すべてが濡れている。すべては真赤だ。呪文が高まり、降り注ぐ雨のなかに、ルシアンは母音の芯を視た。

往《ゆ》くべき方向がそこに在った。環は四散し、闇に還った。牧神も首も見えず、行く手にはただくろぐろと夢の城が立ち塞がっていた。

V

古さびた城門を開くと、濃密な臭気が鼻をついた。屍体は見えない。臭いは城それ自体から発しているかのようだった。奇妙な形の塔にも鐘楼《しょうろう》にも光はなく、もろともに朽ちかけていた。

鐘が鳴った。すでに城門は閉ざされている。古怪な建物は鬱蒼《うっそう》とした森に覆われていたが、樹々は生物らしいところが微塵《みじん》もなく、曲がりくねって蛇のごとく城壁に寄り添っていた。

天に遊星はなく、城内は闇に包まれている。ルシアンは自らが発する赤光をたよりにしばらくさまよっていたが、ついに昇りの階段を見いだすことはできなかった。

城の中央から下方へと螺旋階段が伸びていた。ルシアンは一歩一歩足元を確かめながら降《くだ》りはじめた。どれほど古いのかわからない、どれだけ部屋があるかもわからないこの城には名前というものがなかった。

時間と空間はたしかに存在しているように見えるが、これとてきわめてあやふやなもので、一歩まちがえば須臾《しゅゆ》にして無に帰してしまう。城が立つ基盤となる世界そのものもさだかならず、現実と隔絶された異界ではあるものの地獄でも畜生道《ちくしょうどう》でも幽冥《ゆうめい》界でもなく、およそ名づけようのないものであった。

螺旋階段は果てなく続いた。回転軸は無間の闇に包まれていた。そのうちに降っているのか昇っているのかわからなくなった。まるで同じところを意味なく巡っているかのようだった。

……と、その時、影が揺れた。影が走った。猫のようだ。ルシアンは我に返り、歩を速めた。影が走る、ルシアンも走る。足音が響き合い、下へ下へ、闇のなかで鬼ごっこが始まった。猫と見えた影は赤く染まり、球体になって、珠《たま》になって、毬《まり》になって駆け去っていく。ルシアンもまた赤く、下へ下へ、赤光を追って、いくつもの階《きざはし》を過ぎ、いくつもの骸を越え、闇へ闇へと追いかけていく。そして……ついに毬をつかまえた——その刹那、螺旋階段は不意にとぎれ、激しい衝撃が全身を襲った。

＊

幻暈《げんうん》から醒めたとき、掌には何もなかった。あの赤い毯はどこへ行ってしまったのか？　ルシアンはあたりを見回し、そして慄然《りつぜん》とした。

闇があった。だがそれはただの闇ではなかった。ありとあらゆるおぞましいもの、忌まわしいもの、名状しがたいものが闇のなかでもつれあい、重なり合い、蠢き、ざわめき……この城の囚人に向けて、真赤な放浪者のほうへ、いましもいっせいになだれ落ちようとしていたのだ。

ルシアンは声なき声をあげた。と、それを合図に、魔物の群れはもろともに真黒になって落下しはじめた。最大の――そして最後の試練の時が到来した。赤光はくろぐろとした塊に呑みこまれ、混沌のなかに没し去った。異形の者はその形象《かたち》もさだかならぬまま、瞬間瞬間にルシアンの細胞のひとつびとつを射った。放浪者の虚体は寸断され、断片もまた輝くことなく汚穢にまみれていった。

城――無明の世界に屹立《きつりつ》するこの古怪な建造物の最下層で、億万の触手が蠢いている。そこにはいかなる法則も意思もない。光も、地底の熱もない。生命として顕界《けんかい》に現われることを拒絶されたありとあらゆるものどもが、未分化のまま、混沌のまま、うめき、喘ぎ、どこにもない突破口をもとめて、ただ盲目のままに這いうねっているのだ。

あまたの断片と化したルシアンは濁流のなかでなお単一の意志を贖《あがな》っていた。割かれ砕かれていく虚体――その単子《モナド》にまで至る試練の過程において、現実《うつつ》はなく夢もなく、ただ至高の赤光を求めて、未知なる**その光**を求めて、ルシアンは合一の時をひたすらに待った。

混沌のさなかに痛みがあった。痛みは赤光とともに遍在《へんざい》していた。喪われた日々の痛みが縮んでいくルシアンの断片にまとわりついていた。だが、そこにはまぎれもない法悦《ほうえつ》があった。棘《とげ》に刺されて全身から真赤な血を流したときの痛みと悦びを、ルシアンはどこか朧ろな場所で想い出していた。やがて痛みと法悦はもろともに高まり、すべての意味を喪失し荒れ狂う母音のなか、放浪者はついに分割され得ない極小の単子と化した。

壁が……天井が……ゆっくりと落ちてくる。城は上から下まで黒い穴となり、すべての部屋を呑み、あらゆる形象あるものを溶かし、なだれなだれて終末の時を迎えようとしている。異形の群れはいっせいに断末魔の叫び声を上げ、城は、世界は、万象は瞬時にして真黒に染まり、そしてそのただなかに、不意に一条のまばゆい光が射した。

VI

視界が開けた。

ルシアンは赤い毬に変化《へんげ》していた。螺旋階段をどこまでも追いかけていった、あの赤い毬だった。闇が、波動している。星はない。光が見える。虹色の光彩が暗黒のなかに浮かびあがる。おびただしい数の球体が、宇宙とも反世界ともつかぬ虚の一角で明滅をくりかえしている。

やがて**声**が……このうえもなく低い声が、球体の中心から、いや、無数の球体のひとつびとつから、毬になったルシアンに向かって響きはじめる――。

……聞ケ！　来レル者、瞠《ミハ》レ！　還レル者ヨ。我コソハ大イナル者、一《イッ》ニシテ全、全ニシテ一ナル者ナリ。

アラユル瞬間ニ我ハ輝キ、アラユル空間ニ我ハ宿ル……

人ノ視ル世界ハ狭キモノ、小《チ》サキモノナリ。人ノ瞬ク刹那《セツナ》ニモ無辺《ムヘン》ノ世界ハ在ル。我ハ力、大イナル源。

ソノ一瞬ニ遍在シ、一切衆生ヲ司《ツカサド》ル。

此《コ》ノ場所ハ宇宙ニ非ズ、世界ニ非ズ、闇ニ非ズ、光ニ非ズ、タダ空《クウ》ニシテ時ハナク、無ニシテ有ナル究極ノ混沌ナリ。

我ハ跳梁ス、アラユル時ヲ、場ヲ、闇ヲ、世界ヲ……。明滅スル球体ソレゾレガ我デアリ、輝ケル種子ナノダ。


球体はひときわ強く、熾烈に輝いた。揺曳する赤い毬は――異界へ旅立ちいくたびもの試練に耐え、この非在の場所に逢着したルシアン・テイラーは、未知なる赤光が……至高の赤い光が、いままさに眼前に在ることをはっきりと悟った。

球体は蠢動《しゅんどう》をくりかえし、とどまるところがなかった。その瞬間《ときどき》瞬間が地上にいかなる影を投げかけるのか、想像をはるかに超えていた。生まれる前から、遠い遠い太古の世から見つづけている懐しい夢を、ルシアンは目のあたりにしていた。地上に生ある時の記憶はすでにはかなく、朧ろにかすんでいだ。

輝ける球体のなかにルシアンの姿が在った。毬はゆっくりと光のほうへ吸い寄せられていった。

此《コ》ノ場所ニ来レル者、其《ソ》ノ教ヲ知ラズ、サレド其ハ大《ダイ》ナル数ニ非ズ。或《ア》ル者ハ朽チ、或ル者ハ力尽キ、無《ム》明《ミョウ》ノ世界ニ畢《オワ》リヌ。幾多ノ試練ニ耐エシ者ノミガ我ヲ見、我ヲ仰ギ……ソシテ遂ニ我ト成ルノダ。ソレコソハ大イナル始源ノ姿、聖ナル究極。時ハ無ク、終末ハ原初ニ連ナリ、一《イッ》トナリ、全トナリ、非在ノ場ニ輝ク。汝《ナンヂ》、光栄アル者ヨ！　我ハ汝デアリ、汝ハ我デアル。一切ハ赤光ニ溶ケ、明滅ハ無限ニ反復サレル……。

噫《アア》、瞬間ニ生キ、永遠ヲ生キル者ヨ！　汝ノ名ハ既ニ無イ。赤光ハ滅ビズ。闇ニ、夢ニ遍在ス。此処《ココ》コソハ彼方、究極ノ一点ナリ。

聞ケ！　無名ナル者ヨ。終末ノ声ヲ、大イナル喚《ヨ》ビ声ヲ。往ケ！　聖ナル者ヨ。懐旧ノ地へ、始原ノ森へ……

閃光とともに母音が放たれ、高まり、混沌と化し、光と闇は一如となって凄まじい速度で波動しはじめた。未《いま》だ形を成さぬ文字の群れが水子のようにいくつもいくつも外縁部で蠢いている。かつてルシアン・テイラーと名乗った赤い毬は、いまや奔流《ほんりゅう》に全《まった》きまでに呑みこまれその姿を見なかった。明滅はさらに激しく、赤光はなおも輝き、螺旋になり、楕円となり、ついにすべてが、万象が、ありとあらゆるものが真赤に染まった。

母音が熄《や》んだ。

永遠にも優《まさ》る、一瞬の沈黙であった。

彼方には闇があり、内部には混沌が在った。深奥の空洞を億万の赤い蛇が護っていた。

青い、小さな遊星である。いかなる意識も器官をも喪失したルシアンは真赤なうねりのただなかにいた。

蛇は何もない球形の虚《うろ》の回りを三度左へ、三度右へ回転した。そして、やにわに浮上し、どこにも在りどこにも無い裂け目から天空へ向けて突出した。

太陽は不意に翳り、ひとつの黒い穴と化した。それは遊星内部の空虚と全く同じ大きさに見えた。黒い太陽の向こうにはもうひとつの微細な太陽が見えないままに存在し、その彼方に究極の闇が波動していた。

蛇は中空で四散した。真赤な断片はそれぞれの方角へいっさんに飛び散っていった。

＊

……旅人はゆっくりと倒れた。もう血は残りわずかだった。開ききった瞳はなおも彼方を見つめている。そこには、あたかも大きな溶鉱炉の扉をあけたときのような、すさまじい赤光があった。

旅人の身体はスーッと地に吸いこまれ、見えなくなった。いっさいは動かず、曲がりくねった樹木だけが荒野に長く影を落としていた。地平線の向こうでは黒く妖しい雲が蠢きはじめている……。

赤光は輝きを増した。そのまばゆい光を——至高の赤光を、たそがれの丘で、あまたのルシアンがいつまでも見つめていた。

虚空の夢

「虚空に独り」トリビュート作品

同じ夢を見るようになってから、どれほど経つだろう。

日々の暮らしに倦《う》みはじめたころ、何の前ぶれもなくその夢は始まったのだった。

それまでは、あまり夢が記憶に残るほうではなかった。毎晩少しずつ続いていく同じ夢を見たりもしなかった。

その面妖な夢には、さだかならぬストーリーがあるようだった。その証に、ゆうべ終わったシーンから必ず続きが始まるようになっていた。

だが……。

いささかいぶかしいことに、登場人物は一人もいなかった。私すら、どこに存在しているのか見当がつかない。

夢の中で見えているのは、常に深い闇だ。

どこまで深いか見当もつかないくろぐろとした闇の中で、宝石《いし》のようなものがいくつもきらめいている。

広壮な館のカーテンのようにも見えるが、しかと定まった建物の影を見ることはできなかった。

同じ夢を見るにつれて、日々の暮らしも変わっていった。

表向きは何の変化もなかった。決められたルートを通り、同じ職場に勤め、生計を得るための砂を噛《か》むような仕事にいそしむ。そしてまた、同じ道をたどって家路に就く。

その単調な繰り返しが、徐々に変容しているような気がした。

変わっているのは視野の端《はし》だ。絵画にたとえれば額縁《がくぶち》に当たる最も外縁《がいえん》に位置するところが、人知れず崩れているような気がしてならなかった。

音を立てた崩壊ではない。

視野の端だけが、静かに、どこまでも静かに、ほろ、と崩れている。

しかし、私の視覚はそれをとらえることができない。緩慢《かんまん》な崩壊が起きているのは、常に視覚が届かないところなのだから。

この変容もしくは崩壊感覚と、夜ごとに見ている一連の夢とのあいだには、何か密接な関係があるような気がした。

だが、それがどういう関係なのか、条理の糸を結び、明晰《めいせき》な言葉で伝えることはできなかった。

現実のどの部分が崩壊しているのか、視野ではっきりとらえるために、何度かやにわに振り向いてみたことがある。

しかし、それが無駄な試みであることはすぐさま察しがついた。

振り向いたところで、死角になる場所は背後へ移るだけなのだ。

崩壊はそこで起きている。

いくたび振り向いても、うしろへ、またうしろへと死角は逃げ水のように遠ざかるばかりなのだ。

人は鏡を組み合わせなければ、その背後を全的に視覚に収めることはできない。また、たとえ合わせ鏡で確認できたとしても、その視覚は鏡に映し出されたまやかしのごときものにすぎないのだ。

真実は、常にうしろに隠されている。

人はその像《すがた》をとらえることはできない。

私はそう認識した。

うしろに潜む真実に気づくことはない。

視野の端で崩壊が続いていても、それを視覚でとらえることはどうしてもできないのだ。

＊

夜ごとの夢は、なおも続いた。

音のない世界だ。

代わりに世界を領しているのは、闇だった。

きりもない暗黒……。

その闇が、少しずつ深さを増しているように感じられた。

見える。

宝石のようなものが見える。

内奥《ないおう》から鈍い光を放っているそれだけが、この世界に取り残された形あるものだった。

それが何なのか、夢の闇を漂いながら、私は考えた。

やがて、一つの啓示のように、ある答えが浮かびあがった。

星だ。

暗黒の中を揺曳《ようえい》している宝石のようなものは、ことごとく星なのだ。

虚空《こくう》に独《ひと》り、私は視《み》た。

無数の星系が、矮小《ちいさ》な星のように輝くさまを。

「ああ、とうとうここまで来た……」

夢の中で、私は思った。

こんな遠くまで、いつのまにか来てしまった。

ふと気がつけば、虚空に独り、私は取り残されていた。

この夢は、もう終わりだ。

続きは見なくていい。

私は初めてそう思った。

宝石のようなものの正体はわかった。いま見えている世界に、もはや謎は残されていない。

だから、この夢はもう見なくていい。

早く醒《さ》めてくれ、と私は願った。

醒めればまた日常が始まる。いくら退屈な日常でも、虚空に独り、ぽつんと取り残されているだけの夢よりはましだろう。

赤い宝石のごときものが散りばめられた世界の驚異は消えた。

それは宝石などではない。
ただの星だ。ことごとく、死んだ星にすぎない。
つまらない夢は、醒めてくれ。もう終わりにしてくれ。
虚空を漂いながら、私は強く願った。
だが……。
夢が終わることはなかった。
虚空に取り残されたまま、私は夢の世界を漂いつづけた。
いや、それはもう単なる夢ではなかった。
まごうかたない悪夢だった。
そのうち、私は不意に気づいた。
いま見えている世界に謎はもう残されていないと思った。
しかし、違った。
まだ謎は残っている。
その謎の対象は、ほかならぬ私だった。
私はなぜここにいるのか。
虚空に独り漂って、死滅した星の群れを眺めていられるのか。
私は私であり、私としてここに存在している。

その足場はいったいどこにあるのか……。

*

世界の果ての暗黒を、星が一つ流れて消えた。
その瞬間、私は気づいた。
いま見えている星の一つ一つが、かつては「私」だったのだ。
だれかの「私」が死んで、死んだ星になった。
だれかが「私」として生き、いまと同じ悪夢を見て、この世界の果てに放逐された。
ただそれだけのことなのだ。

虚空に独り　私は視た
幽《かす》かなる銀の光を
滅ぶべき人類が
無限の宇宙と呼ぶ
狭い区域を充たす光の斑点を……

その光の斑点は、かつてはだれかの「私」だった。

「私」という意識を持ちながら生きていた。
そして、悪夢という船に乗り、この宇宙の果てに流された。
今度は私の番だ。
きりのない暗黒にまき散らされた星の群れを見ながら、私は悟った。
この夢は、もう醒めることはない。
ここで終わりなのだ。

彼方へ

白い呪いの館

頭皮や体をうっすらと覆っていた膜めいたものが剥がれると、にわかに澄明《ちょうめい》な気分になった。

上映会に足を運ぶのは久々のことだ。世のホラー映画がＳＦＸ全盛になり、サイコスリラーばかりが目立つこの御時世になっても、こうして昔の主演映画を上演してくれる。ありがたいことだ、籬《まがき》は心からそう思った。

籬凶一《きょういち》と言っても、若い人は知らない方が大半だろう。活躍期があまりにも短く、主演映画は『白い呪いの館』だけだから無理もない。だが、ある程度の年配でそちらのほうの嗜好を持つ人間なら、郷愁《きょうしゅう》をこめてその名前を発音する。籬凶一とはそんな存在だった。

暗い雑居ビルの階段に足音が響く。ちょうど『白い呪いの館』のプロローグと同じだ。壁には色褪《あ》せたポスターが貼られている。それは視野の底で幽《かす》かに揺らいでいるように見えた。

籬凶一はおもむろに会場の扉を開けた。むっと鼻をついた臭いが映画館特有の芳香に変わる。

後ろ手に扉を閉めると、暗闇の中からさざ波めく喝采《かっさい》が響いてきた。さほど広くない会場はすでに観客で埋まっているらしい。

籬は不意に思い出した。舞台挨拶をすることになっていたのだ。

喝采は高まっていく。若いころは小劇団の下積みに明け暮れ、中年も深まってようやくかそけき光が当たり、世間的にはすぐさま忘れられた老怪奇俳優をファンはまだ憶えてくれているのだ。そんな感慨を催しつつ、籬はよろめきながら舞台に向かった。

脚本・監督の馬場毬夫《ばばまりお》はいまなお第一線で活躍している。和製ジェシカ・ハーパーの異名をとった辻原ひとみもそうだ。雛凶一だけが時流から取り残され、しだいに老いていった。

しかし、『白い呪いの館』のドクター・テラーだけは違う。たとえ俳優は忘れられても、観客の心の中で生き続ける。ドクター・テラーは不死の人なのだ。

喝采が止んだ。いつのまにか舞台に着いたらしい。

雛は挨拶を始めようとした。だが、最初の言葉が出てこない。

台詞《セリフ》は雛には鬼門だった。日本人離れした異貌《いぼう》にもかかわらず小劇団の下積みに甘んじていたのも、『白い呪いの館』に続くチャンスを逃したのも、せんじつめれば台詞回しのぎこちなさが原因だった。緊張するとなおさら棒読みになり、感情をこめようと焦ればむやみに大仰になる。『白い呪いの館』が成功したのは、ひとえに雛のみサイレントだったからだ。

胸に迫るものはあるのだが、いっこうに言葉にならない、やむなく雛は一計を案じた。人差し指と中指を立て、右目の前にかざす。指を斜め下にずらし、長い舌でゆっくりとなぞる。さらに胸まで指を下げ、左手でつかみ、何ともいえない笑みを浮かべながらゆるゆると体を前に倒す。

ドクター・テラーにしかできないお辞儀だった。観客はすぐさま反応し、再び会場に喝采が響いた。雛はうっすらと涙を浮かべて歓声に応えた。

静かに最前列の席に座る。これから懐かしい映画が始まるのだ。

暗い雑居ビルの階段に足音が響く。扉を開ければ、そこはドクター・テラーの塒《ねぐら》だった。

やがて視野が朧《おぼろ》にかすみ、スクリーンにあの白抜きのタイトルが浮かび上がった。

白い呪いの館

それは繰り返す悪夢。決して抜けられない迷宮。謎めいたエンディングの解釈は十指に余った。少し堅すぎる椅子に座り、籬は映画の進行を追った。もっとも、目を閉じていても場面は鮮明に甦ってくる。『白い呪いの館』はもはや籬凶一の存在の一部と化していた。

そもそも、思いがけずこの映画の主演が決まったおかげで本名の京一から凶一に改名したのだった。禍々《まがまが》しい名前は確かに伝説の怪奇映画にはふさわしかったけれども、その後の俳優人生には重荷になった。籬にとって『白い呪いの館』が千載一遇のチャンスだったことは疑いないが、あるいはそれは凶のカードだったのかもしれない。

八十年代後半に訪れたホラービデオの黄金時代にはそれなりに仕事があった。『白い呪いの館』のドクター・テラーだけでホラー・マスターめいた地位を得た籬のもとへは、畑違いの仕事まで舞いこんだ。現在は中古ビデオ屋の片隅で埋もれかけている『地獄の尼僧《にそう》　ゾンビの懺悔《ざんげ》』『ブラッド・パヒューム　恐怖の生体実験』のケースには、籬凶一による推薦文が記されている。

低予算の『白い呪いの館』はモノクローム映画である。さる高名な映画評論家は『カリガリ博士』『顔のない眼』『血ぬられた墓標』を足して三で割り、オリジナルな要素を加えたような作品と評している。低予算を逆手に取った巧みな映像処理は海外でも大きな反響を呼び、プロヴィデンス映画祭では金賞と最優秀監督賞をダブル受賞した。

表面的な物語はゴーストハンター物だった。人知の及ばないオカルティックな事件が起きたとき、ドクター・テラーのもとへ依頼人が来る。このあたりはすべてトーキーで、依頼人の姿は映っていなかった。雛囚一扮するドクター・テラーは古城めく旧家に赴く。どうやらそこは寂れた精神病院でもあるらしい。いやに眼が大きい院長の娘は腺病質《せんびょうしつ》な美少女で、常に何かに怯《おび》えている。このあたりはゴシックの雰囲気に横溢《おういつ》していた。

旧家では折にふれて亡霊が出る。白い呪いの館と呼ばれるゆえんである。あらゆる呪力を砂のごときものに変じるドクター・テラーは依頼を受けて館に赴いたわけだが、何がなしに違和感を覚えていた。どうもこの館、以前に訪れたことがあるような気がするのだ。

観客は息をつめて伝説の怪奇映画を観ている。欧米の後塵を拝していた和製ホラーのグレードを上げた功績は測り知れないけれども、残念ながら続篇の製作は脚本が完成した段階で中止を余儀なくされた。想像力を致命的に欠いた無粋なホラー・バッシングの嵐は、ドクター・テラーひいては雛囚一の運命を変えてしまったのである。

曲がりなりにも家庭は持っていた。だが、とても温かい居場所とは言いがたかった。妻は売れない俳優に半ば匙《さじ》を投げており、束の間の脚光が当たっても態度を一変させたりはしなかった。

精神病棟に案内されたとき、ドクター・テラーの違和感はさらに募った。確かに以前に来たことがある。

監督の馬場毬夫はアミカス・プロのファンで、このあたりには『アサイラム　狂人病棟』の影響が如実に見えた。入れ子になっている一人の患者の物語が終わると、ドクター・テラーは誰もいない病室に案内される。そして、抵抗するいとまもなく一方的に幽閉されてしまうのだ。

白い呪いの館は世界のアナロジーである――馬場毬夫はのちにそう語っている。精神病棟の一室に幽閉されたドクター・テラーという荒唐《こうとう》無稽《むけい》なキャラクターは、しだいにアイデンティティーを喪失した現代人に接近し、ある種の切実さを伴って観客の心に忍びこんでいく。

このあとの物語は錯綜《さくそう》を極めていた。視点は三つに分かれる。院長、院長の娘、そしてドクター・テラーだった。

院長の来歴は明示されない。淡々と実験シーンが描写されるばかりだった。九十年代の和製スプラッタ映画の収穫と言われる『ナスティ・ドール』は、あからさまに『白い呪いの館』の実験シーンを模倣している。ことに評価が高いのは這いうねる手首で、『スクリーミング　夜歩く手首』『手首切断！　悪魔のゾンビノイド』とともに三大手首ものを構成すると記した批評家もいた。

院長の娘は亡霊の跳梁する館から逃れようとしている。そのためにドクター・テラーを救い、力を借りようとする。だが、彼女が本当に院長の娘なのか、観客は確証を得ることができない。

いっぽう、ドクター・テラーは混乱の極みにあった。彼は少しずつ記憶を回復していた。雑居ビルへ迎えにきた館の使者の顔、ずっと画面には映っていなかった顔――それは自分だったのだ。ドッペルゲンガーではない。すると……。

思い出せ、物語は終わったところから始まる。

ナレーターの低い声が響く。

画面の中のドクター・テラーは苦悶に顔を歪めている。脳髄の冥《くら》い領域に潜む秘密をいままさに思い出そうとしているのだ。

考えてみろ、おまえは本当にドクター・テラーなのか。

籬は煙草を吸いたくなった。しかし、いくら特別待遇でも観客の目がある。指がライターに触れたところで思いとどまった。

観客は相変わらず映画に熱中している。咳《しわぶ》きひとつ響かない。

画面はまた院長に変わった。ただ、白いマスクと眼帯で覆われており、顔は判別できない。

院長は手にメスを握っていた。鮮やかな手つきで眠れる美少女の顔の皮膚を剥《は》いでいく。続いて四肢を解体する。麻酔が切れ、いくら甲高《かんだか》い悲鳴を上げても遅い。狂えるメスは、かつては美少女だったものを冷酷に切り刻んでいった。

監督の馬場毬夫はイタリアン・ホラーの重鎮《じゅうちん》ルチオ・フルチとも一脈通じる妙な哲学趣味を有していたが、その一方でハーシェル・ゴードン・ルイスの血しぶき映画も偏愛していた。ドクター・テラーというネーミングは、アミカス・プロの『テラー博士の恐怖』とルイスの弟子だったパット・パタースンの遺作『ドクター・ゴア　死霊の生体実験』に由来している。

顔を隠した院長は血に染まったメスを置き、別のものを取り上げた。精巧に作られたペンチのようなものだ。その器具を用い、やおら血管を引きずり出す。すでに血まみれの美少女は息絶え、マッドドクターのなすがままだった。

最後に電動ドリルを握り、頭蓋骨に穴を開ける。ひとしきり脳漿《のうしょう》が飛び散ったとき、院長はおもむろにマスクと眼帯を外した。現れたのはドクター・テラー、すなわち籬囟一の異貌だった。

客席からため息が漏れ、すぐさま拍手に変わった。またにわかに熱いものがこみあげてくる。

のちに非論理的なホラー・バッシングが起きたとき、『白い呪いの館』のこのシーンは繰り返しメディアに登場した。籬囟一の転落はそこから始まったのだ。

これまでに味わった数々の屈辱が断片的に甦ってくる。結局、九十年代の初めにピンク映画からのオファーを断ったのを最後に、籬囟一は第一線から消えた。『白い呪いの館』を除けば、潮寒二《うしおかんじ》原作『蛞蝓《なめくじ》妄想譜』の助演が目立つくらいで、いたって恵まれない俳優人生だった。

だが、『白い呪いの館』の籬囟一だけは別格だった。小なりといえども、いまもこうして上映会場に足を運んでくれる客がいる。それだけで満足だった。

視点は院長の娘に変わった。和製ジェシカ・ハーパーの辻原ひとみが亡霊に怯えて館を逃げ惑う。亡霊の正体はついに明示されることがない。なぜなら館は世界であり、世界はすでに白い呪いに侵犯《しんぱん》されているからだ。

それでも娘は出口を求め、精神病棟に辿り着く。唯一の頼みの綱はドクター・テラーだった。やがて、娘は病室の鍵を見つける。

ドクター・テラーは院長と同一人物だったのだろうか。いや、違う。鏡に映っているのが院長だとすれば、ドクター・テラーは鏡の奥に潜んでいるのだ。二つの像が重なることはない。

娘はドクター・テラーの病室の扉を開ける。だが、それは開けてはいけない扉だった。ドクター・テラーにまみえた娘の顔に一瞬だけ歓喜の色が浮かんだかと思うと、不意にいびつに歪んだ。

顔の皮膚が剥がれていく。やがて、爛《ただ》れた顔面に大きな目だけが残り、何の前触れもなく床にポトリと落ちた。大きな蜘蛛《くも》がくわえて去る。娘はさらに崩れ、ミイラのごときものに変じて倒れた。すぐさま砂に変わる。

ドクター・テラーの行く手に出口が開いていた。再びナレーションが響く。

白い呪い……閉ざされた世界……世界は何度でも反転する……

だが、ほかの選択肢は残されていなかった。ドクター・テラーはよろめきながら出口へ向かった。

また煙草を吸いたくなった。失敗した人生を束の間なりとも慰めてくれるのは、酒とニコチンだけだった。

籬凶一はもう本名の間垣京一には戻れない。本当の居場所と言えるのは、せんじつめればこの上映会場、いや『白い呪いの館』の中だけだった。

間垣？

不意に頭の片隅が感光《かんこう》する。どうしてその名前が……。

禁断症状はいかんともしがたかった。いっこうに考えがまとまらない。籬は煙草を探り、ライターを取り出した。

点火する。朧《おぼろ》げな視界に二つの文字が浮かび上がった。「間垣」と記されている。あわてて煙草に火をつけ、ライターを蔵《しま》う。

どうやら主賓《しゅひん》に合わせて休憩時間を取ってくれたらしい。『白い呪いの館』の上映は一時中断されていた。もう自分に残された時間は長くない。籬はよくわかっていた。しかしながら、世界に対する欲望はさほど残っていなかった。できることなら、『白い呪いの館』が上映されている映画館で残りの人生をずっと過ごしたかった。

台詞は一つもないとはいえ、ささやかな俳優人生のすべてをこの役に注ぎこんだつもりだ。籬にとっては『白い呪いの館』こそが世界だった。

その世界が白い呪いに侵されているとすれば……。

思考は再び空転した。籬は煙草を踏み消した。

上映会場は再び闇に包まれた。観客はいつのまにか席に戻っている。ほどなく映画の続きが流れはじめた。

館を出たドクター・テラーはすぐさま悟った。白い呪いの館は仮象《かしょう》の世界だったのだ。黒い衣装に身を包んだ蟻《あり》のような者たちが現れ、館のセットを壊していく。その向こうには何もない。白い曖昧《あいまい》なものが見えるばかりだった。こうしてドクター・テラーは故郷を喪失した。

続く展開にはラヴクラフトの「アウトサイダー」の影響が見られた。ドクター・テラーの姿を見た麓《ふもと》の村人たちは、おぞましい怪物を目撃したかのように驚愕《きょうがく》の表情を浮かべ、一様に我先にと逃げるのだ。泉を見つけたドクター・テラーは己の顔を映してみた。しかし、虫とも蛇ともつかない白いものが揺曳《ようえい》しているばかりで、顔らしいものは浮かばなかった。

そう、自分は顔を喪失した男だ。籬はそう思った。本当の顔はスクリーンの中に置き忘れてきたのだ。その後の人生は仮面を被って漫然と過ごしているだけだった。

村を離れるとき、ドクター・テラーは磔刑《たっけい》を見る。藁《わら》にはもう火が移っており、すでに事切れうなだれている男の顔を確認することはできない。

だが、彼にはわかっていた。あれは自分なのだ。館の白い呪いは解けていない。なぜなら世界はまだ続いているから。

不意に外で足音が響いた。話し声も聞こえる。次の映画の観客が来たのだろうか。いや、違う。自分の名前を呼んでいる
自分の名前？

彼は混乱した。籬図一、間垣京一、ドクター・テラー、それとも……。

次の映画？

『白い呪いの館』の次に上映されるものは何だろう。もう世界は終わるのに、いったい何を上映するという

のだろうか。

やがて足音は遠ざかった。壁の映像が微妙に揺らぎ、旧に復した。

長い孤独な途《みち》をたどり、ドクター・テラーは街に戻ってきた。だが、そこは以前と同じ街ではなかった。

館という軛《くびき》を逃れた白い呪いはすでに伝播《でんぱ》し、都市を侵犯していたのだ。

そここで首を吊っている者がいる。ただし人間ではない。すべて顔のない人形だった。顔は舗道に棄てられている。幽かな風に煽られ、亡霊めく薄い顔が立ち上がっては消えていく。

まるで石のように目が転がっていた。厭《いや》な気分を味わいながら、ドクター・テラーは何度も眼球を踏んだ。

帰るべき場所は一つしかなかった。ほどなく見憶えのある光景がドクター・テラーを包んだ。

暗い雑居ビルの階段に足音が響く。『白い呪いの館』のプロローグと同じだ。

壁には色褪せたポスターが貼られている。それはドクター・テラーの視野の底で幽かに揺らいでいるように見えた。

これから『白い呪いの館』が上映されるのだ。すべての秘密は映画の中に隠されている。彼はそう悟った。

ドクター・テラーはおもむろに扉を開けた。かつては塒《ねぐら》だった場所だ。

だが、そこは上映会場ではなかった。ただの物置にすぎなかった。モップ、ちり取り、ホース、それに、天井からだらりと垂れ下がった縄。

ナレーターの声が響く。

それは繰り返す悪夢。決して抜けられない迷宮。

脳髄の芯に低い声が響く。

いったいここはどこだ。

思い出せ、物語は終わったところから始まる。

観客はいない。壁がスクリーンに変わる。

やがて視野がかすみ、スクリーンにあの白抜きのタイトルが浮かび上がった。

白い呪いの館

それは繰り返す悪夢。決して抜けられない迷宮。

この悪夢を断ち切るにはどうすればいいのだろう。白い呪いを解くには……。

籬囟一は……ドクター・テラーは……籬囟一は考えた。

この世界が永遠にこの世界のままなら、『白い呪いの館』から逃れることはできない。なぜなら、世界には先験的《ア・プリオリ》に白い呪いがかかっているからだ。

すべてを砂のごときものに変じるドクター・テラーも克服できない白い呪い、それは死だった。だが、一つだけ方法が残されているかもしれない。もう一人の虚構の自分が死を味わってみるのだ。

そのための手段は天井から垂れ下がっていた。まるで恩寵《おんちょう》のように。

ドクター・テラーは……籬冈一は、ゆっくりと縄に手を伸ばした。わずかに湿っている。感触が変わる。

壁にはもう何も映っていない。観客はいない。

手にしているのは縄ではなかった。冷たいフィルムだ。どの齣《こま》にもドクター・テラーが映っている。

籬は首にフィルムを巻き付けた。そう、ドクター・テラーはこうして完璧な不死の人となったのだ。ひとたび死を味わえば、二度と死ぬことはない。白い呪いに侵された世界をいたずらに彷徨《さまよ》うこともない。

壁に曖昧な影が映る。崩壊したはずの館が再び現れる。だが、今度は本物だ。無人の館の扉が開く。自分だけのために開こうとしている。

外でまた足音が響いた。

外？

そんなものに何の意味があるのだろう。籬は思い出すことができなかった。

足場は見つかった。あとは飛ぶだけだ。すでに扉は半ば開いている。

『白い呪いの館』と同じエンディングだった。忘れられた怪奇俳優・籬冈一は、いままさにドクター・テラーに同化しようとしていた。

籬冈一は両足に力をこめた。瞳がいっぱいに開く。

その視野の中で、扉は完全に開いた。

世界が白く薄れた。

*

「やっぱり物置だな」

隊長が苦々しい口調で言った。

「あのじいさん、もうボケが始まってるんですよ」

若い隊員が答える。

二人は同じ制服に身を包んでいた。ビルの派遣警備隊員。比較的高齢の者でも勤まる仕事なのだが、あの老人はもういけない。巡回の途中で姿をくらまし、物置やトイレに隠れているところを過去に何度か発見されている。しかも、あらぬ妄想まで兆しているようだ。昔は有名な俳優だったと言うけれども、籬凶一なんて聞いたことがない。

「かわいそうだけど、今度という今度はクビだな」

足音が響く。やがて、物置の前に着いた。

「おい、間垣、いるのはわかってるんだ。開けろ」

隊長が乾いた声で言った。

「鍵は掛かってませんよ、隊長」

隊員の言葉に、隊長はひとつうなずいた。

「開けるぞ」

扉が開いた。

表情が同時に変わる。

まず二人の顔に浮かんだのは驚愕だった。続いて恐怖に変わる。

だが、それも長くは続かなかった。恐怖は限りなく畏怖《いふ》に近づいた。

視野が白く薄れた。

悲鳴が響く。

そして、顔が不意に剥がれはじめた。

常《とこ》世《よ》舟《ぶね》

一

明石橋《あかしばし》を、寒さ橋と呼ぶ。

明石町と南飯田町の河岸《かし》を結ぶ、江戸の南の外れだ。水が通じているのは大川（隅田川）ではない。海だ。さえぎるもののない風は、秋が深まるにつれて次第に刺《とげ》を増していく。木枯らしの季節になれば、風は背をまるめて橋を渡る者たちの体のぬくみを根こそぎ奪い取ってしまう。寒さ橋と呼ばれるゆえんだった。

海の水が日の光を弾いているうちは、河岸で荷揚げをする男たちの声が威勢よく響いていたが、青が褪《あ》せるにつれて人声《じんせい》はまばらになった。寒さ橋を渡るときは、棒手振《ぼてふ》りも売り声をあげない。芯まで凍えるような風に耐えながら、粛々と歩を進めていく。

日は西に傾き、向こう岸の蔵の壁を白々と照らしはじめる。舟はおおむね掘割《ほりわり》に戻る。荷はすでに運び出された。菰《こも》の下に隠れているのは、湿った縄のたぐいだけだ。

青海や浅黄《あさぎ》になりて秋のくれ

寒さ橋の光景をながめて、其角《きかく》はそう詠《よ》んだ。その寒々とした浅黄色も、日が落ちると儚《はかな》い残映を散らして消えてしまう。

やがて闇が海辺の河岸を染め、橋のかたちがあいまいに陰る。

そんなころおい、吹きさらしの蔵の壁の前に、一つの人影が現れた。

かすかに月あかりがある。目を少し細くすると、男はゆっくりと掘割のほうへ歩きだした。

名を常吉《つねきち》という。

寒さ橋を渡って明石町のどん詰まりまで歩けば、わずかに潮目の違う海に出る。そこが鉄砲洲《てつぼうず》の南の果てだ。

哭《な》きすさぶ夜風に耐え、河岸の向こうをながめれば、佃島《つくだじま》の漁師町の灯《あか》りが見える。

さらにその向こうで、ぼんやりと漁火《いさりび》が揺れている。鬼火のようなその灯りを、常吉はときどきしみじみと見る。舟は洲崎《すざき》から出る。常吉が捨ててきた故郷だ。

掘割に着いた。舟はそこに舫《もや》ってある。

常吉が棹《さお》を操る舟は、あたりが闇に包まれてから岸を離れる。と言っても、漁《すなど》るための舟ではない。

寒さ橋の界隈には樹木が少ない。粋な柳など植わってはいない。

それでも、ぽつんと一本、小ぶりな松が立っていた。それが目印だ。

松のたもとから、女が一人、ゆっくりと近づいてきた。

おゆうだ。

例によって、杖を突きながらのいやにぎくしゃくした歩みだ。いくらも離れていないのに、おゆうの影はなかなか大きくならなかった。

常吉が途中まで迎えにいった。

手を引き、舟へいざなう。

「待ってな」

「あい」

いつもどおりの、短いやり取りがあった。

舟の中には筵《むしろ》が敷かれている。それに、倒れにくい舟徳利《ふなどっくり》や煙草盆などの調度が申し訳程度に置かれていた。

おゆうを舟に残し、常吉は松のほうへ向かった。

勝手を知っている者は、この界隈に姿を現す。なかには怒る男もいるが、人の好みはさまざまだ。ありがたい、と礼を言うべきなのかどうか、ともかく何度も足を運んでくれる男もいた。

しかし、今夜はだれもいなかった。わびしい松の枝を風が揺らしているばかりだ。

常吉は寒さ橋のほうを見た。月あかりがあれば、往来する人影が見える。

もっとも、いまはだれもいない。人がみな津波にさらわれたあとのように、あたりは閑《しん》と静まり返っていた。

常吉は声をあげた。

どこにいるとも知れない者に向かって、かすれ気味だが精一杯の声でおのれの居場所を告げた。

エー、饅頭《まんじゅう》、饅頭……。

あったかい饅頭はいらんかねー……。


どこか物悲しい売り声が響いた。

だが、いささかいぶかしいことに、常吉は荷を持っていなかった。湯気を立てる温かい饅頭の姿など、どこにも見えない。

売り声は風に乗る。風向きによれば、遠くまで届く。

どれほど繰り返したことだろう、胸がつらくなってきたころ、橋のたもとにようやく人影が現れた。武士だ。

近くには武家の屋敷もある。豊後《ぶんご》岡藩などの下屋敷も並んでいる。饅頭売りの声に誘われて、二本差しの男が姿を現すことも間々あった。

「いらっしゃいまし」

常吉は頭を下げた。

「饅頭をあがなうかどうか、見てからでよいか」

あたりの様子をうかがいながら、武家は小声でたずねた。

「もちろんでございます。さ、あちらへ」

常吉は先に立って案内《あない》した。

舟は掘割のいちばん端に舫ってある。目立つところには置かない。

「足元にお気をつけくださいまし。……あれでございます」

常吉は手で舟を示した。

武家は立ち止まり、あごに手をやった。

「なかなかに見目よき饅頭だのう」

「では、あれで」

「一つもらおう」

あきないの相談がまとまった。

「ありがたく存じます」

舟の中から、饅頭が答えた。

おゆうの声だった。

二

舟の中で売笑する女を、舟饅頭と呼ぶ。夜鷹《よたか》と並ぶ、最も下級の娼婦だ。

おゆうは舟饅頭、常吉はその舟の船頭だった。長らくこうして暮らしてきた。寒さ橋のたもとに舟をつなぎ、常吉が売り声をあげて客を引いてくる。足の悪いおゆうは舟で待ち、客と情を交わして銭を受け取る。

その金で、常吉は食い物を買ってくる。稼ぎの少ないときは、大福を二つに割って食べることもあった。たいていは舟の中で身を寄せ合って眠る。海の時化《しけ》が波になって舟を揺する晩は、常吉がおゆうを背負い、材木場の陰で休む。

長い棹を操り、常吉は舟をゆっくりと岸から離した。舟着き場のままでは、客が落ち着かない。いつ人が通りかかるか分からないのだから。

かといって、離しすぎてもいけない。潮に流され、抗《あらが》いきれずに外海《そとうみ》に出てしまったら終わりだ。二度と江戸には戻れない。

あたりが闇に包まれてしまえば、雲の動きは見えなくなる。急に水の流れが激しくなり、冷や汗をかいたことも前にあった。

月あかりの穏やかな夜なら、舟もさほど揺れない。ただし、いまは寒い。夜舟の中で一献《いっこん》傾けてから遊女を抱く。そんな風流《ふりゅう》な遊びの時季はとうに過ぎた。二言三言、声をかけただけで、武家は性急に事に及びはじめた。

常吉はあらぬ方《かた》を見ていた。それでも息遣いが聞こえた。おゆうの押し殺した声が、折にふれて耳朶《じだ》を打つ。

どこかで半鐘《はんしょう》が鳴っている。

佃島の向こうが、ほのかに明るんでいた。深川か、生まれ育った洲崎か、いずれにしても東のほうで火事が起きたのだ。

常吉は風向きを読んだ。

悪い風だ。火はやがて大きく育ち、多くの家を焼くだろう。

おゆうの声が聞こえる。舟の揺れが足元に伝わってくる。

常吉は胸を押さえた。

苦いものがこみあげてくる。

まだどうにか舟を操ることはできるが、いずれこの体は動かなくなってしまうだろう。五臓六腑《ごぞうろっぷ》がゆるゆると腐っていく。その気配を、よほど前から常吉は察していた。

足の悪いおゆうを抱えて、常吉は江戸の片隅で生きてきた。かつては雨露をしのげるところで暮らしていた。料理屋の下足番として、常吉は長年働いていた。だが、悪い咳をするようになると、はした金とともにほうり出された。

舟饅頭になると言い出したのは、おゆうのほうだった。ずっと足手まといだったから、今度はあたしが働くと言う。こんな体でも、できることはあるから、と涙ながらにおゆうは訴えた。

たしかに、ほかに生きる手立てはありそうもなかった。このままでは、飢えて死ぬばかりだ。

こうして、常吉とおゆうは寒さ橋にたどり着いた。大川の界隈と違って、江戸の外れのここなら地回りの目もあまり光っていない。細々とした饅頭売りの「あきない」を続けることができた。

岸辺の火事を察して引き返したのか、遠くに見えていた漁火は消えた。まるで舟という舟がすべて港に戻り、常吉とおゆうの舟だけがこの世にぽつんと取り残されているかのようだった。

いや、この世ではない。

地獄だ。

ただし、それはどこか甘やかな地獄でもあった。

武家は執念深くおゆうを嬲《なぶ》ってから果てた。舟の揺れが止んだ。常吉はまたゆっくりと棹を操りはじめた。

ややあって、武家が息を呑む気配がした。

今夜は月がある。貧欲に再び挑もうとして手で太腿を割ったとき、見えてしまったのだろう。

「なんじゃ、これは」

武家はあわてて体を離した。

「やけどでございます、お武家さま。相済《あいす》みません」

客を怒らせぬように、常吉は先に謝った。

「ただのやけどで、かようなものになるか」

武家はおゆうのひざを押さえ、脚を閉じさせまいとした。

「なにやらざらざらすると思うたが、これはしたり、まるでうろこではないか。汚らわしい。うぬは化け物か」

声は怒気をはらんでいた。

「どうかお収めくださいまし、お武家さま。そのやけどのほかは、上玉でございましょう？」

常吉は作り笑いを浮かべた。

「何が上玉ぞ。化け物は見世物小屋に売れ。岸へ戻せ」

「はい、ただいま」

常吉は舟を戻した。

岸に着くや、武家は憤然として舟を下りていった。ただし、ことさらに作ったような気配がなくもなかった。高からぬ金を踏み倒すために、おゆうを化け物呼ばわりして去っていった武家はほかにもいた。

結局、一文にもならなかった。おゆうが洟《はな》を啜《すす》る。それは寒さのせいばかりではないだろう。

「さて、どうするかな」

常吉は太息《ふといき》をついた。

また饅頭売りに戻る気力も体力もなかった。売り声が体を離れていく心地がしない。

「ごめんね……あたしがこんなだから」

おゆうが細い声で言った。

「おめえが謝ることたあねえ。おれに甲斐性《かいしょう》がないからだ」

「だって、体が悪いんだから、仕方ないよ」

常吉は黙りこんだ。

おゆうはこの体だ。一人では男の袖を引くこともできない。

もしおれが死んだら、おゆうも飢えて死ぬ。

そう思うと、なんとも言えない気分になった。

「今夜は、おしまいにしようよ」

ややあって、わざと華やいだ声でおゆうは言った。

「ああ」

常吉は生返事をした。

ふところに銭は乏しい。明日の飯代もなかった。

だが、もういい。

今夜は何もかも忘れて眠りたかった。

また遠くで半鐘が鳴った。手が変わったのか、続けざまに勢いよく打つ。

佃島の向こうが赤く染まってきた。火はだんだんに広がっているらしい。

「お浄《きよ》めを、して」

おゆうは常吉を見た。

対岸の火事あかりをしばし見てから、わずかに情のまさった声で繰り返す。

「お浄めをして、お兄ちゃん」

と、おゆうは言った。

舟饅頭は、常吉の実の妹だった。

三

今度は客を乗せず、兄と妹だけで舟を出した。

海に出ると、風がひときわ強くなった。いつもなら引き返すところだが、今夜は火事あかりが見える。佃島のほうへ向かえば、さらにくっきりと見えるだろう。

「燃えてるね」

おゆうが火を指さした。

その拍子に、太腿がはだけた。

月あかりが照らす。

武家が言ったとおりだった。それはやけどの跡には見えなかった。

生まれながらに、こうだった。

おゆうの太腿は、奇妙な魚のようなうろこで覆われていた。

洲崎の外れの苫屋《とまや》で、常吉は生まれた。

父の松吉《まつきち》は漁師だったが、幼いころに高波にさらわれて死んだ。母のおとせの話によれば、いたく信心深いまじめな男だったらしい。

「おまえのおとっつぁんはな、死んだんじゃない。常世の国へ、ちょいと物見遊山《ものみゆさん》へ出かけただけさ。だから、おっつけ戻ってくるよ」

わが身に言い聞かせるように、母はつねづねそう口にしていた。だれが見ても望みはないのに、洲崎の弁天様に願《がん》を懸けたり、海に酒を流したり、何やかやと神信心をしていたようだ。稼ぎ手をなくしたあと、おとせは貝拾いや漁網の繕いなどでわずかな銭を得て、常吉とともにどうにか暮らしていた。

そのおとせが、子を孕《はら》んだ。

死んだ松吉に操《みさお》を立て、男を近づけようとしなかったおとせの腹がふくれるとは、なかなかにいぶかしいことだった。相手はいったいどこのだれか、まわりの衆は声をひそめて語り合った。

おとせにとっても、身に覚えのないことだった。何か気がかりな夢を見たことはある。舟に乗って松吉に会いにいったら渦に巻かれ、海の底深く沈んでいく夢だ。

「妙なやつがおったんよ。海ん中に気味の悪い大きなもんがいて、そいつがぬるぬると這い寄ってきて……」

常吉に話し聞かせていた母は、そこでこめかみに手をやって押し黙った。

それから先は憶えていなかったのか、あるいは、あまりにも恐ろしくて語れなかったのか、いまとなっては分からない。

やがて時が至り、おとせはおゆうを産み落とした。

難産だった。一時は産婆《さんば》も匙《さじ》を投げかけたくらいだったが、なんとか子だけは取り上げた。

初めから、太腿にうろこみたいなものがびっしりと生えていた。それは洗ってもこすっても落ちなかった。

おとせはお産で命を落とした。まだ小さい常吉は、足の悪い妹を育てていかなければならなくなった。

初めは気の毒がって面倒を見てくれる者もいたが、おゆうのうろこを目《ま》のあたりにすると、がらりと態度を変えた。

「気味が悪いよ。まるで魚みたいじゃないか。ここだけ腐ってら」

そう言って眉をひそめた。

洲崎にいづらくなった常吉は、おゆうを背負って流れていった。物乞いも、盗みもやった。食うためには仕方がなかった。

そのうち、おゆうはゆっくりとなら歩けるようになった。しかし、どこかへ奉公に出るのは夢のまた夢だ。常吉が養うしかなかった。

柳橋《やなぎばし》の料理屋の下足番となり、やっと落ち着くことができた。小屋に毛の生えたような裏店《うらだな》だが、おゆうとともに住むところもできた。

妹は秘密を隠していたから、長屋の衆はよくしてくれた。手に職と言うほどでもないが、おゆうは漬物をうまく作れるようになった。それを棒手振りにおろせば、ほんのわずかだが銭になった。

おゆうは遅く湯屋《ゆうや》へ行った。うろこを見られないように、よくよく気をつけていた。

こうして、平穏な数年が過ぎ、おゆうがやっと髷《まげ》を結えるようになったころ、常吉の体に異変が起きた。

あとは坂道を転げ落ちるようなものだった。柳橋の料理屋を追われた常吉とおゆうは、流れ流れて寒さ橋にたどり着いた。

その橋から漕ぎ出した舟は、火事あかりに誘われるように海に出た。

半鐘は鳴りつづけている。火の回りは速いようだ。あれは深川か、あるいは本所《ほんじょ》にも広がっているか、いずれにしても消えそうにない。

「憶えてるか、おゆう。おれとおめえは、あの向こうの洲崎で暮らしてたんだ」

常吉は指さした。

棹が立たなくなったから、櫓《ろ》に代える。行くあてはないが、ゆっくりと漕いでいく。

「うん……」

おゆうは暗い海を見た。

火とは関わりなく、月あかりがそこを照らしている。静かに渦を巻いているように見える。

「おっかさんも、おとっつぁんもいた」

腑《ふ》が抜けたような声でおゆうがそう言ったから、常吉は苦笑いを浮かべた。

「そりゃ、何かの思い違いよ。おっかさんは、死んじまった」

産のときに死んだと言えば、おゆうもつらかろう。そう思い、産後まもなくはやり病で死んだことにしてあった。

その話は先《せん》に何度もしたのに、海に出るとおゆうはときどきこんな按配《あんばい》になってしまう。

「おとっつぁんは？」

「おとっつぁんはな、どこのだれとも知れねえんだ。おれだって会ったことはねえ」

常吉が言うと、おゆうはしばし考えてから答えた。

「会えるよ、もうじき」

「そうだな」

もう生きちゃいめえと思いながらも、常吉はそう答えた。

火事あかりに目がくらんでいたせいか、思いのほか外に出てしまった。このままだと、潮に流されかねない。

「戻るか」

常吉は言ったが、おゆうは首を横に振った。

「ここでいい……きれい」

赤みを増してきた火のほうを見る。

「ああ、きれいだな。まるで錦絵《にしきえ》みてえだぜ」

そう言うと、常吉はまたひとしきり咳きこんだ。

身《み》の中の腐ったものがこみ上げてくる。こらえ切れずに少し吐いた。海へ吐くつもりが、届かず舟を汚した。

舟べりを月が照らす。わずかに赤いものが見えた。

「お兄ちゃん、大丈夫？」

おゆうがにじり寄る。

「ああ……馬鹿に出やがった」

常吉は血の混じった痰を吐いた。

そして、火のほうを見た。

小さな舟の中で、兄と妹は同じ景色を見た。

「寒いよ」

と、おゆうが言った。

「ああ」

「お浄めを、して」

妹は手で太腿をはだけた。

もう隠すことはない。舟に客はいない。

そこだけうろこが生えているところを、おゆうは兄に押しつけるようにした。

「来な」

「うん……」

常吉は艫《とも》を離した。

そして、おゆうの太腿にゆっくりと舌を這わせていった。

四

おゆうの初めての客は、常吉だった。

あのときも舟を漕ぎ出し、だれの目にも届かないところで体を重ねた。実の妹の花を散らした。

これからは、どこのだれとも知れない男に身を任せることになる。それは仕方がない。二人で生きていくためにはしょうがない。でも、初めの花は、お兄ちゃんに散らしてほしい。そうすれば、あきらめがつく。

二番目からの客は、みんな同じになる。

おゆうの思いは、常吉にもすぐさま伝わった。

月あかりの舟の上が、二人の臥《ふ》し所《ど》となった。

兄と妹は、板を一枚隔てた地獄の上で交わった。

それは一度きりにはならなかった。いやな客が来た晩、太腿のうろこを見られてののしられたあと、おゆうは折にふれて「お浄め」を求めた。

客に抱かれるときは、常吉の耳をはばかり、おゆうは声をひそめていた。それでも、ときには短い悲鳴のような声をあげた。その声を耳にしたあとは、荒ぶるものに突き上げられ、常吉のほうから求めることもあった。

兄と交わるとき、妹は声を殺さなかった。言葉も思うさま発した。

「お兄ちゃん、して」

と、おゆうは言った。

だが、気をやるときだけは、べつの言葉を口走った。

おゆうはなぜか、「おとっつぁん……」と言った。

そして、うろこの生えた太腿を震わせ、魚のような目になった。

その太腿から秘められた花にかけて、常吉はいとおしむように舌を使った。

潮の香りがする。

それは海から漂ってくるばかりではなかった。

舟が揺れる。

風がさらに強くなってきた。

怖くはなかった。もうどうでもよかった。いままでの客の痕跡を吸い取ろうとでもするかのように、常吉は舌がしびれるまで動かしつづけた。

「ああ、お兄ちゃん……おとっつぁん、おとっつぁん」

いつものように、おゆうは呼び名を変えた。

一度も会ったことのない父を呼ぶ。

常吉の顔をはさむ太腿の力が強くなった。

うろこの感触が変わった。それは妙に生暖かかった。

そこからも海の臭いがした。いま舟が浮かんでいる海ではない。もっと深い海だ。

ぐっ、と言葉にならない声を発すると、おゆうは気をやった。うろこが離れた。

半身《はんみ》を起こした常吉は目を瞠《みは》った。

いつのまにか、舟が流されていた。佃島の灯りがいやに遠くに見える。

「おい、おゆう」

常吉は魚の目をしている妹のほおを張って正気づかせた。

「見な。流されてるぜ」

艫に向かおうとした常吉の袖を、おゆうはさっとつかんだ。

「待って……」

まだ荒い息で言う。

「待てるか。渦に巻かれるぞ」

「巻かれても、いい」

どこか憑《つ》かれたような目だった。

常吉が迷ったのは、ほんのわずかなあいだだった。

(そうだ。

帰らなくてもいい。

力を振り絞って岸へたどり着いても、遅かれ早かれ死ぬだけだ。

血を吐いてくたばるだけだ)

常吉は火事あかりを見た。

遠ざかっていく火は、さらに広がっているように見えた。

深川だけではない。橋を越え、大川の西側にも飛び火しているようだ。

大火だ。

もう消えることのない業火だ。

「分かった」

常吉は棹をつかみ、海へ放り投げた。

「お兄ちゃん……」

「見な、おゆう。江戸が燃えてるぜ」

「うん」

「みんな燃えちまえ。いままで、いろんなつらい目に遭ってきた。おめえにもつらい思いをさせてきたけどよ、一切合切《いっさいがっさい》が燃えてら。おめえの客も、全部燃えて死んじまう。そう思え」

「もう、お兄ちゃんだけだね」

揺れが大きくなってきた舟の中で、兄と妹は肩を寄せ合って火を眺めた。燃えていく江戸の町を見た。

生まれ育った洲崎も、長く暮らしていた柳橋も、そして、寒さ橋も、炎に包まれて燃えていく。

(終わりだ。この世は終わりだ。

みんな死ぬ。

たった二人だけ生き残ったおれとおゆうは、燃えていく江戸を捨てて、常世の国へ漕ぎ出していく）

常吉は海のほうを見た。

闇の中で波がうねっている。そこを月あかりが照らす。

「お兄ちゃん……お浄め」

おゆうが手を伸ばした。

「ああ」

漲《みなぎ》るものがあった。

体の具合が悪くなるにつれ、常吉の漲りは失せていった。やむなく、ここしばらくは舌でお浄めをしていた。

だが、今夜は違った。

初めておゆうの花を散らしたときのように、天を仰いでいた。

「して」

と、妹が言った。

火事あかりを見ながら、常吉は腰に力をこめた。

貫く。

渦に巻かれ、常世の国へと引きこまれていく小舟の中で、二つの影が重なり合った。

おゆうが両手で兄の背を抱く。もう離すまいとする。

うろこの肌触りを感じながら、常吉は動いた。

いつもとは感触が違った、より深いところに届いているような気がした。

舟が揺れる。

流れがさらに速くなる。どんどん岸から離れ、渦に巻かれていく。

それでも、遠くにちらりと火事あかりが見えた。

火が海をなめている。

いや、海から火が放たれたようにも見えた。

(江戸が燃えている。

みんな、燃えろ。

燃えてしまえ。

鉄砲洲の南の果てまで、寒さ橋まで燃えてしまえ)

常吉は動きを速めた。

おゆうとつながっているところが、くちゅくちゅ、くちゅくちゅと音を立てる。女臭に交じって、魚臭が濃く漂ってきた。

おゆうの声が変わった。呼ぶ名前も、またお兄ちゃんからおとっつぁんに変わった。

「ああ、おとっつぁん……おとっつぁんが来る」

うわずった声で告げる。

「おゆう、おゆう……」

妹の名を呼びながら動く。腰をたたきつけるようにする。

「来て」

気をやる前に、おゆうは短く言った。

そして、うろこのある太腿で常吉の腰を強く挟んだ。

かつてない強さだった。うろこの一部は常吉の体にがっしりと食いこんだ。

だが、痛くはなかった。ついぞ味わったことのない、心地いい痛みだった。

おゆうの中の感触が変わった。数知れぬ触手がそこで蠢《うごめ》いているかのようだった。

常吉の脳天を、不意に風が吹き抜けた。

これまでは、たとえお浄めをしても、最後の一線だけは越えるまいとしていた。もしおゆうが孕んでしまったら、それは畜生の子だ。

しかし、もうどうでもよかった。

江戸が燃えている。

この世のありとあらゆるものが燃えている。

人は死ぬ。

燃え盛る火に呑まれて、みんな死んでいく。

ただ一隻、この舟だけが難を逃れた。

これから常世の国へ行く。

だから、これでいい。

「おゆう……」

甲高《かんだか》いうめき声を発すると、常吉は気をやった。

実の妹の中で、長々と精を放った。

転瞬《てんしゅん》、海がざわめき、だしぬけに割れた。

濃くなった月あかりが、海面から突き出されたものを照らす。

咆哮《ほうこう》が響いた。

うろこと吸盤に覆われた触手がうねる。荒々しく海をたたく。

しかし、その動きが、ほんの少し穏やかになった。

中空にとどまった触手は、ゆっくりと舟のほうへかざされた。まるで慈《いつく》しむかのような動きだった。

「おとっつぁん……」

おゆうが呼ぶ。

魚の目になった娘が、父を呼ぶ。

それに応えるように、再び咆哮が響いた。

月あかりを浴びてぬらぬらと光る触手が一閃《いっせん》する。

深海の臭いがする怪しい影は、兄と妹を乗せた舟をかきいだくと、最後に燃え盛る江戸のほうへ祝《ほが》いの触手を上げた。

そして、舟もろとも、海深く消えていった。

茜村より

その村の名は茜《あかね》、山間《やまあい》の静かな村。

「ようこそ茜村へ」

控えめな看板の文字は逆光で読めない。そのかたわらを赤い車が走り抜けていく。

点在する人家の屋根は、どこまでも地味な色だ。だが、太陽が山陰《やまかげ》に没しようとするこの時間だけは幽《かす》かに茜に染まった。

畑がちらほらと見える。主産物は葡萄《ぶどう》と高原野菜、とくに観光名所はない。たまさかワインの醸造所を訪れる客がある程度で、村の暮らしはいたって静かだった。

地図を広げても、茜村を探すのは容易ではない。鉄道からは遠く隔たっている。細い道路だけがうねうねと山のほうへ続き、消える間ぎわに思い出したように「茜」と記されていた。

赤い車は少しスピードを緩めた。女の顔がちらりと見える。

畑仕事の老婆がいた。手を止め、おもむろに顔を上げる。

そして、ニヤリと笑った。

＊

「いいところね、静かで」

助手席の美夜子《みよこ》が言った。

「住んでみると退屈よ。ほんとに何にもないとこだから」

ゆっくりとハンドルを右に切りながら、朱門律子《しゅもんりつこ》が答えた。

「あっ、神社がある」

美夜子が指さす。こんもりとした森に続く石段、そのたもとに幟《のぼり》が立っていた。

名無……

かろうじて、そう読み取ることができた。

「ふつう南無《なむ》でしょ。どうして名無なのかしら」

美夜子がたずねる。

「さすが作家ね」

律子はすぐに応じた。

寺西《てらにし》美夜子は少女小説の分野でそれなりの人気を誇っている。朱門律子は、美夜子のデビュー以来ずっと担当している編集者だった。もっとも公私にわたる付き合いで、感覚としては四つ上の姉に近い。今回はお忍びの小旅行、かねてよりの約束どおり、美夜子は律子の実家に一泊することになっていた。

「でも、あたしもよくわからないの。とにかく、村の鎮守《ちんじゅ》の神様」

ちょっとおどけた口調だったので、美夜子は軽く笑った。

ほどなく車は上り坂に入った。人家は途切れたけれども、律子の実家はまだ先にあるらしい。

「ずいぶん高いところにあるのね」

美夜子が窓に額を寄せて言う。すでに三十路《みそじ》は越えているのだが、童顔ゆえに若く見える。

「いちおう領主の家柄ですから、えへん」

「領主？」

「ま、大田舎の領主だから、全然たいしたことないんだけど」

律子はそう言って、また器用にハンドルを切った。

山に遮られて西日が翳った。ついそこに岩肌が迫る。神社の森からここまで、恐竜の背骨めいた山が途切れることなく続いていた。

切り通しの坂道を抜けると、行く手に門が見えてきた。

「朱《あか》い門じゃないのね」

美夜子はぽつりと言った。律子は含み笑いをしただけで答えない。

岩の切れ目があったのだろう、一瞬だけ名残《なごり》の光が差した。

美夜子は瞳を凝らした。

門が朱に染まっているように見えたのだ。

＊

律子が帰郷するのは一年ぶりだったらしい。両親と祖母、それに弟夫妻、いずれも顔に喜色《きしょく》を浮かべて出迎えた。

美夜子も歓待《かんたい》されたけれども、これは律子の妹分としてで、家族は作品を読んでいるわけではなかった。

田舎の夕食は早い。質素ながらとりどりに並んだ料理を口に運びつつ控えめに加わった会話によると、律子の両親は作家や編集者の仕事がどういうものかあまり理解していないようだった。

さすがに旧領主の家、襖《ふすま》を閉めた状態でも十分に広い。欄間《らんま》の細工ひとつにも旧家の趣が漂っていた。都会のマンションぐらしが長い美夜子の目には、すべてが新鮮に映った。

ことに目を惹《ひ》いたのは床の間の掛け軸だった。洞窟めいたところに茜の光が射しこんでいる図なのだが、どうも何が描かれているのかはっきりしない。茜の光の中で蠢《うごめ》いているものが幽かに見えるだけだった。

「あれは複製の部分図なの」

律子が声をかけた。

「部分図？」

「そ。全体図は土蔵にあるの。あの掛け軸は……」

律子がそこまで説明したとき、黙々と自家製の蒟蒻《こんにゃく》を口に運んでいた祖母が箸を置いた。両手を合わせ、掛け軸を拝む。

な……む……

低い、妙に抑揚のない声だった。

「これ、おばあちゃん」

律子の母がたしなめる。老婆は何事もなかったかのようにまた箸を取った。

「あとで、お宝紹介のときに見せたげる」

律子はことさら明るい声で言った。

「あ、それ楽しみ」

美夜子も応じた。おかげで場の雰囲気が旧に復した。

今回は取材旅行を兼ねていた。いかに姉貴然としていても律子は担当編集者、転んでもただで起きないところがある。

美夜子のシリーズ小説は軽いミステリーで、吸血鬼とフランケンシュタインのコンビが探偵役をつとめている。脇役は狼男やゾンビなど、ホラーの看板スター勢揃いといった趣《おもむき》だった。謎解きはよくある手ばかりだがドタバタ騒動が読みどころ、しばしば人気キャラ投票の上位に顔を出していた。

今回の趣向は「お宝」である。田舎の旧家の土蔵で発見されたお宝をめぐってシリーズ・キャラが騒動を繰り広げるというストーリーだった。

それなら実家が恰好《かっこう》の取材対象だから、一度泊まりにおいでなさい――話はトントンと決まった。

どうやら祭の打ち合わせがあるらしい、律子の弟夫妻は食事もそこそこに引き上げた。別棟で生活しているようだ。

「祭って何？」

美夜子は軽い調子でたずねた。

「それはな……」

「おばあちゃん、お茶、お代わりだな」

祖母を制するように律子の父が言った。老婆はそれきり黙ってしまった。

「村の鎮守のお祭」

律子がまたおどけた口調で言う。

「ふーん、屋台とか出るの？」

美夜子は都会の祭しか知らない。

「こんな田舎まで屋台の人が来るわけないじゃない。人口少ないんだから」

「あ、そうか」

「でも、四年に一度なんです」

鼻筋の通っているところが律子によく似ている母が、食事の片付けを始めながら口をはさんだ。

「へえ、オリンピックみたいですね」

「そうです。だから、みんな楽しみにしてるんですよ」

律子の母は微笑みながら言うと、ちらりと掛け軸に目をやった。

＊

美夜子があてがわれた部屋は、もちろん和室だった。畳を張り替えたばかりなのか、青さが目にしみる。律子が両親と話をしているあいだ、美夜子はノートパソコンでメールをチェックしながら待機していた。話の内容は見えている。どうせまた村の青年とのお見合いを勧められているのだろう。

いますてきなところに来てまーす。

これから、おねえさまのお宝を拝見するの。また報告しますねー。

ミーヨ

ファンクラブの人からのメールに短い返信を書いて送ったところ、律子がややうんざりした顔で戻ってきた。

「今度のお見合いの相手、どんな人？」

「こらこら」

「だって顔にかいてあるもん」

「ほんとにねー、そろそろあきらめてくれないかしら」

「えっ、あきらめたんだ、結婚」

律子は指で鬼の角《つの》を作り、美夜子を追い回しはじめた。

「さて、本日のハイライト」

一段落ついたところで律子が言った。

「朱門家のお宝はいけーん！」

美夜子は大仰に片手を挙げた。

「では、土蔵にご案内いたしまーす」

律子は兵士のような足どりで歩きだした。


いったん外に出て、舗石《ほせき》の路を土蔵に向かった。心地いい風に律子の黒髪がなびく。

「へえ、大きな土蔵ね」

美夜子が感嘆の声を上げた。

無理もない。朱門家の土蔵は恐竜の背骨めく山に接し、ほとんどその一部と化していたのだ。

「感心するのはまだ早いわよ」

律子はそう言って、ふと夜空を見上げた。うっすらと赤みを帯びた月が横顔を照らす。

「あっ、メモ忘れてきちゃった」

美夜子が少女のようなしぐさをする。

「大丈夫よ」

と、やや低い声で律子。

「そうね、おぼえればいいから」

律子は答えず、南京錠《なんきんじょう》の鍵を取り出した。

「ずいぶん厳重なのね」

「そりゃそうよ。お宝がいっぱいあるんだから」

内部にも扉があった。灯りをつけ、別の鍵で開ける。

「お宝のにおいがするね」

興味津々の態《てい》で美夜子は言った。

薄暗い土蔵には、時の香りとでも称すべきものが満ちていた。進むにつれてしだいに濃くなる。

「いろいろあるけど、全部説明してたら夜が明けちゃうし、開けてみないとよくわかんないものもあるから」

ランプを手に先導しながら律子が言った。声が妙な具合に反響する。

「あ、さっきの掛け軸の絵、見たいな」

「そう言うと思った。そこ、ちょっと足元危ないわよ」

土蔵は平らではなく、ゆるやかに下っていた。折にふれて曲がるので方向感覚が狂ってくる。なんとなく山へ近づいていることだけがわかった。

「あの絵は飾ってあるの。ここを曲がったところ」

律子に続いて角を曲がった美夜子は、思わず息をのんだ。狭い回廊めいた場所に意外なほど大きな絵が飾ってあったのだ。

「こんなに大きな……」

「だから、一度に照らせないの。ほら、ここが掛け軸になってたところ」

前へ進み、律子は右端を照らした。淡い光に照らされ、くすんだ感じの茜色が浮かび上がる。蠢いている
ものの形は相変わらずはっきりしない。

「この絵、作者は？」

美夜子が小声でたずねた。

「交野東亜《かたのとうあ》って画家、知ってる？」

「ううん、知らない」

「茜村出身の画家で、中央での活躍期は短かったんだけど、あとで評価が高まったの」

律子が説明する。

「じゃあ、夭折《ようせつ》したんだ」

「天寿は全うしたの。ただ……」

律子は言葉を切り、ゆるゆるとランプの灯りを滑らせた。茜色が薄れ、しだいに暗い洞窟に変わる。

「ただ？」

と、美夜子のおびえた声。

「人生の大半は座敷牢で過ごしたの。そう言えばわかるよね」

無言でうなずく。

「その牢の中で大作を完成させたのよ」

ランプが上に移動した。しだいに左へ動いていく。

亡者のようなものが描かれていた。ぽつりぽつりと狭い洞窟に点在している。

「なんだか怖い」

律子は答えない。灯りは左の端まで照らした。

最も左側に描かれているものは、確かに人の姿をしていた。ただ、顔は恐怖に歪んでいた。救いを求めるように両手を突き出している――どこにもない絵の外部に向かって。

座敷牢の狂画家が半生をかけた絵の前に、美夜子も律子も無言で佇《たたず》んでいた。

「怖い……」

灯りが再び右へ動きはじめたとき、美夜子は律子の腕を取った。

「もういいの？」

「うん、次へ行きましょ」

律子は少し含み笑いをすると、「いいわ」と短く答えた。

「ああ、なんだかほっとした」

絵を通り過ぎ、次の間に入ったとき、美夜子はあまり豊かではない胸に手をあてた。

「怖がりねえ」

と、律子。

「だって、すごい迫力だったんだもん」

そう言ってため息をつく。

「それは執念がこもってるから」

「おねえさん、平気なんだ」

美夜子はやや甘えて律子を「おねえさん」と呼ぶ。服装も子供っぽいし、永遠の少女といった趣だった。

「そりゃ見慣れたお宝ですもの。ちょっとこのお皿、出してみるわね」

古い木箱に歩み寄る。

「そうそう、いまの絵」

美夜子は思い出したように言った。

「なに？」

と、梱包をほどきながら律子。

「タイトル、聞いてなかったんだけど」

美夜子の問いに、律子はひと呼吸おいて答えた。

「名無」

＊

現れた皿は実に見事なものだった。磁器色絵の大皿で、スベリヒユとは微妙に違う模様が描かれている。

「すごーい、いくらぐらいするの？」

お宝を目にしたとたん、美夜子の口調が元に戻った。

「さあ、正式に鑑定してもらったわけじゃないし、中央の人じゃ価値がわからないでしょうしね」

「ふーん」

「あ、ほかにもあるわよ。どんどん奥へ行きましょう」

律子は笑顔で言った。

土蔵はまさにお宝の山だった。堆朱《ついしゅ》のお盆、竜首《りゅうしゅ》の水瓶、仁清《にんせい》の茶壺、青貝細工の食籠《じきろう》、蒔絵《まきえ》の手箱――次から次へと垂涎《すいぜん》の品が現れる。それでも律子が楽に取り出せるものに限られていた。すべてお金に換えたらどれくらいの額になるのか、まるで見当がつかない。

「まだまだ奥があるの」

箱の紐を結びながら律子が言った。

「えー、まだあるの？」

美夜子が目をまるくする。

「真打ちは最後に登場するのよ」

いやに古臭いことを言った。

「じゃあ、いちばんのお宝？」

「そういうことね。案内します」

低い声で答えると、律子は再び先導しはじめた。

また少しずつ下っていく。神社の森に近づいているような気がするけれども、これは錯覚かもしれない。

ひときわ大きな扉が見えた。紋章めいたものが刻まれている。王冠の中に目が一つ描かれた風変わりなものだった。

「これ、朱門家の紋章？」

美夜子がたずねる。

「そんなとこね」

軽く答えて、律子は扉の鍵を開けた。

裸電球が照らす細い廊下が続いていた。ただし、壁には何も飾られていない。

「ずいぶん大きなものなの？」

「見ればわかるわ。驚くわよ」

突き当たりの扉にも小ぶりの同じ紋章が刻まれていた。ずいぶん厳重な錠が取り付けられている。猛獣でも閉じこめておくような雰囲気だった。

「先に入って。びっくりするから」

「わかった」

美夜子が一つ手を打った。

「大仏様でしょ」

「ふふ、いいセンね」

「違うの？」

「だから、見ればわかるってば」

律子は錠を外した。

扉が開く。

美夜子は初めて前に出た。

その背中に、不意に衝撃が走った。

バランスを失った美夜子は前のめりに倒れた。

背後で扉が閉まる。素早く錠をする乾いた音が響いた。

「おねえさん、何するの！」

そう叫んだ美夜子は、不安そうに周りを見た。大仏もお宝も見えない。暗い洞窟が続いているだけだった。

ややあって、閉ざされた扉の向こうから幽かに声が響いてきた。

それは、笑い声だった。

＊

「おねえさん、冗談はやめて！」

美夜子は扉を叩いた。

「ねえ、怖いから開けて。もうわかったから、今度からちゃんと締切守るから」

再び笑い声が響いた。笑っているのは律子だった。

「何もわかってないわね……あなたは生《い》け贄《にえ》なの」

重い扉の向こうから、声が届いた。

「もういいってば、お芝居はやめて！」

美夜子は脳に響くような声を出した。

そのとき、気づいた。扉の裏に箴言《しんげん》めいたものが彫られていたのだ。洞窟の奥から差しこむ淡い赤光《しゃっこう》に照らされ、奇妙な字体の文字が浮かび上がっている。

「芝居じゃないのよ……洞窟の奥へ行けばわかるわ」

また律子の声が届く。

美夜子の背筋を冷たいものが伝った。これは芝居ではない。

「おねえさん、どうしてこんなことするの」

最後は涙声になった。

「教えてあげましょうか……あなたは百人目の生け贄よ」

律子の言葉は甲高い笑いに変わった。しだいに遠ざかっていく。

美夜子は泣き叫びながら扉を叩いたが、返事はなかった。やがて、すべてが静まった。

これはお話の中の出来事、もうすぐ吸血鬼とフランケンシュタインが助けにきてくれる――混濁《こんだく》した頭でそんなことを考えたけれども、空しかった。自分が幽閉されたのは、まぎれもない現実だった。涙が涸《か》れた。美夜子の目に箴言の文字がはっきりと映った。

此処《ココ》ヨリ先、神ガ地ナリ
百ノ贄《ニエ》ヲ得テ、名無ハ復活ス

画数の多い「贄」という文字は、最後に読み取ることができた。

その意味を把握したとき、美夜子は再び恐怖を覚えた。

同時に、あの絵を思い出した。

交野東亜という狂画家が半生を費やして座敷牢で描いた絵――その左端にいた男の顔がまざまざと甦ってきたのだ。

自分は同じ境遇にいる。美夜子はそう悟った。

絵の右端は掛け軸で見た。左と上は律子がライトで照らした。だが、その下は……。

いずれにしても、前に進むしかなかった。八幡《やわた》の藪知らず、あるいは出口が見つからないかもしれないが、ここにいても仕方がない。救いの手が差し伸べられることはないのだから。朱門家の人間は、律子を含めてすべて狂っているのだ。

いや、茜村の人々も……四年に一度の祭というのは……。

結論は出なかった。最後にもう一度目を拭うと、美夜子はゆっくりと歩きはじめた。

前へ――洞窟の奥へ。

＊

幽かに赤く染まった光は自然のものとは思えなかった。

さりとて人工の光でもない。いずれにしても、いままでに見たことのない色だった。

洞窟の中はひんやりとしていた。そこここで水滴がしたたっている。おぼつかない足元を確かめながら、美夜子はゆるゆると歩を進めた。

少しずつ下っている。抜け穴のたぐいはどこにも見当たらない。岩に遮られて赤い光が翳《かげ》ってはまた姿を現す。

ほどなく、光がひときわ濃くなった。そこだけくり抜かれたようになっている岩場をしみじみと照らしている。

上のほうに何か刻まれていた。かつてどこかで見たことがある古代文字だった。

むろん知識はなかったが、美夜子は直観で悟った。「百」と記されているのだ。

また無性に怖くなった。いったん引き返そうとしたけれども、耳についた笑い声が妨げた。律子の笑いは美夜子を心底あざけっていた。

少し進むと、いったん薄らいだ光が再び濃くなった。美夜子は立ちどまった。窪みに人が見えたのだ。長い髪の女が座っている。

近寄ると、痩せこけた女は大儀そうに目だけ動かした。窪みの上には先ほどと同じ、いや、よく似た古代文字が刻まれていた。たぶん「九十九」と記されているのだろう。

「あの……」

美夜子は恐る恐る声をかけた。

女の唇がわずかに動く。だが、まだ声にならない。

「どうしたらいいんでしょう、ここから出るには」

美夜子はまた涙声になった。

女はゆっくりと首を振った。

「出られ……ない」

洞窟に低い声が響いた。女はそのまま目を閉じた。

美夜子はふと思い出した。四年前、律子の同僚が謎の失踪を遂げているのだ。本人がそう語っていた。ここにいる女は、あるいは……。

さらに語りかけようとして、美夜子は言葉をのみこんだ。何をたずねても無駄だと女の表情は告げていた。笑っているようにも見える。

美夜子はあきらめて女の前を去った。さらに奥へ進む。

洞窟に付き物の蝙蝠《こうもり》など、生き物の姿はどこにもなかった。あえて言えば、しだいに濃くなる赤い光だけが生きていた。

人は岩場の窪みに点在していた。次の男は、美夜子が近づいても何の反応も見せなかった。ただ虚ろな瞳を開いているだけだった。まったく瞬《まばた》きをしない。

その次の女は、もう死んでいるように見えた。白髪が垂れ下がる額に、赤い字のようなものが浮かんでいる。

いずれも天然の壁龕《へきがん》めく窪みに従容《しょうよう》と座っていた。上のほうには、相変わらず不気味な古代文字が刻まれている。

美夜子はすでに確信していた。ずっとゆるやかに下り続けている。この洞窟は神社に向かっているのだ。点在している人間は性別が判じられなくなった。生者でないことはひと目でわかる。ある者は額が石榴《ざくろ》のように弾け、ある者は裂けた耳が赤黒い混沌に没していた。

恐ろしいから見ないようにしたが、ある変化には気づいた。岩の窪みに座っている人間、いや、かつては人間だったものは、少しずつ縮んでいるのだ。

それればかりではない。赤い光がしだいに濃くなっている。直線的な光ではない。歪み、ねじれ、這いうねり、変わり果てた生け贄を慈しむように撫でている。

最初は出口を探していた。だが、意外なことに、赤い光が濃くなるにつれて脱出を望む気持ちは失せていった。美夜子はただ光に誘われるままに前へ足を運んでいた。

変容はさらに続いた。もはや人ではない。血まみれの豚と人間の中間のごときものと化していた。内部が裏返っている者もいた。胃壁の赤い疣《いぼ》、ねじれて肥大した腸、いずれも赤い光を浴びるたびに蠕動《ぜんどう》している。まるで歓喜に顫《ふる》えるような動きだった。

形を喪失している者もいた。全身が赤い膿《うみ》に覆われ、爛《ただ》れ、どろどろの粘液が窪みから滴り落ちている。かつては眼球だったものがぽつんと黒ずんで見えた。

美夜子は混濁した頭で悟った。交野東亜の絵には同じ光景が描かれていたのだ。あの絵は狂人のヴィジョンではない。すべて実景を描いたもの……。

ほどなく足元がおぼつかなくなってきた。赤い粘液が行く手を阻むようになったのだ。岩場も崩壊しはじめていた。古代文字だけが原形をとどめている。

それでも美夜子は前へ進んだ。何か抗《こう》しがたい衝動がそうさせていた。何度か転び、顔も手も粘液まみれになった。腐った魚を煮詰めたような臭いが鼻をつく。

赤い粘液はゆるやかな流れと化した。視野がしだいに拓《ひら》けていく。

美夜子は歩みを止めた。もうそこから先へは一歩たりとも進めなかった。粘液の流れが間断なく滴り落ちている。

数歩先に断崖《だんがい》があった。その向こうで赤い曖昧なものが蠢いている。

理性はまだわずかに残存していた。自分はいま掛け軸の中にいる——美夜子はそう悟った。

幽かに音がする。赤い混沌の中から響いている。

まつりばやし……いや、違う。

声だ。

笑っている。

美夜子は身を震わせた。

いままでに聞いたことのない笑い声だった。洞窟全体に伝わっていく。

赤い光が躍る。そのすべてが笑っていた。ほどなく洞窟は笑いに満たされた。

その喧噪の中に、一瞬だけ、このうえなく低い声が響いた。


な……む……


美夜子の表情が変わった。

神の声を聞いたのだ。

自分もまた笑いながら、美夜子は洞窟をゆっくりと引き返しはじめた。

粘液に抗《あらが》い、人ならざるものの断片を越え、蹌踉《そうろう》と歩み続ける。やがて、窪みに原形をとどめた人間が現れ、少しずつ姿が大きくなっていった。

九十九番目の女の目がわずかに動いた。もう言葉をかける必要はない。

そして、持ち場に戻った。古代文字で百と記されている窪みだ。

洞窟に響き続けていた笑いが止んだ。美夜子も沈黙した。
窪みに座ってみる。岩場はうっすらと濡れていた。
赤い光はここまで届いた。優しく頬のあたりを撫でる。
頭の芯が不意に澄明《ちょうめい》になった。

どうしてこんなところにいるのだろう。
そもそも、自分の名前は……
最後に残った正常な意識で、美夜子はそんなことを考えた。
だが、もう何も思い出すことができなかった。

底無し沼

「この本なんだよ」

黒川《くろかわ》はそう言って、表紙に焼け焦《こ》げのある一冊の古本を取り出した。

長編小説と聞いていたが、存外に薄い。ノヴェラと呼ぶほうが妥当な長さだ。背には癖のある墨文字で、こう記されていた。

底無し沼　妻沼宗吉《めぬまそうきち》

「やめたほうがいい」

扉をあけようとした私を、黒川は鋭く制した。

「べつに、呪いがかかっているわけじゃないだろう？」

私は冗談めかして答えたが、黒川からいつものような反応は返ってこなかった。妙に曖昧《あいまい》な表情になっている。

おしぼりとお通しが来た。

「あとでもう一人来ますけど、とりあえずお銚子二本、それに皿うどん……。黒川、あと適当に」

黒川は生返事をしてメニューに目を落とした。店員がしびれを切らしはじめたころ、ぼそりぼそり、ふた品ほど追加した。ふだんから陽気なほうではないが、やはり様子が変だ。無理もない話だが……。

大学時代にときどき訪れた飲み屋だ。一階は普通の店構えだが、二階は落ち着いた座敷で好ましい。

いつもなら「皿屋」なのだが、待ち合わせ場所としてはいかにもわかりにくい。だいいち目下臨時休業中である。どういう風の吹き回しか、江戸時代から生きているようなあのおやじが娘とともにイギリスへと洋行遊ばされていると聞く。他人事ながら腑に落ちない話だった。

酒が来た。銘柄は「皿屋」と同じだった。あまりよそでは出ない。

「まあ、気付けに一杯」

「ああ」

相変わらず暗い顔で盃を受けた黒川は、一気にそれを飲み干すと、こう口を開いた。

「さっき、『本に呪いがかかっているわけじゃない』って言ったな」

「ああ。だって夢に現れただけなんだろう？　その妻沼とおぼしい人物が」

黒川は手酌でもう一杯飲み干すと、低い声で答えた。

「違うかもしれない」

「違う？」

私は黒川の言葉を反芻《はんすう》した。

「どうもうまく言えないんだけど……」

ややためらったあと、黒川は思い切ったように言った。

「要するに、妻沼宗吉が夢に現れたのは、この本が僕の手元にあってこそのことなんだ。つまり、妻沼は本を取り返しに来たんじゃないかと思うんだよ」

「なんのために」

「それは……あくまでも推測なんだけど」

黒川がそう言ったとき、階段で足音がした。城田《しろた》かと思ったが、違った。昔とあまり変わっていない愛想のいいおばさんが、この店自慢の皿うどんを運んできたのだ。

われわれはしばらく話の中断を余儀なくされた。城田は講演が終わってから来ることになっている。時間にはルーズなほうだったから、かなり遅れることも予想される。

おばさんの埒《らち》もない世間話に付き合っているあいだにも、私の目はしばしばその古本に引きつけられた。「底無し沼　妻沼宗吉」という文字が、何かを訴えているかのように感じられた。

また二人になった。

「少しだけならいいだろう」

私は有無を言わせぬ口調で言うと、素早く本を手に取り、扉を開いた。

*

黒川から電話があったのは、五日前の晩だった。

電話の相手が黒川だとわかると、私はいつもほっとしたような気分になる。年来の友で、英米の怪奇小説と俳句を愛好する黒川は、年に似合わぬ趣味人的なところがある。ライター稼業の宿命で、業界人との付き合いが多い私は、黒川と浮世《うきよ》離れのした閑話を交わすのを楽しみにしていた。

だが、その夜の電話はやや勝手が違った。いつになく興奮した口調で、しきりに悪夢を見たと訴える。黒い和服を着た陰気な若い男が、黒川のほうを恨めしげに見つめていたと言うのだ。

職業柄いやおうなく幽霊に遭《あ》うことがあるけれども、黒川もその手の体験には事欠かない。「昨日ホテルで外人の幽霊を見たよ」などとなにげなく切り出されて、ぎょっとしたことが過去に何度かあった。悪夢も頻繁《ひんぱん》に見るほうだ。

「ふうん、面白いねえ。それ、ホワイトみたいに小説にしてみたら？」

黒川が切迫した状況に陥《おちい》っていると思わなかった私は、寝入りばなということもあり、おおかたいつもの怪異見聞記だろうと高をくくってそんな無責任なことを言った。

エドワード・ルーカス・ホワイトは黒川のお気に入りの作家で、「ルクンド」「夢魔の家」などの不気味な短編を書いた。悪夢に生涯悩まされ、それを下敷きに怪奇小説を綴《つづ》ったと伝えられる風変わりな作家である。

「冗談じゃない。そんな呑気な話じゃないんだよ」

黒川は珍しく怒気《どき》をはらんだ声を出した。説明によれば、このところ同じ夢を見て参っているということだった。

夢はまったく同一のパターンで、決まってあの和服の男が現れ、黒川のほうを陰気な目でじっと見下ろしている。場所は黒川自身の部屋、男が立っているのは古本が詰まった本棚の前で、これは常に変わらないらしい。ちなみに、くだんの男の顔には全然見覚えがないということだった。

神経が太いとは言えない黒川が苦境に陥っていると知った私は、座り直して真面目に話を聞くことにした。

黒川の部屋には何度か泊まったことがある。本棚の配置まで記憶に残っている。最初から話を反芻していくうち、私にもその陰気な和服の男が幽《かす》かに見えたかのような、据《す》わりの悪い心地になった。

和服の男——いや、黒川が見たのだから「幽霊」と呼んでも差し支《つか》えなかろうが——が現れるのが、決まって古本を入れた本棚の前というのが気になった。

「最近何か古本を買ったか？」

私はそう問うてみた。

黒川は古本マニアと言っても過言ではない人種である。何度か一緒に古書展へ行ったことがあるが、宝の山——もっとも一般人から見れば、薄汚い本の群れにすぎないのだが——を前にすると急に目の色が変わる。

「思い当たるとすれば……」

黒川は相変わらず暗い声で、ぽつりぽつり説明しはじめた。先日、妻沼宗吉『底無し沼』を古書展で購入し、通読した経緯を。夢に不審な男が現れるようになったのは、それからまもなくのことだった。

私はいちおう国文科に籍を置いた者だが、不勉強もあって妻沼宗吉なる作家の名前は聞いたことがない。黒川は「発行は大正十四年、版元はこれこれ」と事細かに説明してくれたけれども、あいにくこちらに知識がなく、実のある助言はできなかった。

黒川の話によると、『底無し沼』は長編小説で、いわゆる「ヰタ《ウィ》・セクスアリス」を題材とした自伝的な作品のようだった。しかもホモ・セクシュアルに傾いているところが特徴だが、時代が時代、ことさらに煽《せん》情《じょう》的なものではなく、書きぶりはいたって地味だった。ありていに言えば退屈、文章も弛緩《しかん》ぎみ、黒川はざっと通読しただけで、細部についてはほとんど憶えていないということだった。

奇妙な和服の男が『底無し沼』の作者妻沼宗吉ではなかろうか、話しぶりから察すると、黒川はそのような疑念を抱いているようだ。私もだんだんそんな気がしてきた。

部屋に現れる幽霊というと、かつての住人と相場が決まっている。だが、黒川が現在の部屋に越して少なくとも五年はたっているはずだ。いまになって突然幽霊が現れるのは帳尻《ちょうじり》が合わないし、古風な和服を着ているのも腑に落ちない。

怪談のなかには「古本怪談」というジャンルがあり、英米の作例は十指に余る。いわくのある書物の作者または作中人物が化けて出るというもので、率直に言ってたあいのない話が多く、極めつきの傑作はまだ書かれていない。

にわかには信じがたいことだが――いや、過去のオカルト幽霊ライターとしての体験に照らせば、充分ありうることだが――、もし妻沼宗吉がその著書を入手した黒川のもとに現れたとしたなら、まさしく古本怪談である。もっとも、なにゆえに迷ったのか、理由はさだかではないけれども……。

妻沼宗吉とは何者か、『底無し沼』に何かいわくがあるのか、とにかくそれを知る必要がある。ついては、だれかしかるべき人物に照会してもらえまいか、黒川はそう訴えた。

心当たりがないでもなかった。いまは賀状のやりとりくらいだが、学生時代は親しかった人物に城田という男がいる。気鋭の国文学者だがラグビーの選手にしか見えない風貌《ふうぼう》で、このところ一般の雑誌にも柔らかめの文章をさかんに寄稿している。といっても、専門のリトル・マガジン（同人誌）の研究も怠《おこた》りなく、その収集は本邦《ほんぽう》でも指折りのものだという話だ。

あの男なら、妻沼宗吉について知るところがあるかもしれない。そう思った私は、沈みがちな黒川を励まし、何かわかったら連絡すると告げてひとまず電話を切った。


さっそく城田に連絡を取った。

久闊《きゅうかつ》を叙したあと本題に入ると、学生時代と変わらない快活な城田の声の調子がやや変わった。どうも聞いたことがあるような名前だが、にわかには思い出せないと言うのだ。少なくとも妻沼は、近代文学辞典のたぐいに載っているような名のある作家ではないようだった。

その時は結局埒が開かず、城田の調べを待つことにした。

翌々日、いささか興奮ぎみの声で電話がかかってきた。しきりに「うかつだった、大発見だ」と言う。

城田の説明を簡潔にまとめると、次のようになる。

妻沼宗吉の名は、地味ながら戦前戦後を通じて執筆を続けた私小説作家柳潤作《やなぎじゅんさく》のエッセイに登場する。それによると、ひそかに作家を志す妻沼は、ひょんなことから近づきになった柳に原稿を持ち込んだことがあるらしい。「きはめて小心で陰気な人物であつた」と柳は記《しる》している。

妻沼の習作は、あまり芳《かんば》しいものではなかった。私淑《ししゅく》する柳と同じく、私小説の分野に属する作品だったが、小心な人柄を反映してか、筆を自分から止めてしまううらみがある。柳が忌憚《きたん》なくその弱点を指摘し、もっと思い切って自分をさらけ出すようにと忠告すると、妻沼は悄然《しょうぜん》と引き上げていった。

しばらく無音《ぶいん》だった妻沼から、一年後便りが届いた。先生の忠告に従い、一念発起《ほっき》して長編小説を書き上げた。幸い仲介の労を取ってくれる人物がおり、地方の版元から少部数ながら上梓《じょうし》する運びとなった。「一種異様な内容」となったので、自分としてはかなり逡巡《しゅんじゅん》もあったのだが、仲介者の勧めもあり思い切って出すことにした。その暁にはぜひご高評を賜《たまわ》りたい。ざっとそんな意味のことが綴られていた。

柳は当時まださほど名のある作家ではなく、弟子と呼べそうな存在は妻沼だけだった。妻沼がささやかながら世に出るきっかけをつかんだことを喜んだ柳は、これこれしかじかの文士や編集者に自分から送ってみるから、出版されたら十冊ほど送るようにと返事をしたためた。

だが、それに対する妻沼の反応はなかった。待てど暮らせど本も届かなかった。妻沼宗吉はそれきり柳の前に現れることなく、ふっつりと消息を絶ったのである。

柳は妻沼の身に何か異変が起きたのではないかと推測したらしい。生涯を通じて私小説ばかりを書き続けたような印象のある柳だが、ごくわずかながら虚構の作品もある。その一つ「無残」は、処女出版を間近に控えた作家が上梓を待たずして頓死《とんし》する話で、出来はどうにも芳しくないけれども、どうやらこれは妻沼をモデルにしたもののようだ。城田の言う「大発見」とはこれか、と話を聞いて腑に落ちた。

城田はなおも独特の早口で、ぜひその本を拝見したいと訴えた。自分は複数の近代文学を扱う図書館に関係しているが、どこを探しても妻沼宗吉『底無し沼』なる書物は存在しないというのだ。まぼろしの作家の発見を耳にして、気鋭の国文学者が興奮するのも無理はなかった。

城田の発見を伝えると、ノイローゼ気味だった黒川はやや愁眉《しゅうび》を開いたようだった。これで謎が解決し、怪夢の訪れが絶えるのであれば願ってもない話である。すぐにでも城田に本を渡したい、黒川は切迫した口調で言った。

こうしてお膳立てが整い、その夜の会見の運びとなった。

＊

私は『底無し沼』の扉を開いた。

まず目に入ったのは、見返しに押された蔵書印だった。昨今の安手のゴム印ではなく、飾り物が入った本格的なものである。「青砥洋一郎蔵《あおとよういちろうぞう》」と読み取ることができた。印の右肩に、几帳面《きちょうめん》な万年筆の字で「昭和二八年霜月、文麗堂書店にて購入」と記されている。

「ふうん、どこかで聞いたような名前だな」

私はそうひとりごちて、今度は奥付を見た。黒川は食が進まないらしく、長崎仕込みだという皿うどんを鳥が餌《え》をついばむように一本一本口に運んでいる。

版元の住所を確認した。地名は微妙に変わっていたが、あのあたりかと察しがついた。かつて怪談実話の取材で近くを訪れたことがある。

「底無し沼が実際に出てくるの？　小説の中に」

ふと気になってたずねてみた。

「ああ」

黒川はたくさんとばかりに箸を置くと、低い声で言った。

「最後に主人公が沼へ身を投げる決意をするところで終わるんだ」

「すると、実在するんだな。底無し沼は」

「たぶん。でも…………」

黒川は高校時代から使っているという旧弊《きゅうへい》な自動巻き時計に目をやった。約束の時間はかなり過ぎているが、城田はまだ来ない。

「題名が『底無し沼』なのは、沼が登場するからだけじゃないんだよ」

「と言うと？」

「要するに……」

黒川はちょっと言葉を切り、さらに続けた。

「象徴的な意味合いもあると思うんだよ。底無し沼というのは、抜け出そうとしても抜け出せないものだよね、主人公の——つまり妻沼宗吉の——泥沼にはまった精神状態を、それで象徴しているんだ」

「泥沼と言うと、ホモ・セクシュアルな関係が……」

「実際の行為は何も書かれてないし、現になかったと思う。美少年に対する片思いや、そんな性向をもつ自分に対する悩みが綿々と綴られているだけで」

「じゃあ、どうして最後に身を投げようとするんだ？」

「それはまあ小心な人物にありがちな自己嫌悪だろう。正直言って後半は飛ばし読みだったから、よくわからないけど。読み返したくもないし」

忌《い》まわしいものでも見るように、黒川は本に視線を走らせた。

変哲のない粗末な装丁の古本が、木製のテーブルの端に載っている。この本の著者が所有者のもとへ化けて出たなどというのは、いまどき流行らない茶番のように思われてきた。いかに静かとはいえ飲み屋の二階、『底無し沼』といういわくありげなタイトルの文字が場違いに浮いて見える。

「これはただのお話だけどね」

私は不意に思いついたことを口に出してみた。

「妻沼宗吉は実際に何かやったんじゃないか。たとえば、思いあまって少年を凌辱《りょうじょく》して、死体を底無し沼に沈めたとか。そのままそれを書くわけにはいかないから、カムフラージュした形で小説にした。しかし、読者に見破られやしないかと気に病んで……」

「いや、それじゃ安手のミステリだよ。そうは思えない」

黒川は皆まで言わせず切って捨てた。

「なら、君の意見は？」

ややむっとして私は言い返した。

「そうだなあ……」

そう口を開きかけたとき、べつの客が上がってきた。きっかけを失った黒川は、しばらくおしぼりで顔を

拭《ぬぐ》っていたが、

「ちょっと顔を洗ってくる」

と断ると、緩慢《かんまん》なしぐさで立ち上がった。

去りぎわに、黒川は妙に曖昧な表情で何か言いかけてやめた。

のちに黒川は語った。あのとき自分は「本を読むな」と警告しようとしたのだ、と。

さらにこう告白した。警告をやめたのは、私が本を読むことによって、自分が背負いこんでしまった妻沼宗吉の霊が私に目を向けることをひそかに望んだからだ、と。

その選択は正しかった。あくまでも、黒川にとっては……。


私と『底無し沼』だけが残された。

本文を読むことを妨げる者は席を外した。いまこの瞬間にも城田が入ってくるかもしれない。性格が学生時代と変わっていないとすれば、すぐさま本を奪って改めはじめるだろう。機会はいまだ。

黄変した頁を繰り、最初の数行を読んだ。活字がややぼやけて見えた。目のせいだと思った。私は目薬を持ってこなかったことを後悔した。

どうということのない風景描写である。べつに底無し沼の瘴気《しょうき》めいたものは感じられない。

業を煮やし、指まかせで後ろのほうをあけようとした。黒川が読みとばした終盤の文章を読むために。

一瞬、本に不備があるのかと思った。頁が糊で張り付けられているかのような、妙な抵抗があった。

指に力を込め、あけた。

そうして、読んだ。『底無し沼』の終盤の文章を……。

今度は退屈ではなかった。文章は若干冗漫ではあるものの、ある種の迫力が横溢《おういつ》していた。私はしだいに引きこまれていった。

ふと額が疼《うず》いた。

いまにして思えば、あれがサインだったのかもしれない、私が妻沼宗吉に魅入られたという……。

言うまでもないが、この物語を綴っている現在の私と、作中の私とは違う。あのとき記憶にとどめ、私を極限まで苦しめた『底無し沼』の一節をここに記すすべをもたないことを、心の底から幸福に思う。

私は、救われたのだ。

だが、ふと疑念が兆《きざ》すこともある。記憶の襞《ひだ》にいったん刻みこまれたあの一節が、またしても不意に甦ってくるのではなかろうか。「救われた」と確信しながらも、そんな恐怖もまた断《た》ち切りがたい。

断片的な言葉なら、ぼんやりと憶えている。


……沼……私は……少年……赭《あか》らんでゐた……

いや、もうこのへんにしておこう。もし万一、断片が一つの文章につながりでもしようものなら、またあの恐怖が再開されるのだ。

黒川がもどってきた。私はすばやく本を閉じ、元の位置に返した。

私の顔を見るなり、黒川はちょっと顔を伏せた。「読んだな、と思った」とは、のちの述懐《じゅっかい》である。

なんとなく気まずい感じで、追加の注文をするかどうか滞《とどこお》りがちに相談していると、階段をあわただしく駆け上がってくる足音が聞こえた。

城田だった。

「よう、久しぶり、何年ぶりかなあ。ちょっと太ったな」

彫りの深い浅黒い顔に口ひげをたくわえている。いでたちは光沢《こうたく》のある派手なスーツにひと目で輸入物とわかるネクタイ、とても国文学者には見えなかった。

「悪い悪い、講演のあとつかまっちゃって」

城田は頭をかきながら腰を下ろした。上り坂の人間に特有の活気と、それと対になった嫌みが体から発散していた。

「おっ、それか。テーブルの上はいかんな。汚れたら大変だ」

城田は『底無し沼』に目を留めると、素早く手に取った。黒川が「あっ」と小さく声を出した。

「相変わらずせっかちだな。先に紹介しよう」

私は初対面の城田と黒川をそれぞれに紹介した。

城田は慣れた手つきで内ポケットから名刺を取り出し、私にも渡した。高級な紙を用いたそれには、三つほど仰々《ぎょうぎょう》しい肩書が付いていた。もぐもぐ言いながら、黒川もぎこちなく名刺を返した。こちらは名前と住所しか記されていないありふれたものである。

「さっそくだけど、これはどこの古書展で？」

城田には「友人が古書展で手に入れた」としか説明していない。黒川が怪異とおぼしいものに遭遇した件に関しては、いっさい何も伝えてはいなかった。幽霊現象を信じるとは思えない城田にその経緯を説明すべきかどうか、私はまだ迷っていた。

「北部古書会館の古書展で……」

城田の問いに対して、黒川はぼそぼそと答えた。人見知りをするたちで、好き嫌いも激しいほうだ。電圧の高い城田のような人物は不得手《ふえて》と思われ、やや気をもんだ。

「へえ、青砥洋一郎の蔵書だったのか」

なにげなく見返しをあけた城田が驚きの声を上げた。

「有名な人？」

「いや、有名ってわけじゃないけど。いちおう近代文学のコレクターの一人だよ。資産家でね」

「まだ存命なのか」

「とうの昔に死んでるよ。たしか心臓発作で」

「心臓発作……」

黒川がぽつりとつぶやいた。

例のおばさんが隣の客に酒を運んできた。夕飯はまだだという城田がひとわたり追加注文をした。

「それにしても、妻沼宗吉に著作があったとはなぁ」

本をためつすがめつしながら感に堪えたように言うと、城田は熱心に本文を読み耽《ふけ》りだした。


……腰のあたり……霧……耽つてゐた……


唐突に、先刻読んだ『底無し沼』の一節がまざまざと甦ってきた。

「ふうん、やっぱり柳潤作の影響が感じられるな。しかも初期の文体の。この体言止めの用い方なんて、まるで柳だよ」

ようやく国文学者の顔になって、城田は縷々《るる》説明をはじめた。いわく「大正モダニズムの影響は私小説にもある。たとえば柳を経て妻沼のこの文章にも……」、いわく「長い風景描写は『告白』の前触れである。ちょうどここも……」。

しばらく貧乏揺すりをしていた黒川が、しびれを切らしたように私に向かって言った。

「例の話はしていないのか？」

少し詰問《きつもん》口調になっている。

「ああ……まあ、なかなか信じてもらえないだろうし」

「なんの話？」

私が言いよどんだのを見て、城田が口をはさんだ。勘のいいところは昔とまったく変わっていない。

皿うどんが来た。城田はかたわらの座布団の上にいったん『底無し沼』を置き、私の発言を待った。

「実は……」

本質は懐疑《かいぎ》主義者だと思われる城田に対して、私は慎重に言葉を選びながら経緯を説明した。

「白目がちの眼で……薄い影が……恨むような視線で」

黒川も陰気な声で折々に口をはさむ。

うどんを口に運びながら聞いていた城田は、話が一段落したのを見計らって言った。

「どうも困ったね。僕はその手の話は苦手でねえ。幽霊なんて見たこともないし」

「まあ君なら幽霊も三舎《さんしゃ》を避けるだろうけど」

と、いったん茶化して、私はこう言い添えた。

「しかし、事実はそういうことなんだよ」

「事実ってことはないだろう」

城田は間髪を入れずに反駁《はんばく》した。

「あいにくフロイディズムには暗いんだけど、専門家なら、なんらかの説明をつけるはずだよ。正体見たりって奴だ。国文学といえども科学的思考は不可欠だからね――こんなことを言うから偉い先生に叱られるんだけど――、どうもその幽霊の話は、僕には納得できないねえ」

そう言うと、城田は病人でも見るような目でちらっと黒川を見た。

場が気まずい雰囲気になった。黒川は顔面を紅潮《こうちょう》させたまま押し黙っている。

「いや、たぶん君は信じないだろうとは思ったけど……。まあとにかく、今夜の趣旨は幽霊現象にあるわけじゃないので」

私はやや強引に話題を変えた。

「要するに、黒川君としてはこの本を一刻も早く処分したいわけだ。ついては君が適役かと」

「と言うと、譲っていただける」

城田の表情がにわかに変わった。

「ええ。捨てようかと思ったんだけど……障《さわ》りがありそうで」

と、相変わらずの調子で黒川。

「捨てるなんて滅相もない。妻沼宗吉の著作なんて、ひょっとしたら古本用語で言うところの『ユニーク』、日本で一冊だけかもしれないんだよ」

城田は興奮した口調で言った。

「それなら、残りはどうしたんだろうねえ。一冊だけ刷ったはずはないし、ほかにもあるんじゃないか？」

いささか迂闊《うかつ》だったと思いながら、私は言った。

「いや、地方の図書館やおもだった個人の蔵書目録もデータベース化してあるんだ。どこにも妻沼宗吉の著作なんてない。九割強の確率で、これが初めてだよ。前の持ち主の青砥洋一郎は、近代文学のコレクターといっても細かい知識があったわけじゃないし、蔵書目録も整理されてなかったから、ずっと表に出なかったんだろう」

「なるほど、でもいかに無名作家の著作とはいえ……」

「僕が推理するにはね」

城田は皆まで言わせず、少し身を乗り出して言った。

「これは北村透谷《きたむらとうこく》の『楚囚之詩《そしゅうのし》』と同じケースだと思うんだ」

「ほう」

「知ってるだろうけど、透谷は『楚囚之詩』の出来に不満を覚えて、そのほとんどを焼き捨てた。現存する本は片手にも満たない。法外な古書値がついてるよ。それと同様に、妻沼宗吉もいったん出来上がった『底無し沼』の大半を焼いたんだ。ほら、ここに自殺でいうなら『ためらい傷』があるだろう？」

城田は表紙の焼け焦げを指さした。黒川がひとつゆっくりとうなずいた。

「ところでビジネスなんだけど……」

やや後悔の色を浮かべて城田が言った。まだ本が自分のものになっていないのに『楚囚之詩』を引き合いに出したのは失敗だった、と顔にかいてあった。

「いくらでお譲りいただけますか？」

黒川は即座に答えた。

「いや、ただで結構です」

「ただ？」

城田は一瞬虚を突かれたような表情になったが、目だけは笑っていない笑顔になると、

「文学館の経費で落とせますから、それ相応の額はお出ししますよ」

と申し出た。

「障りがあるといけませんから、ただで結構です」

ぶっきらぼうだが、きっぱりした口調で黒川は答えた。

俗事には恬淡《てんたん》としている黒川だが、ふところ具合はさほど豊かではない。べつに城田の腹が痛むわけじゃなし、ここは少し吹っかけてもよさそうなものだと思ったが、「障り」を恐れる黒川の気持ちもわかる。私もあえて助言はしなかった。

「そうですか。それじゃ遠慮なく。大切に保管します」

城田は調子よく言うと、軽く手刀を切り、『底無し沼』をそそくさと自分のバッグに収めた。

「この場は僕が持つから、妻沼宗吉の冥福《めいふく》を祈ってパッと飲もう」

城田は上機嫌でしゃべりだした。「これで一本論文が書ける」「万一幽霊が出たら質問攻めにしてやる」「ちょうど近くで学会があるから生地《せいち》を訪ねてみよう」などなど、盃を重ねながらひとしきり盛り上がっていたが、ふと時計を見やると、「明日が早いから」とあっさり切り上げてしまった。

かなりのお釣りがくる額を残して城田が去ると、黒川は肩の荷を降ろしたように一つ息をついた。

「これで一件落着かな」

事態がすでに進行していたことに思い至らなかった私は、そんな呑気なことを言って黒川に酒を注《つ》いだ。

「ああ、だといいんだけど」

酔いが回った目で黒川が答えた。


……私の手は……女のやうな……沼の……


『底無し沼』の一節が、またひとしきり甦ってきた。

私は軽く頭を振ると、先刻から気になっていた問いを発した。

「ところで、さっき言っただろう。妻沼宗吉は本をとりもどしに来たんじゃないかって。あれはどういうことと?」

「ああ」

黒川は盃を置くと、こう説明した。

「妻沼宗吉は『底無し沼』を書いてしまったことを恥じていたんだ。だから本を焼いた。それだけじゃなく
……」

黒川はいったん言葉を飲みこんだが、言わんとするところは察しがついた。

「君にも経験があると思うんだ。発表した文章が不出来で、全部回収してしまいたい、片っ端から朱を入れて回りたい、というような……」

「うん、時にはね」

私は曖昧な返事をした。

黒川は潔癖なところがあり、かつて翻訳で「連想」と訳すべき「association」をうっかり「団体」と誤訳してしまい、「穴があったら入りたい」と大仰に嘆いたことがある。趣味人の黒川とは違い、私は文筆をなりわいとしている者だから、そんなことをいちいち気に病んでいたら飯の食い上げになる。しかしながら、あまり調子を落としたものを書くと——そのとき執筆していた変名のジュヴナイル・ノヴェルもそうだが——鬱々《うつうつ》とした気分になる。黒川の言うことはわからないでもなかった。

「つまり、妻沼宗吉は、それが極端だったんだよ。一冊だけどうしても焼くことができなくて、手元に残した。その本が死後も残ってしまった。それがどうしても耐えられなくて、本を読んだ人間を……」

額がにわかに疼いた。

私は「もう憶えちまったよ」と言いかけてやめた。ここで盗み読みを白状するのは気が進まなかった。

なんだか寒くなってきた。

「もしそうなら、今度は城田だな。妻沼も質問攻めに遭って退散するだろう」

内心の不安を隠して私は言った。

場はほどなくお開きになり、駅まで黒川と歩いた。

いわゆる花冷えの、妙にうそ寒い晩だった。一つ大きなくしゃみが出た。風邪をひいたかもしれない、と思った。

＊

案の定だった。

翌朝は二日酔いに加えて喉が痛み、午後にははっきりと熱が出た。三八度足らずだけれども、平熱が三六度そこそこと低い身にはこたえた。ジュヴナイルの続きを書きはじめたが、いっこうに興が乗らない。幸い締め切りはまだ融通《ゆうずう》が利《き》く。思い切って寝こむことにした。

ほどなく電話がかかってきた。黒川だった。昨夜の礼を妙に他人行儀に述べたあと、父親が心筋梗塞《しんきんこうそく》で倒れたので急遽《きゅうきょ》帰省《きせい》するむねを告げた。

応対に窮したが、意外にも黒川の声は昨日より心もち明るかった。「一難去ってまた一難」などと他人事のように言う。父親の大事は大事として、『底無し沼』を城田に譲り渡したことで安堵《あんど》しているのが如実《にょじつ》に感じられた。

「ゆうべはあれから？」

「帰ってすぐ寝たけど」

「そう……じゃあ、気をつけて」

「そちらこそ、お大事に」

あいにくの当方の不調で、会話は短く終わった。「気をつけて」という黒川の言葉が妙に気になった。少し悪寒《おかん》がした。

店でヨーグルトなどを買いだめし、パジャマに着替えて本格的な病人になった。

しばらくジョン・ソールのホラー小説をぼんやりと読んでいた。熱のせいか、だんだん眠くなってきた。

幸薄い少女が登場し、物語がいつもの展開になりはじめたとき、私は眠りに落ちた。


夢を見ていた。

小学校の通学路のようだった。

当時はまだ桑の木があり、朋輩《ほうばい》と競うように実を食べて舌を紫色に染めたものだ。その向こうはいちめんの薄《すすき》、風が呪文めいた不気味な音を立てている。


……腰のあたり……霧……耽つてゐた……


唐突に『底無し沼』の文章が頭のなかで鳴った。まるでテープに吹きこまれたもののように。

「この向こうに沼がある」

夢のなかの私はそう確信した。

薄を分けながら歩く。いつのまにか、背後も薄になっている。


た、す、け、て……

どこかで男の子の声がした。

ちいさな標示板が見えた。朽《く》ちかけた木製の板には、稚拙《ちせつ》な墨の文字でこう記されていた。

妻沼

ひときわ強い風が吹いた。薄が二手に分かれた。

跫音が響く。幽かな下駄《げた》の音が……。

そして、朧《おぼろ》げな黒い影が、行く手に静かに現れた。

和服を着た細身の男が立っていた。蒼ざめた顔、薄い瞳、眉間《みけん》にはっきりと深い縦皺《たてじわ》が刻まれている。


……腰のあたり……霧……耽つてゐた……


また『底無し沼』が鳴る。

影が一歩近づいた。にわかに恐怖が襲ってきた。

きびすを返し、いっさんに逃げた。もと来た方角へ、通学路のほうへ。

「忘れろ……」

妻沼

風に乗って、陰鬱な声が響く。

行けども行けども薄だった。

何も見えない。

「忘れろ……」

声が近くなった。

不意に足が重くなった。泥濘《ぬかる》んでいる。たちまち足首まで泥に埋まった。

ここは「妻沼」だ。「底無し沼」なのだ。そう確信した。

もがけばもがくほど沼へ引きこまれていく。膝が、腿が……とうとう腰まで来た。もう一歩も動けない。

風が熄《や》んだ。

薄が妙に静まった。

肩にそっと、冷たい手が置かれた。


叫び声とともに目ざめた。

全身汗まみれだった。氷枕は、いつのまにか肩のあたりへと位置を変えていた。

おぼつかない足どりでキッチンへ向かい、額の汗を拭った。熱はさらに上がっているようだ。

いくら水を飲んでも人心地《ひとごこち》はつかなかった。夢のなかの男、その顔がはっきりと記憶に残っていた。

黒い和服を着た陰気な男……。

それは、黒川が見た妻沼宗吉に違いなかった。

熱のせいだ。おかげで悪夢を見た。

そう無理に理屈をつけようと試みた。だが、あの蒼白の顔がいっこうに頭から去らない。

ふと、背筋に寒気《さむけ》が走った。

隣の部屋にだれかいる。

扉。この向こうに……。

しばらくためらい、一気にあけた。

黒い、曖昧な影が、ためらいがちに部屋の隅へと引きこまれ、消えた。

悪寒がした。

扉の影か、光線の具合か、合理的な解釈をつけようとしたが、不調に終わった。

電話が目に映った。今度は私が黒川に助けを求める番だった。

陰気な声の留守番電話だった。すでに帰省してしまったようだ。

受話器を置いた。

妻沼宗吉がどこからか私を見ている。あの独特の薄い眼で。そんな恐怖がまとわりついて離れない。


……沼……私は……少年……緒らんでゐた……

『底無し沼』が響く。頭の中心から、どこか深いところから。

思い出してはいけない。忘れろ。

そう思えば思うほど、記憶は鮮明になっていく。

ヘッドホンをつけ、最も明るい音楽を聴くことにした。ベッドに横たわり、堅く目を閉じてラテン系の音楽に身をまかせた。

だが、『底無し沼』は消えない。リズムの奥から、断片的に響いてくる。まるで経文のように。

熱は募る。汗が滴《したた》る。堅く閉じられた瞼《まぶた》の裏の闇に、脈絡のない色彩が現れては消えていく。

やがて、闇のなかに、ぼんやりと白装束が浮かび上がった。急に体が重くなった。

修験道《しゅげんどう》の行者のような衣装……静かに近づいてくる。

寝返りを打とうとした。

できない。何か形のさだかならぬものが私の上にのしかかっている。

白装束はさらに近づいた。

顔は見えない。

いや、いま……はっきりと見えた。妻沼宗吉の蒼白の顔が。

行者の衣装はいったん闇に溶け、黒い和服となって甦った。

「忘れろ……」

声が響く。

叫ぼうとしたが、声にならない。体はますます重い。さだかならぬものは、もう胸のあたりまで来た。

……沼……私は……少年……赭らんでゐた……

「忘れろ……」

薄い眼。悪意とわずかな含羞《がんしゅう》の宿った眼の光。

……沼

一歩近づく。

……私は

さらに一歩。

全身が重い。息ができない。無数のちいさな卒塔婆《そとば》のなかに埋められているかのようだ。

何かぶよぶよとした暖かいものが、蠢《うごめ》き、重くなり、そうして……喉に、触った。

……


不意に『底無し沼』の文章がとぎれた。

妻沼の瞳がスーッと白くなった。

私はそれきり意識をなくした。

＊

選挙の宣伝カーの声で目ざめた。

体が動く。声も出る。そんなあたりまえのことが心底ありがたかった。

まだ熱があった。昨夜の出来事は怪異だったのか、それとも高熱による幻覚なのか、にわかには判断がつかなかった。黒川の話にインスパイアされて幻覚を見たという辻褄《つじつま》合わせも、一概に捨て去ることができなかった。

とにかく熱をなんとかしなければ。またあの悪夢が繰り返されてはたまらない。

そう考えた私は、近所の評判のいい病院をたずねた。予想通りインフルエンザだった。医者の勧めもあり、即刻入院の手続きを取った。

この判断は正解だった。最近不眠に悩まされていると訴えると、面倒見のいい初老の医者は病状にさしさわりのない睡眠薬を与えてくれた。大いに不安だったが、おかげで夜は熟睡することができた。『底無し沼』の文章も、ようやく頭から去った。悪夢が再び私のもとへ訪れることはなかった。

やはりあれは高熱による幻覚だったのだろう。少年のころ、四十度近い熱を発し、「自分の母親は実の母じゃない、ロボットだ」としきりに訴えて困らせたことがある。高熱で意識が朦朧《もうろう》とした状態というのは、醒《さ》めながら夢を見ているのと変わりがない。

私には知る由もなかった。入院中に妻沼宗吉が現れなかった真の理由を。

首尾よく熱は下がり、三日後には退院することができた。アパートにもどると、一枚の絵葉書が届いていた。差出人は城田だった。旅先から投函したものらしい。「近くで学会があるから妻沼の生地を訪れよう」と言っていたことを思い出した。

文面は次のようなものだった。

前略

先日はどうも。例の「底無し沼」、昨日から読んでるけど、面白いね。小説自体の価値も低くないよ。発見だ。

明日、生地をたずねてみるつもり。

とりあえず、御礼まで。

名古屋にて　　城田拝

実にそっけないものだが、城田の喜びは素直に伝わってきた。名古屋は学会の開催場所だろうが、そこから西の内陸部へ進めば妻沼の生地は近い。

ふと行者の姿が甦ってきた。悪夢もしくは幻覚に登場した、あの白装束の。

まだ後遺症が残っているようだ。私は現実にもどるために、ほうぼうに電話をかけた。

黒川はまだ帰郷していなかった。ことによると最悪の事態に陥っているのかもしれない。いささか重い気分になった。

ジュヴナイルの編集者は、慇懃《いんぎん》ながらも督促《とくそく》めいたことを言った。これはかえって好都合だった。仕事に没頭することで、悪夢の記憶はしだいに薄れていった。『底無し沼』の文章が甦ることもなかった。夜は睡眠薬で夢も見ずに眠った。

ようやく日常が回復された。

翌日、黒川から電話があった。

父親は一命をとりとめ、順調に回復に向かっているということだった。黒川はいつもの声にもどっていた。だが、「たぶん君の話に影響された幻覚だと思うけど」と前置きしたうえで、私が例の悪夢の話をしたところ、にわかにまた陰気な声になった。

「どんな顔だった？　その和服の男は」

黒川は押し殺した調子で問うた。思い出したくはないし、熱が下がるとともに風化してしまっている部分もあるのだが、私は断片的に夢に現れた男の特徴を述べた。

髪は左分け、七三くらい。鼻は高く、頬は右のほうがよりこけている。目は薄く、三白眼《さんぱくがん》に近い。眉間には深い縦皺、等々。

「本に著者の写真は載っていなかったな。当時はあたりまえだけど」

黒川が言った。

「ああ……」

胸さわぎがした。

「君が見た男、僕が見たのと同じだ」

「すると、君の言葉を僕の夢が造形したってことかな」

「いや……」

黒川は私の発言をさえぎり、ひと呼吸おいてこう言った。

「僕はしゃべらなかったよ。夢に現れた男の顔の特徴なんか。『黒い和服を着た陰気な男』という程度で。どうして完全に一致するんだ？」

いったん築いた危うい合理の城が、緩慢に崩れていくかのような心地がした。

「ということは……」

私は言葉をのみこんだ。

「君が見たのは、間違いない、妻沼宗吉だ」

黒川はそう断定した。

今度は私のほうが助けを求める立場になった。あの晩ひそかに『底無し沼』の一節を読み、文章を記憶にとどめてしまったこと。夢の中の妻沼宗吉が「忘れろ」としきりに繰り返したこと。城田から絵葉書が届き、妻沼の生地を訪ねたらしいこと。洗いざらい説明し、助言を求めた。

「城田氏からその後連絡は？」

ひとわたり聞き終わったあと、黒川がたずねた。

「いや、まったくないけど」

「僕のもとに妻沼が現れなくなった。そのあと、君が悪夢を見た。実は、僕にも責任があるんだけど」

黒川はそう言って、先に記したような事情を述べてわびた。

「すると、僕が妻沼を見なくなったということは……」

「そう、城田氏が危ない。あの人がいちばん深く『底無し沼』を読んでる」

私は絶句するばかりだった。黒川はさらに問うた。

「文章はまだ憶えてるか？『底無し沼』の」

「いや……断片的だけど」

そう答えると、黒川は言った。悪夢のなかの妻沼宗吉と同じような口調で。

「忘れるんだ」

＊

黒川の城田に関する危惧《きぐ》は、不幸にも的中した。

名古屋での学会を終え、妻沼宗吉の生地へ向かったところまでは確認されている。だが、そこからの足どりは、まったくつかむことができなかった。

城田は見かけによらず、克明《こくめい》に日記をつけていた。そのなかにわれわれとの会談の記述もあり、家人から問い合わせがあった。私は例の絵葉書の話をし、できるかぎりの協力を約束した。城田の家人からは、後日、警察に捜索願が出された。

城田の失踪《しっそう》に、私は複雑な感慨を抱いた。その後悪夢の訪れはなく、『底無し沼』の一節が甦ることもなかった。黒川がそれとなくほのめかしたように、いったん私に魅入った妻沼が城田に矛先《ほこさき》を変えたとしたなら、あの男は怪異に見舞われて窮地《きゅうち》に陥っていることになる。むろん私にも責任はあるのだが、わが身が怪異から逃れた安堵の気持ちのほうが強かった。

だが……

再び妻沼が私のほうを向かないという保証はどこにもない。『底無し沼』の一節が不意に脳裏に甦るとき、現実はにわかに侵犯《しんぱん》されるのだ。城田が身がわりになってくれれば……。私はひそかにそんなことまで願うようになっていた。

城田の捜索は続いた。妻沼の生地に近い町の民宿を予約したことまでは突き止められた。しかし当夜、城田はついに宿に姿を見せなかった。

あの男には失踪する理由がない。学会においても、大いに意気軒昂《いきけんこう》なところを見せていたという話である。してみると……

黒川も同意見だった。『底無し沼』を読みこんだ度合いと怪異の強さは、どうやら比例するようだ。黒川は斜め読み、私は一節を拾い読みしたにすぎない（ただし、不幸にもそれを記憶にとどめてしまったのだが……）。

いっぽう城田は、全編を精読したと思われる。陰鬱な気質で、自作が人目に触れることを病的に恥じ、没後に迷った妻沼宗吉――遅まきながら、私はそう断定するに至っていた――が、城田にいかなる災厄《さいやく》をもたらしたか、想像を絶するものがあった。

胸の底に澱《おり》のようなものが溜まっていた。いつまた『底無し沼』の記憶が甦り、怪異が身に降りかかるかわからないという不安を、どうしても拭い去ることができなかった。

そんな折り、急な仕事が舞いこんできた。ある雑誌の怪談実話のライターが穴をあけ、私にお鉢が回ってきたのである。手持ちの資料で充分間に合うところだったが、私は取材をすることに決めた。場所は言うまでもない。城田が消息を絶った、妻沼宗吉の生地である。

黒川はしきりに止めたが、私の決心は動かなかった。城田の捜索もさることながら、早くこの一件にわが手で決着をつけたいという気持ちもまた強かった。

私は当地の詳細な地図を買った。

旅に出る前に、お祓《はら》いを済ませておくことにした。

私はとくに神信心をするほうではない。しかしながら、「型」というものには、少なからぬ畏敬《いけい》の念をいだいている。これまでも、怪談の取材の前後は型どおりのお祓いを受け、おかげで大過《たいか》なく過ごしてきた。

しかし今回は、初めてわが身にふりかかった怪異である。従来のもので事足りるのかどうか、いささか心もとなかった。

その方面に詳しい編集者に相談してみたところ、格式の低からぬ社の宮司《ぐうじ》で、少壮ながら学殖《がくしょく》に富む人物を紹介してくれた。

さっそく宮司を訪ねた。もっとこわもての人物を予想していたのだが、丸い童顔の男がにこやかに現れたのには拍子《ひょうし》抜けがした。宮司というより、和菓子屋の若旦那といった風情《ふぜい》である。名字も「山田」という凡庸《ぼんよう》なもので、どうにも霊験《れいげん》あらたかという感じがしない。

だが、私の話が進むにつれ、童顔がしだいに引き締まってきた。

特に顕著な反応を示したのは、私が怪夢のなかで「修験道の行者のような衣装をまとった男」を見たくだりだった。さらに、妻沼の生地を告げると、何かを記憶の底から汲み上げるかのような、遠い目つきになった。

「行者……妻沼…………××村……」

話を聞き終えた山田宮司は、しばらく呪文のようにその三つの言葉を繰り返していたが、「ちょっとお待ちください。調べ物をしてまいります」と断ると、あわただしく奥へ引きこもってしまった。

かなり待たされ、しびれを切らしはじめたとき、宮司はいかめしい本を抱えてもどってきた。童顔がやや紅潮している。

「わかりました。これは詳細な行者列伝ですが、妻沼聖応《しょうおう》という行者が載っています。むかし読んだのを思い出しました」

「妻沼聖応？」

「ええ、どうも芳しからぬ噂があったようですね」

と、顔を曇らせると、山田宮司は「修験道は畑違いなのですが」と断ったうえで説明を始めた。

それによると、妻沼聖応は中世に実在したと伝えられる行者で、最初は大峯山《おおみねさん》で修行をしていたが、「邪《よこしま》ナル行ヒニテ罪ヲ得テ山ヲ逐ハル」と資料の伝える一件があり、下山を余儀なくされた。聖応はその後、××山中――これは妻沼宗吉の生地に近い――に籠《こ》もり、滝から捨身入定《しゃしんにゅうじょう》して果てた。

「捨身入定と言いますと？」

私は宮司にたずねた。

「ありていに言えば、滝から身を投げて自殺したんですが、修験道では我が身を森羅万象に供する最高の行法とされています。明治時代にも、林実利《じつかが》という荒行者が那智《なち》の滝から捨身入定しています」

「すると、妻沼聖応は、己の潔白を証明しようと…………」

「それはわかりませんね。『邪ナル行ヒ』が何を意味するのかも不明ですし。ともかく、その妻沼宗吉が聖応の血筋だとしたら——そう考えるのが妥当でしょうが——、ちょっと剣呑《けんのん》かもしれませんね」

宮司は言葉を切った。重苦しい沈黙があった。

私はとにもかくにもお祓いをと申し出、加えてしかるべき護符のたぐいを所望《しょもう》した。

宮司はしばらく思案していたが、また和菓子屋の若旦那然とした表情にもどると、てきぱきと手を打ってくれた。

ひとわたりお祓いを済ませたあと、宮司は「これも畑違いですが、元をただせば正当性がないわけでもないんです」と妙な断り方をして、修験道に伝わる「九字《くじ》」という秘法を伝授してくれた。「臨《りん》・兵《びょう》・闘《とう》・者《しゃ》・皆《かい》・陳《じん》・列《れつ》・在《ざい》・前《ぜん》」の九つの字を唱えながら、横に五本、縦に四本、宙を切る。これによって邪気を払うことができると伝えられている。

私は見よう見まねで所作《しょさ》を覚え、九つの字を頭にたたきこんだ。

こうして、準備が整った。

*

出発の日。ゴールデン・ウィーク明けということもあってか、東京駅にはどことなく宴のあとのような気《け》怠《だる》い空気が漂っていた。

城田は依然として行方不明だった。捜索の進展はといえば、最寄りの駅から沼の近くまで城田とおぼしい男を車で運んだ人物が判明したことだけだった。くだんの人物は近在の農協職員で、「日が暮れてから沼に近づくなという言い伝えがある」とやんわりと警告したのだが、一笑に付してずんずん奥へ入っていったという。その後城田の姿を見た者はいない。

もうひとつ、注目すべき証言があった。城田は軽装で（学会発表用の資料などは名古屋から自宅に返送していた）、さしたる荷物はなかったが、小脇に一冊の古本を抱えていたというのである。タイトルなどは記憶にないようだが、断定してもさしつかえあるまい。城田は『底無し沼』を携《たずさ》えて実際の沼を訪れたのだ。

以上の情報を城田の家人を通じて聞いた私は、彼が予約したのと同じ宿を押さえ、ある手づるをたぐって道案内に適した人物とコンタクトを取り、今回の旅に備えた。中学で教鞭《きょうべん》を執《と》る国語教師で、妻沼姓なのはやや気になったけれども、地元ではごくごく一般的な名字らしい。私の到着に合わせて駅に出迎えてくれる手はずになっていた。

車中で読むために、妻沼が師事した柳潤作の短編集を持参したのだが、賢明な選択ではなかったといささか後悔した。これでは退屈しそうである。出発にはまだ少し間があった。私は構内の本屋でしかるべき書物の物色を始めた。

しばらく雑誌を立ち読みしていたとき、ふと背筋に忌《いや》な感じが走った。遠くで下駄の音がした。

私は思わず振り向いた。

そして、幽かに見た。雑踏の彼方に、黒い和服の男が消えていくのを……。

男が角を曲がるのと、私が駆け出すのが同時だった。

角に着いた。

和服の男の姿は、もうどこにも認めることができなかった。

あれはたぶん乙《おつ》にすました文士か芸術家のたぐいだったのだろう。新幹線の車中で、私はそう腑に落としてみようと試みた。だが、あの忌な感じは、容易に拭い去ることができなかった。

柳の短編集を開いたが、いっこうに文章が頭に入らない。文体が古風に過ぎるのもさることながら、どうにも集中できないのだ。小田原あたりで早くも睡魔に見舞われた。

眠ろうとして思いとどまった。また怪夢に襲われてはたまらない。やむなく読書にもどった。

変哲のない私小説である。女出入りが一段落したあとの家庭の光景を淡々と描いている。お世辞にも面白いとは言いがたい。

しばらく辛抱《しんぼう》強く読んでいた私は、ふと思い出した。失踪した城田が、あの晩、「妻沼宗吉が柳潤作の文章の影響を受けている」と講釈していたことを。

これが悪かった。記憶のメカニズムがどういうものなのか判然としないけれども、おそらくなんらかの連鎖作用があるのだろう。妻沼が影響を受けた柳の文章を読み、城田の発言を思い出した私は、もう一つの忌まわしい記憶をも回復してしまったのである。

そう、不意に甦ってきたのだ。久しく忘却の淵に沈んでいた、『底無し沼』の一節が。


……沼……私は……少年……赭らんでゐた……

……腰のあたり……霧……耽つてゐた………

それは、ついいましがた読んだかのような、奇妙な鮮明さを保っていた。

昔の流行歌を口ずさんで振り払おうとしたが、離れない。繰り返し繰り返し、『底無し沼』が頭の中で鳴る。

背後のドアが開いた。

首筋を冷気が撫でた。

私は小さく叫んで振り向いた。

「何か？」

初老の紳士が怪訝《けげん》そうに私を見た。


それからの私は、かなりの混乱状態だった。名古屋駅のホームで九字を切った私を見て、気が触れていると思った人もあったに違いない。

「引き返す」という選択肢があることに遅まきながら思い至ったのは、ローカル線の列車がかなり進み、人家がだんだんまばらになりだしたころだった。

だが、ここまで来て引き返すわけにはいかない。駅で待っている案内役の妻沼耕作《こうさく》氏にも迷惑がかかる。

「臨・兵・闘・者・皆・陳・列・在・前」

小声で九字を唱え、間違っても忘れることのないよう、脳裏に刻みこんだ。

空がどんよりと暗くなってきた。

茶畑が消えると、山峡《さんきょう》に入った。車内は閑散《かんさん》としている。老婆の操る方言が異郷の呪文のように響く。

こんなところに駅がと思われる山あいの地で、三分ほど停車した。次がいよいよ目的の駅だ。

十分足らずの時間がいやに長く感じられた。短いトンネルを抜け、くすんだ色の瓦屋根がぽつりぽつり見えだしたかと思うと、もう駅だった。

こうして私は到着した。妻沼宗吉が生まれ育った土地に。

＊

案内人はすぐにわかった。

私よりやや年かさの小太りの男が、改札口で待っていた。古風な黒縁メガネをかけている。いかにも地方の国語教師といった実直さが、その風貌に表れていた。

「このへんは夕立が多いですから、早めにまいりましょう」

ひとわたりあいさつが終わると、妻沼耕作はそう切り出し、私を自分の車へといざなった。

駅前はそれなりに店もあったが、少し進むと家並みがとぎれた。しばらく線路沿いに舗装道を進む。

妻沼耕作は能弁だった。器用にハンドルを操りながら、しきりに話しかけてくる。

「ご友人の件、ご心配やと思います。昨日警察と地元の消防団が出て、沼を棒で突いたりしてましたけど、なにぶん深いもんであきませんでしたわ」

最初はかたい標準語を使っていたのだが、もう半ば地元の言葉になっている。

「あの沼、この機会に全部浚《さろ》うてしまわなあきませんね。町長はんも、自衛隊を呼んでもらうよう近々県に要請する言うてましたわ。昔からいろいろ言われてますし、あの沼については」

「と言いますと？」

「いや、しょうもない田舎の言い伝えですけど……」

国語教師はややためらったあと、次のように語った。

「日が暮れてから沼に近づいたらあかん、ショオさんに食われてしまう、特にちっさい男の子は。まあ、どこにでもある凡庸な伝説ですけどね」

「ショオさん、ですか……」

私はすぐさまある名前を想起したが、あえて口には出さなかった。

「ええ、僕も祖母によう言われました、子供の時分に。なんか悪いことするたび、『ショオさんに言うたるで、食われてもええのんか』って。あ、ここ曲がります」

妻沼耕作はそう言って、左にハンドルを切った。まだ舗装道路だが、にわかに道幅が狭くなった。いやに稚拙な警官の人形が立っている。古い構えの民家を数軒過ぎると、上り勾配《こうばい》になった。

「そうそう、昭和の初めにも沼の近くで神隠しがあったって言われてます、男の子が二人ほど。まあなにぶん、草深い田舎のことで……」

妻沼耕作の発言の端々《はしばし》には、地方在住を余儀なくされている知識人に特有のコンプレックスが如実に感じられた。だが、そのときに私がいだいた妙な違和感は、必ずしもそのせいばかりではなかった。

「ところで、妻沼宗吉についてては本当に心当たりがないんですね？」

私は話題を変えた。電話で打ち合わせをした際に問いただしたのだが、親類縁者はもとより、家系を遡《さかのぼ》っても宗吉なる人物はいないということだった。

「ええまあ、早死にした僕の祖父は音吉で、兄弟にはみんな『吉』がついとったらしいですが、本名が『宗吉』の人はおらんようです。ペンネームならともかく」

再び違和感がした。『底無し沼』がまたしても甦りそうな気がした。私はあわてて額を押さえた。

「血ィちゅうもんがありますから。僕が国語の先生をやってるとこを見ると、いてはったのかもしれませんね。隠れて小説を書いてた人が。こう見えても僕も……」

妻沼耕作はひとしきり、むかし小説を書いたことがあるという自慢めいた話を続けた。適当に相槌《あいづち》を打っているうち、舗装道路がとぎれた。

にわかに車が揺れだした。もう人家はない。丈高い樹木が、道の両脇から枝を伸ばしている。

「その先で停めます。ここくらいまでしか入れませんねん」

車はにわかに速度を緩めた。空が暗くなってきた。

鴉《からす》が鳴いている。一羽の声に呼応して、もう一羽が甲高い声を放つ。

相撲《すもう》の土俵をひとまわり大きくしたような、小暗《おぐら》い空地に出た。先に降り、案内人が車を回すのを待った。

妙に空気がひんやりとしている。おおかた猫にやられたのだろう、雀《すずめ》の死骸《しがい》が無残《むざん》に散っていた。

「あの道です」

妻沼耕作はそう言って、右前方を指さした。けものみちとは言い過ぎだが、いかにも心細そうな路が続いている。

数歩歩み、立ち竦《すく》んだ。

妻沼はそれと察して言った。

「ああ、気がつかれましたな。実はそうですねん。失踪事件のあった沼と名字が一緒やと体裁《ていさい》悪いさかい、さっきからただの『沼』て言うてましたけど」

私が身を竦ませたのは、「妻沼」という標示板が出ていたからだけではなかった。そこに記された文字が、あの最初の夢に現れたものと酷似《こくじ》していたのである。だが、よくよく見ると、筆の具合が微妙に異なっていた。

「暗うなってきました。早いとこまいりましょう」

案内人が促す。

私は無言でうなずくと、妻沼のあとに続いた。

路がしだいに細らんでいく。

「霧が出てきましたね」

妻沼がぽつりと言った。

ゆうべは雨が降ったのか、足もとがいくらか泥濘んでいる。おそらく城田の捜索に出た者が捨てたのだろう、煙草《たばこ》の吸殻《すいがら》がいやに目についた。

「それにしても、ご友人は勇気がありましたな。僕やったら、夕方にこんなとこ恐《こお》うて来られません。なんや、ションオさんがいきなり出てきそうで」

熊笹を手で払いながら妻沼が言う。

「それがあだになったんでしょうね。足でも滑らせたのか……」

「警察の調べでは、はっきんせんみたいです。あのあと降った雨で、足跡が消えたもんで」

よほど近いところで、ひときわ高く、鴉が鳴いた。姿は見えない。

どことなく、既視《きし》感があった。

霧はますます濃くなっている。

霧……

沼……

『底無し沼』の断片が、頭の奥で幽かに響きはじめた。まるで、胎児がいままさに生まれようとするかのように。

「もうちょっとです」

そう言って振り向いた案内人の顔が、一瞬、妻沼宗吉に見えた。

私は思わずあとずさった。

「どうかしましたか？」

「い、いや……」

「引き返しましょか、なんなら」

平凡な国語教師の顔で、妻沼耕作が気遣わしげに問う。

心が動かないでもなかった。依頼を受けた怪談実話は、さきほどの「ションオさん」の話をアレンジすれば充分に書ける。だが、怪談の取材は名目にすぎない。城田の失踪を含む一連の怪異にかたをつけるという本来の目的を達成するためには、ここで引き返してはならないのだ。

「いや、大丈夫です。行きましょう」

九字をしっかりと記憶していることを確認すると、私は案内人を促した。

ほどなく沼に着いた。

＊

霧のせいもあろうが、沼は思ったよりも広く感じられた。

水面は灰色、名の知れぬ水草がわずかに風に揺れている。それが死体の髪の毛のように見える。泥とも灰とも違う、なんともいえない老廃物の臭いが鼻をつく。

【注い・このぬまは深い】

稚拙な手書きの看板が斜めに傾いている。

沼の向こうには、截《き》り立った岩が連なっていた。ほとんど草木はなく、黒々とした魁偉《かいい》な姿を見せている。

私は恐る恐る前へ一歩踏み出した。

「気ィつけてくださいよ。滑りやすいですから」

背後から妻沼耕作が声をかける。

抜けるような声とともに鴉が現れ、前方の岩場に止まった。

私は卒然と思い当たった。

いまは水が涸《か》れているが、間違いない。あそこは昔、滝だったのだ。

霧がまた濃くなった。

既視感が募る。

実際に視たのではない。私は、読んだのだ。これと同じ光景を。小説の中で。

『底無し沼』の中で……。

不意に頭の一角が破れ、血まみれの胎児が飛び出した。


……私の手は……女のやうな……沼の……

刺すように響く。

……沼……私は……少年……赭らんでゐた……

滝口から、水が。

……腰のあたり……霧……耽つてゐた……


そして、白い人影が……。

九字を切ろうとしたが、思い出せない。読経《どきょう》のように鳴り響く『底無し沼』に妨げられ、最初の一文字が出て来ない。

沼が蠢いている。苦悶《くもん》に満ちた少年の顔のようなものが浮かんでは消える。

私は見た。滝口の朧げな人影が、緩慢に、着実に、修験道の行者の姿に変わっていくのを。

悲鳴を発し、逃げようとした。

その瞬間、私の肩に、いやに柔らかい手が置かれた。

手に力がこめられた。

ゆっくりと、振り向く。

手の主は、もう実直で能弁な国語教師ではなかった。

憑かれたような瞳が、スーッと白く、すきとおった。

「忘れろ……」

聞き覚えのある陰鬱な声が漏れた。

恐怖に駆られ、私は渾身の力をこめて突き飛ばした。

妻沼耕作は倒れた。だが、もう一つの影がその場にとどまっていた。

倒れていく国語教師から、薄い膜が剥《は》がれるように黒い影が現れ、やおら私と対峙《たいじ》したのである。

黒い和服、薄い瞳、深い縦皺。

それは、妻沼宗吉に相違なかった。


た、す、け、て……

た、す、け、て……


沼から声が響く。かぼそい少年の声が。

……私の手は……女のやうな……沼の……

その声を覆うように、『底無し沼』が鳴る。

「忘れろ……」

妻沼は一歩近づいた。

あとずさった私は、背後に冷気と力を感じた。沼に引きこもうとしている。


……腰のあたり……霧……耽つてゐた……


妻沼がさらに近づく。

その表情には、あふれんばかりの怒りに加えて、そこはかとない含羞と好色の翳《かげ》が浮かんでいた。

私は唐突に思い至った。

妻沼聖応が犯した「邪ナル行ヒ」が何であったか。

そして……。


右足が沼にかかった。

沈む。

無数のちいさな手で引っ張られるかのように、沈んでいく。たちまち膝まで埋まった。

妻沼の瞳が白くなった。

そうして、骨張った手を、静かに前に伸ばした。

なすすべもなく左足も沼へ引きこまれようとしたとき、私はようやく思い出した。九字の最初の一字を。

「臨！」

必死に左足だけで体重を支え、右手で左から右へ、鋭く宙を切った。

妻沼の蒼白の顔に、赤黒く深い傷が刻まれた。

「兵！　闘！　者！　皆！　陳！　列！」

勢いを得て、続けざまに切る。

妻沼の顔はたちまち切り刻まれた。

半分に割られた眼は眼窩《がんか》から離れ、首筋にまで垂れていた。鼻と口は、赤い混沌となっていた。耳もない。

奇妙な黒い穴が覗《のぞ》いているだけだった。

それはもはや顔ではなかった。著しくシンメトリーを欠いた、血と肉の混淆《こんこう》にすぎなかった。

妻沼はしばらくずたずたの顔を覆っていたが、やがて再び緩慢に右手を上げた。

残りの二字を唱えれば救われる。私はそう確信した。

だが、そのとき、低い呪文が聞こえてきた。背後から、沼の向こうから、かつて滝口があったところから
……。

よぐだごないあらくと……

よぐだごないあらくと……


真言が脳を刺す。

意味のわからない母音と子音が、暗い波のように押し寄せてくる。

妻沼がゆっくりと身を乗り出してきた。眼のない顔が近づく。

表情はない。切り刻まれた肉があるだけだった。だが、そこにははっきりとした意志が感じられた。

呪文が響く。ひときわ高く。残りの二字が思い出せない。

右足がさらに埋まった。沼へ。


た、す、け、て……

た、す、け、て……


つい後ろで、少年の声がする。

妻沼の、かつては口だった部分が幽かに動く。声は聞き取れない。


よぐだごないあらくと……

よぐだごないあらくと……

背後で呪文が鳴る。残りの二字が出て来ない。

顔が、どろどろの顔が、迫った。

ちょうど半分に切り取られた眼が、目の前に、在った。

目の「前」に、「在」った。


思い出した。

「在！　前！」

呪文が熄《や》んだ。

私に覆いかぶさろうとした妻沼宗吉の首が、不意に宙に浮いた。そして、幽かに私の顔面を撫《な》で、沼へと消えた。

首をなくした胴体は、しばらく奇妙な生き物のように緩慢に動いていたが、不意に仰向けに倒れ、地面へ吸いこまれていった。

同時に意識が遠くなった。

私は朧げに、国語教師が目を覚ますのを見た。

＊

沼に沈む間一髪のところで、私は妻沼耕作に助けられた。

してみると、あの男は命の恩人ということになるのだろうが、むろん素直にそうとは認めがたかった。ちなみに妻沼は、沼を見ているうちに気が遠くなり、ふと目覚めると私が沼べりに倒れていたと証言した。

逡巡したが、襲ってきたことは伏せておいた。私はただ、早急に沼を浚《さら》い、しかるべきお祓いをする必要があることを繰り返し訴えただけだった。

東京にもどると、ようやく人心地がついた。消耗《しょうもう》は激しく、妻沼宗吉の最後の顔は容易に頭を去らなかったが、やっと少し日常が回復された。

城田が生きている望みはないだろうが、私は救われたのだ。もう『底無し沼』が甦ることはあるまい。私はそんな半ば希望的な観測をしていた。

山田宮司を訪ねて深く謝意を示したり、黒川に経緯を説明したりしているうちに、日々が流れた。妻沼耕作が地元の土産物を送ってきたけれども、食べずに捨てた。

ただし、礼状はしたためた。その末尾に、私はこう記した。

「先日貴兄は昭和の初めに神隠しがあったと申されましたが、沼を浚ってみれば、あるいは真偽が判明するのではないかと愚考します」

まるで千里眼のような物言いだが、私には確信があった。

妻沼宗吉が迷ったのは、自作を恥じたばかりではない。「邪ナル行ヒ」で山を逐《お》われた行者・妻沼聖応を源とする忌むべき行為が、実際に行われていたのだ。あの沼で。

私はまた思い出した。妻沼宗吉のそこはかとない好色の視線を。

そして、その首が私の顔を撫でていった、なんともいえない感触を……。


数日たった。

いよいよ待ったなしになったジュヴナイル・ノヴェルを仕上げるために、私は久々にホテルで徹夜をする羽目になった。

体調は悪くかなり熱っぽかったが、どうにかそれなりのものを仕上げ、翌朝ホテルを出た。

妙に森閑とした朝だった。人通りはない。車の姿も認めることができなかった。

ホテルから駅まで、両側が切通しの道を歩く。これでしばらく休養できる。すべてをシャットアウトして休もう。そんなことを考えながら、私は歩を進めていた。

切通しの中央、最も高い地点にさしかかると、一瞬街並みが消えた。

妙に暑い。

私は不安を感じて立ち止まった。行けども行けども再び街が現れないのではなかろうか、そんな奇妙な錯覚にとらわれた。にわかに抗しがたい眠気が襲ってきた。

と、切通しの向こうから、一つの人影が現れた。

男の子だった。

いやに小さい、福助みたいな男の子が、古びた本を顔の前にかざし、いたいけな声で朗読しながら近づいてくる。

ランドセルは見えない。布の袋のようなものを提げている。

衣装は洋服ではない。履いているのは、靴ではない。

水を浴びたような気がした。

朗読の声が、はっきりと聞こえた。


……沼……私は……少年……緒らんでゐた……


全身が総毛立った。

男の子は、ゆっくりと本を下げた。顔が現れた。

妻沼だった。切り刻まれた、妻沼だった。

背後で音が轟いた。

恐怖に駆られて振り向いた私は、見た。ナンバーのない黒い車が私のほうへ疾走してくるのを。

だれもいない運転席をまぼろしのように見たのが、最後の記憶だった。

＊

私は一命をとりとめた。

事故の後遺症で記憶障害が残り、最初は見舞いに来た黒川の顔さえ思い出せないほどだったが、徐々に回復した。轢《ひ》き逃げの犯人は、現在に至るまで判明していない。

私が首尾よく回復できたのは、沼が完全に浚われ、しかるべきお祓いがなされたことに負うところが大きいと思われる。

最後に、その結果を簡潔に記しておくことにしよう。

城田は遺体で発見された。その死顔には、生前の闊達《かったつ》さは微塵もなく、べっとりと恐怖の色が塗りこめられていた。

そのほかに、数多くの骨が現れた。調べによると、時代は中世、骨の主はすべて少年だった。ある民俗学者は「かつて当地には、少年を水葬する供儀があったのではないか」と推論したが、私はこれが誤りであることを知っている。

べつの骨も認められた。数十年前のもので、一体は大人、残りの二体は少年だった。三つの骨が寄り添うようにしていたところから、これは親子心中と見なされた。私はあえて異を唱えなかった。

『底無し沼』を子細に読んで分析すれば、あるいは確証を得ることができるのかもしれない。妻沼宗吉が実際に犯した行為――それが妻沼自身の意志のもとに行われたかどうか、はなはだ疑問だが――が果たして何であったかという。

だが、それは詮ない話である。なぜなら……。

城田の遺品には一つだけ欠けるものがあった。
沼へ携えていった『底無し沼』は、ついに発見されなかったのである。

イグザム・ロッジの夜

イギリスの夏景色はどことなく現実感に欠けていた。満開のラヴェンダー、たまさか視野をよぎる館の庭。案内の車から見える風景は編集される前のフィルムのようだ。メアリ・エイクマンの主演映画に似たようなシーンがあっただろうか。フォートはしばし目を閉じて考えてみた。『眠りのとばりの中に』で観たような気もしたが記憶は定かでない。甦《よみがえ》ってくるのは、すでに引退した女優の大きな瞳だけだった。

お忍びの夏期休暇なのだからどこで何をしても咎《とが》める者はいないのだが、こうしてイギリスの風景を正眼《まさめ》に見ていると、何か妖しい魔術にでもかけられたような心地がする。本当の自分は長い夢を見ており、車が次のカーブを曲がればニューイングランドの自宅のベッドで目を覚ますのではないか。そんなやくたいもない妄想が頭の片隅をかすめる。

メアリと再会したあとどうするのか、青写真はまったく描いていなかった。休暇が終わればまた多忙な日々が始まる。いやおうなくレールの上を走らなければならない。アーウィン・フォートは上院議員に戻るのだ。父が果たせなかった夢は、いまだに支持者たちの夢でもあった。結束は固い。大きな挫折《ざせつ》がなければ、あるいは夢を果たすことができるかもしれない。それは実際に手が届きそうなところにまで近づいていた。

だが、アーウィン・フォートという存在はその夢を望んでいるのだろうか。父が業半ばにして斃《たお》れ、支持者たちに請われるままに斯界《しかい》へと足を踏み入れた。壁に突き当たっていたとはいえ、学者への道を断念したのは正しかったのか。誰もが順風満帆《まんぱん》と感じるフォートの人生も、顧《かえり》みれば疑問が次々に湧いた。

寡黙《かもく》な運転手はハンドルを右に切った。陽《ひ》の当たるこんもりとした森がゆるりと途切れ、手品のように古い館が現れた。あれがイグザム・ロッジなのだろうか、一瞬そう思ったが車のスピードは落ちなかった。北と思われる方角へ淡々と進み続ける。

「あの館はチェンバース・ハウス。ジャコビアン様式のカントリー・ハウスです」

フォートの心を見透かしたように運転手は短く説明した。あまり見ない形の帽子《ぼうし》を被《かぶ》っている。

「誰が建てたんだね？」

「スティーヴン・ジョーンズという人です。イニゴ・ジョーンズの弟子ですが、血縁関係はありません」

運転手は明晰《めいせき》な口調で答えた。

「イニゴ・ジョーンズ？」

「英国で初めて建築家《アーキテクト》と名乗った人物です。それまでは請負師《サーヴェイア》でした」

「なるほど」

フォートは思い出した。政治屋ではなく政治家たらんとする——それが父のモットーだった。自分も遊説《ゆうぜい》ではしばしば同種の言葉を吐く。だが、本心から発せられた言葉なのかどうか。人当たりのいい仮面を被っているだけで、本来のアーウィン・フォートは眠り続けているのではないだろうか。

信仰の問題もそうだ。敬虔《けいけん》なクリスチャンの顔はあくまでも仮面にすぎないのではないか。自分は本当に神を信じているのか。いや、そもそも神は存在するのだろうか。この世界を統《す》べているのだろうか。考えれば考えるほどわからなくなってしまう。

自分なりの真理を得るために大学ではさまざまなことを学んだ。天文学、哲学、社会学、神学、いずれにも安住の地はなかった。どの考え方や思想も完全に満足させてはくれなかったのだ。フォートは内なる空洞を抱えたまま父の跡を継ぎ、次代のアメリカを背負って立つ若き政治家という仮面を被ってしまった。もう脱ぐことができない。

車は脇道に入った。心細い木橋を渡る。夕陽を浴びて川の水があえかに光る。そのせせらぎが束の間フォートの耳に届いた。ずいぶん遠くへ来たと思った。

だが、ソニアのいる場所はもっと遠い。あれからもう三年も経つ。過去とはいったい何だろう。本当に時間は均質に流れているのだろうか。あの日のことは、折にふれてつい昨日の出来事のように思い出されてくるのだ。

フォートが神の実在をより疑う契機となったのはソニアの死だった。もし自分が怒りに駆られてソニアを殺していたのなら、神の実在を疑うことなどなかっただろう。神に縋《すが》り、己《おの》が罪を悔い改めようとしただろう。

ソニアの死は何の意味もないものだった。自宅の階段を踏み外して転落死したのだ。フォートの内なる空洞がさらに広がった。この世界に神などいるものか。神が実在するのなら、なぜソニアにかくも無意味な死が与えられるのか。

では、なぜ世界は生まれ、かく在るのだろう。ソニアの喪中にフォートは考えた。ある晩、妙な夢を見た。鮮明ではないが、珍しく色のついた夢だった。

夢の中でフォートは不可思議なものを見た。細部の形と色は曖昧《あいまい》だが、その中心から聞こえた声の残響は幽《かす》かに耳に残っていた。明瞭な言葉ではないが、自分を招いているかのようだった。

目覚めたとき、世界の秩序がほんの少しだけ回復されているような気がした。死んだ神に代わるものが空洞を埋めていた。

フォートは立ち直った。そして、メアリ・エイクマンが現れたのだ。最初は銀幕の中、やがてはパーティ会場、死んだソニアによく似た女優は着実にフォート上院議員に接近してきた。

そしていま、フォートはメアリの隠棲《いんせい》の地であるイグザム・ロッジに向かっている。

崩れたものが車窓をかすめた。往時はシンメトリーを保っていたが、何かの力によって歪《ゆが》められたような雰囲気だった。

「十字塔です」

巧みにハンドルを切りながら運転手が言った。

「十字塔？」

「ええ。アンチ・キリストの……いや、それはいいでしょう」

運転手はにわかに黙りこんだ。崩れたものはすでに後方に去っている。フォートもあえて問いただしはしなかった。

メアリ・エイクマンがなぜ絶頂期に突然引退し、イギリスの草深い田舎に引きこもったのか、これは謎に包まれている。もともと銀幕の世界は向いていなかった、信仰の世界に殉《じゅん》じるべく修道院にこもった――

諸説が唱えられていたが確たる決め手はなかった。

フォートのもとへは短い手紙が届いた。真情《しんじょう》を吐露《とろ》した部分はなかった。それまでの厚誼《こうぎ》に礼を述べたうえ、文面はこう結ばれていた。


いずれ正式なご案内を差し上げます。

そのときまで。

メアリ・エイクマン

そして、今年の六月、久々にメアリから手紙が届いた。どうやらそれが「正式なご案内」のようだった。

イギリスの田舎に引きこもっていても情報は入るらしい。メアリはフォートの動向を驚くほど知悉《ちしつ》していた。一瞬、あらぬ疑いを抱いたほどだった。メアリが招こうとしているイグザム・ロッジには奸計《かんけい》が潜《ひそ》んでいるのではないだろうか。あの謎めいた美女の背後には忌《い》まわしい組織が潜んでいて、将来のアメリカの中枢《ちゅうすう》に至るかもしれない自分を人知れず抹殺《まっさつ》しようとしているのではあるまいか。

フォートはひとしきり悩んだ。だが、何度も招待状を読み返すにつれ、あらぬ疑いは薄れていった。ソニアが死んだあとに生じた空洞を何か温かいものが埋めていくような心地《ここち》がした。

急に霧が出てきた。すれ違う車のない曲がりくねった道を、もうかなり進んでいる。フォートは腕時計を見た。まもなく完全に日が沈み、向こうの丘も闇に包まれるだろう。霧と闇、どちらが早く世界を閉ざすことができるか、ひそかに競い合っているかのようだ。それに抗《あらが》うように鳥が舞っている。あの黒い鳥はどこから飛んできたのだろうか。ふとそんなことを考えたとき、車は最後の坂道を上りきった。

行く手にイグザム・ロッジが見えた。館はフォートの予想をはるかに上回る構えで、周囲の樹木を威圧しているかのようだった。狭間胸壁《バトルメント》を備えた中世ゴシック風の建物は、館と言うよりいっそ城に近い。

車は砂利道《じゃりみち》を迂回《うかい》して館の正面《ファサード》に向かった。小石を撥《は》ねる音がやけに耳障《みみざわ》りだ。

この世界は幻なのではないか、誰かが自分だけのために拵《こしら》えた幻像なのではないか——かつて哲学を学んでいたときに浮かび、いまも頭のどこかにこびりついている疑問が唐突に甦ってきた。車が進むにつれ、イグザム・ロッジは刻々と姿を変えていく。見事に刈りこまれた整形式庭園、何を表しているか判然としないトピアリー。すべての象《かたち》が幻のように感じられた。

やがて、正面に至った。

パラディオ様式の優雅な外階段、その中程に佇《たたず》む女の姿が見えた。

＊

「ようこそおいでくださいました」

メアリ・エイクマンは言った。

元女優は以前より若返っているように見えた。深い青のワンピースに黒真珠のネックレス、相変わらず生活臭の感じられないいいでたちだった。

少し堅苦しい謝辞《しゃじ》を述べると、フォートはイグザム・ロッジに入った。切り妻《ペディメント》に掲げられた紋章《もんしょう》が気になったけれども、あえて質問は発しなかった。

玄関ホールに足を踏み入れたとき、フォートは思わず歩みを止めて天井を見上げた。縦・横・高さが2：1：1の比率で設計されているとおぼしいホールは清浄な冷気に満ちていた。大理石の彫像は風変わりで、ダヴィデと思われる青年の鼻だけがいやに長い。

「二階のゲストルームにご案内します」

メアリは涼《すず》やかな声で言った。

「この館、映画の撮影でお使いになりましたか？」

フォートはたずねた。なんとなく既視《きし》感があったのだ。『屋根裏の窓』か『永劫《えいごう》より』か、確かに同じものを見たような気がする。

「いえ、カメラが入ったことはございません」

メアリは短く答え、先に立って階段を上りはじめた。この館には使用人がいないのだろうか、女主人自ら案内するのは好意の証《あかし》としても、人の気配がまるで感じられないのは妙だ。そんなことを考えながらフォートは後に続いた。

「ここはいつ建てられたんです？」

階段の悪夢を振り払うようにフォートはたずねた。

「正確には存じませんが、元は修道院だったと聞いています」

「修道院？」

「ええ。面影はありませんけど、遠い昔に移築されたらしいです。部分的にですが」

「そうですか」

二階のゲストルームは古式ゆかしい客間《サルーン》と称すべき規模だった。一時間ほどでディナーの準備が整いますから、こちらでしばらくお待ちください――メアリはそう言って去った。

チッペンデールと思われるダブルベッドに仰《あお》向けになり、フォートは四肢《しし》を伸ばした。ずいぶん遠くへ来たものだ、再びそう思った。

ソニアが死んで以来、堅く身を慎《つつし》んできた。亡き妻に操《みさお》を立てると言えば甘口に過ぎるだろう。政敵に好餌《こうじ》を与えてはならないという防衛本能が働いていたことは否《いな》めない。なんというつまらない日々だろう。

壁に風変わりな絵が飾ってあった。山の峰が幾重《いくえ》にも連なっている。幽邃《ゆうすい》な山々の彼方《かなた》は青い空だ。水が見える。汚れのない水が集まり、川となって流れている。

川には木橋が架かっており、ちょうど女人が渡っているところだった。奇妙な民族衣装に身を包んだその女は、どこかメアリ・エイクマンに似ていた。女はこちらを向いている。してみると、人跡未踏《じんせきみとう》とも思われる山のほうからやってきたらしい。彼方から来た女はもうすぐ橋を渡り終える。

絵に見入っているうち、しだいに眠気が募ってきた。フォートは目を閉じて物思いに耽《ふけ》った。近い過去のシーンが断片的に浮かんでは消える。地元の慈善音楽会でのスピーチ、敵地で行った遊説、教会における礼拝、秘書官との打ち合わせ――その複数の自分がどれも紙のように感じられた。

私は神の実在も世界平和も強いアメリカの復活も信じていない。内部の芯《しん》に宿っているのは信念でも信仰でもない。その部分は完全な空虚なのだ。

そう悟った瞬間、遠くで水音が響いた。絵に描かれていた清浄な川、その彼方から流れる水の音が耳に届いたような気がした。その水はイグザム・ロッジにもひそかに流れこんでいる。館の下のどこか深いところを流れている。

はっきりとそう確信したのを最後に、フォートの意識はひとまず途切れた。

＊

「準備が整いました」

頭の芯に声が流れこんできた。フォートは目を覚ました。夢の中と同じ瞳が見えた。ラヴェンダー色のイヴニング・ドレスに着替えている。

「どれくらい眠っていたかな」

あわてて身を起こし、フォートはたずねた。

「二世紀くらいかしら」

メアリは微笑を浮かべ、横目で壁の絵を見た。フォートも見る。水の流れが微妙に変わっているように感じられた。

「お食事が冷めますから」

そう言って優雅に歩きだす。どこかに据《す》えられているカメラを意識しているような姿勢だった。絵の中の「彼方」にちらりと目をやり、フォートも続いた。

一階の食堂にはディナーが用意されていた。高い天井には抜かりなく装飾画が施されている。古代ローマ浴場を描いたものなら知っているが、目を彷彿《ほうふつ》させるものを中心とする形は妙にいびつだった。

「とっておきのワインをご用意しました。お気に召しますかしら」

メアリは蜘蛛《くも》の巣を払ったばかりに見えるボトルの中身を注いだ。古さびたラベルに記された装飾文字は、かろうじてこう読み取ることができた。

Xura

「どういう意味？」

フォートは赤ワインを軽く指さしてたずねた。

「最高の歓楽を、という意味です」

さりげなく謎をかけるような表情でメアリは答えた。鮮やかな手つきで前菜を皿に取り分けていく。

「メイドや執事《しつじ》はいないんですか、この館には」

フォートはイグザム・ロッジに到着してから抱いていた疑問を初めて口にした。

「みんな眠ってますの」

メアリはそう答えて席に座った。後ろの窓は半開きになっていた。夏の宵《よい》の涼やかな風に白いカーテンがそよいでいる。

「乾杯いたしましょう」

メアリは軽くグラスを上げた。

「では、再会を祝して」

「わたしたちの遠い未来のために」

元女優は謎めいたことを言った。

広いテーブルの随所に意匠《いしょう》を施した蠟燭《ろうそく》が立てられている。風が舞っているのか、赤みを帯びた炎はときおり思い思いの方向へ揺れた。

「パーティのときを思い出すね」

フォートは言った。

「あのときの会話を覚えてるかな？」

「わたしは過去から来ました。でも、その過去はもう実在していません。過去はすべてまぼろしでした。歴史書の記述はまぼろしの断片にすぎません」

メアリは正確に再現してみせた。

「いまのレールに乗る前、私も似たようなことを考えていた。そのうちに幕が上がってしまった。うろたえながら舞台で演技を続けていると、思いがけない喝采《かっさい》の声と拍手が聞こえてきた。でも、幕が下りて袖《そで》に退《さ》がると、背中までびっしょり汗をかいてるんだ。そんなとき、君が私の前に現れた」

フォートは少し苦みのあるワインを飲み干した。メアリを制してボトルから注ぐ。蠟燭の灯りに照らされた液体は赤すぎるほど赤かった。

「君の映画も、君自身も妙に懐《なつ》かしかった。遠い宇宙の果てから届く幽かな星の光のようだった」

「いまも？」

「ああ」

「その〈いま〉とは何かしら」

カチリ、とフォークが皿に触れる。

「いまはいまだ。いま、私はイグザム・ロッジにいて、君とディナーをともにしている」

「でも、〈いま〉は点ではありません。そこだけを切り取ることはできないはずです。〈いま〉にはすでに過去が内包されています。〈いま〉が現れた瞬間はもう半ば過去なのです」

「なるほど。人もそうだね。生まれた瞬間から死が始まる」

フォートの脳裏にまたソニアの死顔が浮かんだ。あのとき、ソニアの生の軌跡は理不尽な暴力によって断ち切られてしまった。いや、暴力とも言えない。何か寒々とした力だった。そこには神の祝福はいささかも介在していなかった。

「人間は何を知っているのでしょう」

メアリは穏やかな表情で続けた。

「その知識や論理の光によって照らされた世界は本当に正しいのでしょうか」

「違うだろう」

フォートは即座に答えた。自分の中に棲《す》む不可解な他人が答えたかのようだった。

「お肉を切り分けますわ」

メアリは静かに立ち上がった。後ろのカーテンがまたひとしきりそよぐ。窓が開いているのに虫はまったく入ってこなかった。

ローストビーフは極上の味だった。いつのまにかワインが空になった。メアリは二本目の Xura の栓を抜いた。

その瞬間、妙な音が響いた。ポンと栓が抜ける音に覆《おお》いかぶさるように、低い囁《ささや》きめいたものが聞こえたのだ。

「鼠《ねずみ》でもいるのかな」

「古い建物ですから。とても古い」

フォートは冗談交じりに言ってみたのだが、メアリは厳《おごそ》かな口調で答えた。

「修道院の一部を移築したと言ったね」

「ええ、魂《たましい》だけをいただきましたの」

「宗派《しゅうは》は?」

「古い宗教とだけ」

少し沈黙があった。

「ああ、堪能《たんのう》したよ」

フォートは笑みを浮かべた。心地よい酔いが全身を領《りょう》していた。

「まだ前菜です」

メアリも笑う。

「お見せしたいものがいろいろあります。それから、地下に温泉があるんです」

「温泉？」

「ええ、浸《つ》かると生まれ変わるようなお湯です。あとで行き方をお教えしますわ」

このあたりに火山はあっただろうか、フォートはいぶかしく思った。

「深いところから湧き出ているんです。人間が得ることのない知識のように」

メアリはまた心のうちを見透かしたように言った。

「では、酔いが醒めたら入ってみるかな」

「ぜひ」

メアリはそう言って席を立ち、後ろの窓を閉めた。

「隣がライブラリーになっています。お見せしたいものがありますの」

「拝見しよう」

フォートも立ち上がった。酔いのせいか、軽く足元がもつれた。

＊

ライブラリーは小体《こてい》なもので、書架は思ったほどの数ではなかった。ただし、どれも古い書物で背表紙の文字は容易に読み取ることができなかった。奥は繊細な菱形《ひしがた》の格子《こうし》窓、月光を受けた影がわずかに歪みながらXの形に伸びている。

「どうぞおかけください」

メアリはマホガニーの揺り椅子を示した。

壁には絵が飾ってあった。暗い絵は抽象画にも宗教画にも見えた。何が描いてあるかわからないが、フォートは見覚えがあるような気がした。以前、確かにこの光景を見た。夢の中で。

「この絵の作者は？」

フォートはたずねた。椅子が懐かしい軋《きし》み音《ね》を立てる。

「無名の画家です」

「世に容《い》れられないまま亡くなった天才画家かな？」

「いえ、最初から名をもたない存在ですわ。名前というものは地上の論理ですから」

「なるほど。で、見せたいものというのは何だろう」

「その絵の原型になった詩です。ちょっとお待ちください」

メアリは脚立《きゃたつ》を移動させた。いちばん上にある書物に手を伸ばす。黄金比という言葉を連想させる肢体《したい》がいっぱいに伸び、白いふくらはぎが覗《のぞ》いた。自分でもうろたえるほどの感情を抱いたフォートは必死にそれを打ち消そうとした。

「この詩集です。修道院で発見されたもので、絵と同じく作者はおりません」

脚立から下りたメアリは、黒くて薄い書物をフォートに差し出した。

黄変した羊皮紙《ようひし》に記《しる》されていたのは数篇の詩だけだった。余白のページがいやに多い。フォートはゆくりなく気づいた。素数のページにのみ詩が印字されている。

「『虚空《こくう》に独《ひと》り』か」

フォートは独りごちた。

「どうぞお読みください。声に出して」

格子窓に凭《よ》り、メアリが言った。月光に透かされたドレス、その羅《うすもの》に包まれた脚のシルエットが朧《おぼろ》げに見える。

フォートは言われたとおりにした。それは限りなく命令に近かった。

虚空に独り　私は視《み》た
幽かなる銀の光を
減ぶべき人類が
無限の宇宙と呼ぶ

狭い区域を充《み》たす光の斑点を

フォートは壁の絵を見た。黒地に描かれているさだかならぬもの――その中にすべて表現されているような気がした。「幽かなる銀の光」も「光の斑点」も。

この詩にインスパイアされて絵が描かれたのだから当然と言えば当然なのだが、もっと言語化できない領域に秘密が潜んでいるように思われた。メアリは口を開かない。月光の窓を背に微笑を浮かべている。

フォートは続きを読んだ。

月の無い夜
銀河が、瞭《りょう》たる光の帯が
地上の弱々しい眼にあまたの天体を見せるごとく
その斑点の両側では
人智を超えた無数の星系が
矮小《ちいさ》な星のやうに輝いてゐた

絵の中の小さな白い点が光を放っているかのようだった。人類が誕生する遥か前に放たれた星の光がようやく地上に届く。いまここで自分がその光を見ている。エイベル2199銀河団は三億光年、ヘルクレス座銀河団は六億光年、天文学徒だったころに学んだ知識が断片的に浮かんでは消えた。

メアリは窓の外を見ている。鼻筋の通った横顔が塑像《そぞう》のようだ。フォートは次の素数を探した。

驚異《おどろき》とともに　私は視た
輝ける宝石《いし》に満ち満ちた赤耀《せきよう》のカーテンを
それぞれの宝石《いし》
そのひとつびとつが太陽なのだ
大いなる宇宙なのだ――

太陽はありふれた星で、似たような恒星は数えきれないほどある。この地上を照らす太陽はいずれ死滅してしまう。フォートは白紙のページをゆっくりとめくりながら思いを巡らせた。

いまこの瞬間も、太陽の中心部では核融合反応によって作られたヘリウムの芯が成長している。芯の温度は徐々に高くなり、しだいにその周りへと水素の核融合反応が進む。太陽の寿命《じゅみょう》は約百億年、一生の終わりが近づくにつれて直径が大きくなり、ついには地球を呑《の》みこんでしまう。地上は灼熱《しゃくねつ》地獄と化して滅ぶ。

昔のような恐怖は感じなかった。遠い出来事にも思えなかった。幽かな歓喜を覚えたフォートは、自分の感情にややうろたえてメアリを見た。

死んだソニアにそっくりな女の横顔は揺るがない。大きな片目が見える。その中心に微細な赤い宝石が宿っているような気がした。

最後の文字が現れた。フォートは心もち声のトーンを上げた。

されど星よ、宇宙《そら》よ
孤独なる私の眼には
そなたとて
無限のなかの一原子に過ぎないのだ

詩を読み終えた瞬間、フォートは急に眩暈《めまい》を覚えた。ディナーの席で飲んだ古いワインが血管の中を経《へ》巡《めぐ》っているかのようだった。強いアメリカ、神の加護、秩序ある恒久の平和――自分が確かに演説で使ったもろもろの言葉がすべて儚《はかな》く感じられた。

フォートは額に手を当てた。詩集はひとりでに閉じたように見えた。古さびた佇まいに戻る。

「お疲れになりましたか」

メアリが言った。彼方からの水のように声がフォートの耳に届いた。

「ああ、ちょっと」

「お休みになるといいです。まだ夜は長いですから」

「そうしよう」

フォートはメアリの手を借りて立ち上がった。冷たいけれども懐かしい手だった。

二階のゲストルームまで送るあいだ、メアリは地下の温泉へ至る順路を説明した。窖《あな》に通じる階段を下り、左へ三度、右へ三度曲がると入口になる。その言葉は聖句めいてフォートの脳裏に刻みこまれた。

「すっかり酔ってしまって……」

部屋の入口でフォートは弁解しようとした。その唇《くちびる》がやおら柔らかいもので塞《ふさ》がれた。未知なる生き物のような感触だった。

「少し眠れば醒めますわ」

宝石の宿る瞳が正面にあった。

「朝まで眠ってしまうかも」

「いいえ、少しで大丈夫です。ほんの少し、二世紀くらいで目が覚めますから。お待ちしています」

メアリはそう言ってきびすを返した。瞳の残像が漂い、フォートの目を通じて脳のどこか深いところに根を下ろした。

ゲストルームに戻ると、フォートはすぐさまベッドに仰向けになった。そして、最後に絵の「彼方」を眺め、灯りを消した。

＊

どこかで水音が聞こえた。フォートはゆっくりと目を覚ました。

前後左右、どちらを向いても幽邃な山だった。人影はない。建物の姿もない。汚らわしい塵界《じんかい》とは無縁の世界が行く手に広がっていた。

出自や肩書や人脈が何の役にも立たない世界をフォートは蹌踉《そうろう》と歩いた。やがて截《き》り立った岩の角を曲がると、正面に橋が見えた。

フォートは思わず立ち止まった。見覚えがある。これは絵の中の世界だ。イグザム・ロッジのゲストルームに飾ってあった絵と同じ世界を自分は見ている。いや、その中に入りこんでいる。

絵のように静まってはいなかった。あらゆるものが幽かに流動していた。ことに動いているのは水だ。彼方から流れてきた清浄な水が集まり、川となって流れている。

その中程に架かる橋が視野に入った。絵と同じ人物が静かに渡っている。こちらを見ている。死んだソニア……銀幕の中のメアリ・エイクマン、そのいずれでもありいずれでもない女がフォートを見つめていた。

橋が急に近くなった。彼方の世界のほうがぬっと近づいてきたかのようだった。女の顔が鮮明に見えた。

「あなたの名前は？」

フォートは立ち止まって言った。もう少しで橋を渡りきるところで、女も足を止めた。

「あなたは？」

「アーウィン・フォート」

「それはかりそめの名前でしょう？」

そんな気もした。アーウィン・フォートは偽名だ。本当の名前ではない。

だが、思い出すことができなかった。自分の本当の名前は何だろう。どこから現れ、どこへ行こうとしているのだろうか。

「忘れたのね」

ソニアでもメアリでもある女が言った。

「その向こうに答えがあるのか？」

フォートは彼方を指さした。

「あなたはまだ渡れないわ」

「どうすれば渡れるんだ。私の本当の使命は……」

「案内してあげましょう」

女は橋を渡りきった。そのまま先頭に立って歩きだす。フォートも無言で続いた。

この女の正体は何だろう。フォートは整った後ろ姿を見ながら考えた。橋の向こう、彼方から来た女に本当の名前はない。だからメアリでもソニアでもある。とすれば、自分も彼方へ行くことができれば忘れた名前を思い出す。それはもはや言葉ではない名前かもしれない。

「やっとわかりはじめてきましたね」

女が言った。振り向かない。顔がないような気がする。こちらを向いたときだけ、女はメアリかソニアの顔になる。

「人は世界の裏側を見ることができないの」

見えない顔から声が響いた。彼方からの風に金色の髪がそよぐ。

「裏側？」

「いずれ見えるわ。赤い……」

女は言葉を呑みこんだ。低く笑っているようにも感じられた。

フォートは彼方を見た。溶けることのない氷雪を戴《いただ》く未踏の峰々、その一角から人知れず転がり落ちる石の音が聞こえるかのようだった。強いアメリカを中心とする秩序ある世界、パックス・アメリカーナはほんの小石にすぎない。儚いまぼろしなのだ。

どれほど歩いたことだろう、水の流れが遠のき、同じ場所を循環しているような岩肌が不意に途切れると、思いがけなく奇怪な建物が見えた。フォートは歩みを止めた。

「修道院よ」

女は振り向いて言った。メアリでもソニアでもある同じ顔だった。そのまま辷《すべ》るように進んでいく。

さまざまな様式を折衷《せっちゅう》した古い修道院には奥行きが感じられなかった。絵に描かれた建物のように見える。

「断崖に建ってるの」

女は前方を指さした。修道院の向こうの空は重く澱《よど》んでおり、下界を望むことはできなかった。

やがて、玄関扉に至った。黒い扉の中央に王冠と目を合成したような紋章が象眼《ぞうがん》されている。

「秘密を教えてあげましょう」

女は言った。

「秘密？」

「ええ、中に入ればわかるわ。どうぞ」

静かに扉が開いた。

半歩足を踏み入れたとき、フォートは背中に衝撃を感じた。女が思い切り押したのだ。今度は音を立てて扉が閉まった。

足場はなかった。修道院の内部は暗黒に閉ざされていた。フォートは悲鳴を上げながら闇の中を落下していった。

何も見えない。闇だけが存在している静謐《せいひつ》な世界だった。ほどなくフォートは奇妙な平衡《へいこう》に包まれた。もう落下はしていなかった。落下という運動自体が意味を喪失《そうしつ》していた。なぜなら、宇宙はすでに死に絶えていたから。

生物はおろか、星のかけらも見えなかった。白色矮星《はくしょくわいせい》、超新星、ブラックホール、すべてが消え去っていた。最後に残された巨大ブラックホールの爆発を最後に、宇宙は終わったのだ。意味なく膨張《ぼうちょう》し続ける広大無辺の闇、完全な真空。それだけが世界だった。

虚空に独り、フォートは取り残されていた。寂しかった。誰もいないのだ。フォートは生まれて初めて心の底から神を希求《ききゅう》した。

そのとき、真空に異変が起きた。左に三度、右に三度、闇が見えないままにうねり、その渦の中心にうっすらと光るものが見えた。

神だ、とフォートは思った。

「秘密を教えてあげましょう」

女の声が響いた。

闇が急速に薄れ、すべてが光に包まれた。

＊

夢の中で泣いていたようだった。頬《ほお》を温かい涙が伝っていた。

時計を見ると、深夜の二時だった。酔いはすっかり醒めていた。夢の余韻《よいん》を感じながらフォートは身を起こした。

しばらく絵の前に佇んだ。女の表情は何かを告げているかのようだった。左へ三度、右へ三度……メアリ・エイクマンの声が甦る。

フォートは操られるように歩きはじめた。ゲストルームを出て階段を下り、さらに地下を目指す。

心細いライトが思い出したように現れ、フォートの足元を照らした。歪んだ隘路《あいろ》、その壁の向こうから囁く声がする。鼠だ。一つ角を曲がるたびに、地下へと沈むたびに、鼠どもの蠢《うごめ》く音が高まっていく。

最後の角を曲がった。もうずいぶん下っていた。夢の中で見た扉と紋章が現れ、ゆるゆるとひとりでに開いた。

鼠の音が消え、水音に変わった。どこか高いところから水が滴《したた》り落ちている。地下の温泉は近い。フォートは急に蒸し暑さを覚えた。粘着質の熱が微細な触手となって全身に纏《まと》わりついてくるかのようだった。いま自分が身につけているものはすべてまやかしだ。

その場でフォートは服を脱ぎはじめた。国家、理想、神、時間、空間、宇宙――一枚脱ぐごとに旧《ふる》いものが捨てられていく。

全裸になったフォートは、名状しがたい高揚《こうよう》を感じつつ地下の温泉に向かった。ルートは四つに分かれていた。一つを選び、水の滴る洞窟《どうくつ》を抜けると、思いがけないほど広い岩造りの浴槽に出た。

フォートは目を瞠《みは》った。視線の焦点にあるのは、赤ワインと一脈通じる香りを発する白濁《はくだく》した湯ではなかった。高い灯り採《と》りの窓から差しこみ、斜めに据えられた樋《とい》を伝うようにして湯面に届く月光でもなかった。

浴槽のほぼ中心に島のような部分があった。細い直線の岩で縁《ふち》とつながっている。瞳を象《かたど》った舞台めく島。その中心に女がいた。メアリ・エイクマンは何もまとってはいなかった。

「こちらへいらっしゃい」

唇は少しも動かなかったのに、声が確かに届いた。フォートは浴槽に足を浸《ひた》した。ちりちりした快い感触が走る。

にわかに月光が濃くなり、メアリの裸身を照らした。完璧な美がこの地上に存在することをフォートは知った。いや、地上ではない。それはどこか遠いところから到来したものだった。

「こちらへいらっしゃい」

メアリが招く。声が聞こえる。

急に湯が深くなった。フォートは白濁した液体に肩まで包まれた。

メアリは片膝を立てた。一点の染みもない白いふくらはぎを月光が照らす。

内部から湧き上がる泉めいたものを感じながら、フォートは前へ進んだ。絡みつく湯を払いのけて進むたびに裸体が鮮明になっていく。濡れた二つの赤いボタンがくっきりと見えた。もう片方の膝の角度がおもむろに変わる。

さらに深くなった。フォートは粘り気のある湯の中でもがいた。これ以上深くなると溺れてしまう。

そのとき、白い手が差し伸べられた。

「こちらへいらっしゃい」

三たび声が聞こえた。フォートは中央の小さな島へ引き上げられた。有無を言わせぬ力だった。

手を放すと、メアリの指の動きが変わった。微笑を浮かべながら下のほうへ這わせていく。金色の丘を越え、いま、奥の扉が潤《うる》んだ瞳のように開いた。

そこに最後の秘密があった。フォートはゆっくりと顔を近づけ、もう一つの小さな赤いボタンに指先で軽く触れた。

最初の歓喜の声が放たれた。

＊

影絵のような女が風景に紛《まぎ》れ、車が坂を下りはじめると、イグザム・ロッジの姿は完全に消えた。フォートはひとつため息をついた。

昨日と同じ運転手が淡々と車を走らせている。何も語りかけない。

イギリスの夏景色は昨日と少し違って見えた。うっすらと膜で覆われているような感じだ。しかし、いずれ剥《は》がれる。そう遠くない未来に美しく剥がれる。

滅ぶべき人類が
無限の宇宙と呼ぶ
狭い区域を充たす光の斑点を

フォートは低い声で詩の一節を唱えた。

運転手の帽子の角度がわずかに変わる。

されど星よ、宇宙《そら》よ
孤独なる私の眼には

そなたとて
無限のなかの一原子に過ぎないのだ

もう孤独ではない。私の内部は満たされている。

フォートはそう思った。

ラヴェンダーの庭と館が現れ、また森に変わる。この美しい風景は見せかけにすぎない。偽りの神によって統べられた虚構の世界だ。だが、遠からず変わる。

車窓を十字塔がかすめた。崩れた十字塔は何かを暗示していた。

確信がフォートの奥深くに宿っていた。メアリの芯に放った瞬間、フォートは……いや、もはやアーウィン・フォートではない名をもたざる存在は、はっきりと確信したのだ。

いつの日か、私は最後の赤いボタンを押すだろう。この指で、歓喜とともに。

車は木橋を渡った。きらめく水が束の間光った。

フォートは後ろを見た。そして、幽かな微笑を浮かべた。

暗い森に向かって。

＊作中の詩は『定本ラヴクラフト全集7―II』(国書刊行会）所収の「虚空に独り」倉阪鬼一郎・並木二郎共訳より引用しました。

海へ消えるもの

「海の花嫁」トリビュート作品

ヨーゼフは、夜の海の画家だ。

陽光の降り注ぐ青い海には見向きもしない。ヨーゼフが描くのは暗い夜の海に限られていた。

月のある夜、海沿いを歩くと、思わず息を呑むような光景に遭遇する。

荒々しく牙を剥《む》きながら押し寄せる波。

古城の壁のごとくにそそり立つ断崖。

世の果てにまで続いているかのような暗い砂浜……。

そういった人間のいない光景を、ヨーゼフは好んで描いた。

画家はまた旅人でもあった。

さまざまな海辺の町へ足を運び、安い宿を取り、夕食を終えてから出かける。

持参するのはライトとスケッチブックと鉛筆だけだ。画家の琴線《きんせん》に触れる構図があれば素早くスケッチをして戻る。そして、アトリエに帰ってから制作を始める。

一年のうち半分は旅に出ていた。母国ばかりではない。いくつかの隣国の海岸線も臆《おく》せず旅した。

ヨーゼフの絵には根強いファンがついていた。おかげで、制作点数はさほど多くなくとも、諸国を旅するだけの費用は捻出《ねんしゅつ》することができた。

ヨーゼフの夜の海景に人物はいない。そもそも、人物画を描いたことは一度もなかった。

その代わり、ぽつんと一つ、風景とは異質なものが描かれていた。

蠟燭《ろうそく》だ。

いささかいぶかしいことに、ヨーゼフの絵には、画家のサインのように必ずどこかに蠟燭が描かれていた。複数ではない。一本しか描かれることはない。

(あなたはなぜ蠟燭を描くのですか?)

そんな疑問に対して、ヨーゼフはこう答えた。

「わたしは自画像を描いたことがありません。その代わりに、蠟燭を描いているのです」

わかりにくい答えだが、要は、蠟燭はヨーゼフの実存の象徴なのだろう。一本しか蠟燭を描かないのはほかでもない。人間の命は一つしかないからだ。

ヨーゼフの海景は暗い。

世界を照らすものといえば、蠟燭の炎と月あかりだけだ。

その幽《かす》かな光を受けて、暗い海が浮かび上がる。

よく見ると、絵ごとに海の表情は違う。ときには丹念な、またときには荒々しい筆致《ひっち》で夜の海が描かれている。

ありえないところに蠟燭が立っているから、一見すると非現実の絵のように見えるが、例外なく現場に足を運んで描いた海の情景はリアルだった。

未知なる驚異を求めて、ヨーゼフはまた旅に出た。

そして、その光景を見たのだ。

＊

「いまからお出かけですか？　お客さん」

宿のおかみが目を瞠《みは》った。

「ええ。わたしは画家なので、夜の海をスケッチしに行ってきます」

いつものようにスケッチブックを小脇に抱えて、ヨーゼフは答えた。

隣国の北方にある小さな港町だった。往時は栄えたようだが、いまは活気がなく、宿を探すのにも苦労したほどだ。

「夜の海を……」

そこのおかみが、急に案じ顔になった。

「あたたかい恰好《かっこう》をしていますので、大丈夫です」

ヨーゼフは笑みを浮かべたが、おかみの表情は晴れなかった。

「では」

軽く片手を挙げ、ヨーゼフは出かけようとした。

「あの、お客さん……」

その背に声が響いた。

「何でしょう」

ヨーゼフは振り向いた。

「花嫁の断崖には、決して近づかないでくださいまし」

おかみは言った。

かなり暗かったが、その顔に浮かぶ怖れの色は、はっきりと見て取ることができた。

「花嫁の断崖？」

「ええ。この先の分かれ道を左手へ曲がって、まっすぐ歩いていけば着くんですが……」

おかみはそこで言葉を呑みこんだ。

「なぜ花嫁の断崖という場所へ行ってはならないのです？」

ヨーゼフはたずねた。

おかみは少し息を入れてから答えた。

「こんな月の晩に、花嫁の断崖へ行く人はおりませんので」

「どうして行く人がいないんです？」

ヨーゼフはなおもたずねた。

「こんな月の晩に、花嫁の断崖へ行く人はおりません……」

ふるえる声で、おかみは同じ返事をした。

＊

分かれ道に来た。

花嫁の断崖に通じる左手は上り坂になっていた。道は途中で闇の中へと消えている。

一方、右手はゆるやかな下り坂だった。そちらのほうには灯りが見える。港をながめながらぐるっと回り、元の宿のところへ戻れそうだった。

ヨーゼフは逡巡《しゅんじゅん》した。

安全なのは、むろん右の道だ。そちらへ進めば、何事も起こらない。

だが……。

しだいに募《つの》る好奇心と、画家としての本能的欲求を、ヨーゼフは抑えることができなかった。

真に魅力ある光景は、左の道の先にある。

ヨーゼフはそう直感した。

そもそも、花嫁の断崖という名のいわれは何だろう。断崖から花嫁が身を投げたのだろうか。

そんなことを考えながら、ヨーゼフはもう歩きはじめていた。

(引き返せ……)

(引き返せ……)

心のどこかで声が響く。

しかし、警戒を促《うなが》す声はほどなく消えた。

険しい上り坂を、足元をライトで照らしながら、ヨーゼフは一歩ずつ上っていった。

しだいに波の音が高くなってきた。

海面からは離れているはずなのに、断崖に波が荒々しく打ち寄せる音がいやに高く響いてきた。

同時に、風も強くなった。ときおり吹き飛ばされそうな突風が吹きつけてくる。

上りつめれば、いままで見たことのない海景に遭遇できるかもしれない。素晴らしい絵が描けるかもしれない。

そんな思いを支えに、おのれを鼓舞《こぶ》しながら、ヨーゼフは残りの坂を懸命に上った。

そして、ようやく地が平らになった。

断崖の上にたどり着いたのだ。

*

しばらくひざに手を当てて息をあえがせていたヨーゼフは、やっと顔を上げた。

断崖の上は思いのほか狭かった。ちょうど馬の背のような形だ。

港町の灯りが、ずいぶん下のほうに見えた。

こんなに上ってきたのか……。

ヨーゼフは感慨を催《もよお》した。

ふう、と一つ息を吐くと、ヨーゼフはスケッチブックを開いた。

沖のほうを見る。

そこはもう外海だ。小島もない。

断崖は小さな岬《みさき》のように海へ突き出していた。

波が激しく打ち寄せている。怒涛の音が怪物の彷徨のようだった。

しばらく港を見下ろしながら、画家はスケッチをした。

断崖から見下ろす夜の海と、寂《さび》れた港町の灯り。本来なら、それは魅力的な構図のはずだった。

だが、なぜか手ごたえがなかった。

描くべきものは、これではない。

ヨーゼフはそう思った。

スケッチブックを閉じると、足を滑《すべ》らせないように気をつけながら、画家は断崖の先のほうへ向かった。

ここがなぜ花嫁の断崖と呼ばれているのか、相変わらず分からなかった。碑《いしぶみ》のたぐいはどこにもない。

人の手が入っている形跡すらなかった。太古から風と波に浸食《しんしょく》されながら、どうにか残っているのがこの断崖だった。

断崖の先へ進むにつれて、向かい風が強くなってきた。

海から吹き上がってくるかのような風だ。

さすがにこれ以上は無理か……。

きびすを返そうとしたヨーゼフの耳に、ある音が響いてきた。

空耳ではなかった。

たしかに聞こえる。

……笛だ。

断崖の先、海のほうから、笛の音が聞こえる。

ヨーゼフはまた歩きだした。

身をかがめ、風に抗いながら、懸命に進んだ。

断崖の先に着いた。

灯りをかざす。

……見えた。

はっきりと、その光景が見えた。

ヨーゼフは目をいっぱいに瞠った。

*

ここがなぜ花嫁の断崖と呼ばれているのか、ヨーゼフは即座に悟った。

暗い渦に巻かれることもなく、波の上を漂っている一群がいた。

その中心で、頭に冠《かんむり》を戴《いただ》いた海の花嫁が神々《こうごう》しい姿を見せていた。

眷属《けんぞく》がいる。

たまさか海面から触手《しょくしゅ》のごときものが現れるが、その全貌《ぜんぼう》をうかがい知ることはできない。

さだかならぬ者たちにかつがれた神輿《みこし》のようなものの上で、海の花嫁は長い髪を風になびかせていた。

月の光が濃くなった。

白く輝く衣装をまとった海の花嫁が、ゆっくりと右手を挙げた。

ヨーゼフは瞬きをした。


引き返せ……。

ここは人間の来る場所ではない。

いますぐきびすを返し、宿に向かって走れ。


脳の深いところから、声が響いてきた。

だが……。

体が動かなかった。

まるでその場に縛《いまし》められているかのようだった。

海の花嫁がさっと右手を振り下ろした。

次の瞬間、ひときわ濃くなった月光がひとすじの道と化した。

ヨーゼフのほうへ延びてくる。

逃げることはできなかった。

目の前で、不意に光が散った。

意識がふっと遠のいた。

*

再び目を覚ましたとき、潮《しお》の香りが鼻をついた。

まだ夢を見ているのかと思った。

無理もない。

ヨーゼフは、ありえない場所にいた。

海の中だ。

うねりがある。体が沈みかけてはまた浮き上がる。

ふわりと体が浮いたとき、港の灯りが幽かに見えた。

かなり小さい。いつのまにか、沖のほうへ流されてしまったらしい。

背中の感触が変わった。

船に乗っているわけではなかった。ヨーゼフの背を、いくつもの微細な触手のようなものが支えている。

楽の音が高まった。

耐えがたい不協和音が限界に達すると、この世のものとは思われない妙《たえ》なる旋律《せんりつ》に変わる。

ただし、持続はしない。またすぐ不協和音の連続と化す。

その音を聴きながら、ヨーゼフは思った。

海の花嫁はどこへ行ったのだろう？

いつのまにか海の中へ投げ出されてしまった。

とすれば、海の花嫁はすぐ近くにいるはずだ。

スケッチブックはもう手にしていないが、ヨーゼフは画家だ。その目で見ることができれば、脳に焼きつけることができる。

海の花嫁の姿を描くことができたら、きっとそれはわが代表作となるに違いない。

ヨーゼフはそう確信した。


知リタイカ……


脳の芯に、言葉が響いてきた。

近くで遠い、遠くて近いところから、声が伝わってくる。


教エテアゲヨウカ……

無理に人の声に似せているような音が、ヨーゼフの存在の芯に伝わってきた。

うねりがひときわ激しくなった。
背中を支える無数の触手がいっせいに離れたら、たちまち海の底に沈んでしまう。
「ああ、知りたい」
ヨーゼフは念じた。
「海の花嫁の顔を、近くで見たい。そして……」
画家は心からの叫びを付け加えた。
「助けてくれ！」
背中の感触が変わった。
触手がにわかに蠢《うごめ》きだしたのだ。
体がぐらぐら揺れる。
波をかぶり、塩辛い海水を呑んだ。
溺《おぼ》れる……。
そう覚悟した瞬間、ヨーゼフの視野が明るくなった。
白いものが流れてきた。
海の水に濡れることなく、風にたなびいているもの……。
それは、海の花嫁の衣装だった。

＊

思いは届いた。

海の花嫁がそこにいる。

ヨーゼフはゆっくりと視線を上へ滑らせていった。

裳裾《もすそ》から腰へ、胸へ……。

白一色の神々しい姿が浮かび上がる。

ブーケのようなものを手にしていたが、面妖なことに、そこには蛇のごときものがまとわりついていた。

ヨーゼフはさらにまなざしを上に向けた。

そして、見た。

見てしまった。

海の花嫁の顔を。

その真の姿を……。


悲鳴は放たれなかった。

本当に恐ろしいものを見てしまったとき、人は言葉を喪失《そうしつ》する。

海の花嫁の顔は、二目と見られぬような恐ろしいものではなかった。

極端に変形したり、腐敗《ふはい》したりもしていなかった。
にもかかわらず、その姿は恐ろしかった。
たとえようもなく、恐ろしかった。
なぜなら……。

海の花嫁には、顔がなかったのだ。

顔だけが欠落していた。
かと言って、首なしというわけではなかった。
もしそうだったとすれば、遠くから望んだときにすぐ気づいただろう。
顔があるべきところでは、白いもやもやしたものが蠢いていた。
流動し、反転し、膨張《ぼうちょう》と収縮を繰り返していた。
目も鼻も口も耳もない、ただのっぺらぼうの白。
それは、目に見える無だった。
蠢く無、完全なる空虚《くうきょ》。
その中心から――この世で最も深いところから、最後の声が響いた。

見タナ……

その言葉の音と意味がヨーゼフの脳の芯に届いたとき、変容が始まった。
それまで背を支えていたものが、いっせいに消えたのだ。
「うわあっ！」
ヨーゼフは叫んだ。
たったひと声だけだった。
次の瞬間、画家の体は波に呑まれ、海の底へと消えていった。

短詩型
クトゥルー
作品選集

〔俳句〕

深海に怪魚も眠る時雨《しぐれ》かな
天空の裂けて閃《ひらめ》く邪眼かな

（『怪奇館』弘栄堂書店、一九九四年）

忌《い》まれたる家も蓮華《れんげ》の花の中
忽然《こつぜん》と魔界現わる夕立《ゆだち》かな

（『悪魔の句集』邑書林、一九九八年）

冴え返る知つてはならぬ一つの事
野遊びの一人は覗《のぞ》く古い穴

（『魑魅』邑書林、二〇〇三年）

またひとり仮面《かめん》を外す月の宴
夏の闇両手広げて何か来る

（『アンドロイド情歌』マイブックル、二〇一〇年）

忘れめや終末の日の荒星《あらぼし》を
翼あるものみな眠る夏の闇

（『アンドロイド情歌』以降、句集未収録）

〔短歌〕

思ひはあれどCthulhuと言ふときの舌のしびれよ吃音《きつおん》の神
邪神雨によそほひ一管の笛拾ふ白き手の舗道

(『日蝕の鷹、月蝕の蛇』幻想文学会出版局、一九八九年)

遊星を巡りてきたるたましいの終の棲処《すみか》かこの海底は
深海の神殿の下より手は伸びてそこから先はだれも知らない

(『世界の終わり／始まり』書肆侃侃房、二〇一七年)

［散文詩］

ざらざらと

ざらざらとしたものがやにわに後頭部に触れた。そのただならぬ感触が何か、にわかには思い出すことができなかった。たしかに知っている。このざらざらとしたものをわたしは知っている。なのに、言葉が出てこない。

行く手に広がっているのはいちめんの砂漠だ。弱々しい月あかりが砂の集積を照らしている。伝説の触手だらけの怪物がすべてを滅ぼしてしまった。だれ一人として生き残ってはいない。世界は灰燼《かいじん》に帰し、ありとあらゆる廃墟も崩れて砂になってしまった。ここにはもう砂しかない。

にもかかわらず、なぜざらざらとしたものがわたしに触れたのか。ほどなく答えがわかった。単一の、苦くゆるぎない真実がわたしを満たした。

ああ、とため息が漏れた。このうえなく低い悲しみの声は、いちめんの砂漠に響きわたった。すべてを滅ぼしてしまった怪物の咆哮《ほうこう》がまぎれもないわたしから離れ、もう死んでいる世界を満たしていった。

ぬらぬらと

ぬらぬらとまとわりついてくる毛のようなものを振り払いながら夜の町を進んだ。気味が悪いが、役目とあらば致し方ない。ぬらぬらとした得体の知れないものが町じゅうを跋扈《ばっこ》していては、世の安寧《あんねい》は保てない。

見つけたぞ、いたぞいたぞ、と声が響いたから、そちらのほうへ急いだ。提灯《ちょうちん》が揺れているところに目を凝《こ》らすと、毛むくじゃらなものがちらりと見えた。うわ、離せ離せと声が飛ぶ。追っ手と格闘になっているようだが、どこがどうなっているのかわからない。

そのうち恐ろしい悲鳴が響いて、だれか死んだ。ぬらぬらとまとわりついてくる毛のようなものに絡みつかれて死んだ。急に怖くなったわたしは必死にその場から逃げた。

いたぞいたぞ、あそこにもいたぞ、とやがてうしろで声が響いた。振り返ろうとしたとき、急に足がもつれた。見ると、わたしの体はもうほぐれだしていた。目を瞠《みは》っているうちに半ばほぐれた。下半身がぬらぬらしてもう前へ進めないから、いっそここで毛になってしまおうと思った。

ばらばらと

ばらばらと降ってきたものは何か、天を仰いだ。遠い村はずれの、廃屋《はいおく》の屋根だ。ときおりそれが降ることがあると、古い記録には記《しる》されている。篤実《とくじつ》な地方史家が一生をかけて調べあげて綴《つづ》った、だれにも読まれたことのない書物の一節だ。西の空があいまいに陰り、スという文字が一瞬だけ浮かぶと、それがばらばらと降ってくる。晦渋《かいじゅう》な文章で綴られたその書物には、まことしやかにそう記されている。

廃屋の屋根に降ってきたものは、人のようで人ではなかった。人を人たらしめている器官が明らかに足りていなかった。それは、たくさんいた。ばらばらと天から降ってきた。だが、だれも餌《え》を与えなかったから、ことごとく死んでしまった。

はなはだ遺憾《いかん》なことだが、それが何であるか、村人はだれ一人として知らなかった。わたしもあえて教えはしなかった。善良な者たちに向かって、にわかには信じがたい話をする気にはなれなかった。

神社

その神社に祀《まつ》られているのが何か、知っているのは当の神だけだ。神の名は記されているが、由来書に明記されているのは非在の神だ。複雑な習合の過程で、べつの神にすり替えられて久しい。

本来祀られるべき神の名はいつしか消され、存在しなくなった。それでも神は微笑を浮かべて、古い神殿の片隅にうずくまっている。偽の神の名前が唱えられる暗い場所で、静かに余生を送っている。

そんな神社もある。年に一度の例大祭では、傘行列が粛々《しゆくしゆく》と行われる。傘には何も描かれていない。神殿のすきまから、本当の神が呆然と行列を見送る。そんな古い、無名の神社がある。

ささやく女

ささやく女は最期《さいご》のひと言を吹きこむ。聞いた瞬間、あまりの恐怖で事切れてしまうような言葉がある。それを耳元でささやくのが彼女の仕事だ。

ささやく女はいたって平凡な容貌をしている。だから、まったく警戒心を抱かれない。ほんのちょっとした世間話でもするような顔で最期の言葉をささやくから、だれも逃れることができないのだ。

他人に恐ろしい言葉をささやくことで運命を先延ばしにしてきた彼女にも、とうとう最期の日がやってきた。窓のない部屋にこもると、彼女は静かに右の耳をつまんだ。そして、見えない精霊に口づけをするかのように唇《くちびる》を近づけ、いつもの言葉をささやいた。

数秒後、女は前へ倒れた。祈るように倒れて動かなくなった。

あとがき

二〇一七年はデビュー三十周年になります。

第一短篇集『地底の鰐、天上の蛇』（幻想文学会出版局）が私のささやかなデビュー作です。初期短篇選集としてはすでに『百物語異聞』（出版芸術社）がありますが、初めてクトゥルー作品を集成した本書には、現在は入手不可能に近い第一短篇集にのみ収録されていたまぼろしの作品もいくつか収められています。

さらに、作家デビューの前に、ラヴクラフトの詩を何篇か共訳したことがあります。その詩をセルフ・トリビュートするかたちで、二篇の新作を書き下ろしました。詩を小説に引き延ばしたわけではなく、詩にインスパイアされた新作とお考えいただければ幸いです。

旧稿の校正作業に当たっては、細かいところの不統一や、用字用語や文体を改めたい点はぐっと我慢して、最低限の赤字を入れることを心がけました（それでも折にふれて追加赤字は入りましたが）。しかし、いまならはるかに上手に書けるはずですが、若書きならではの異様な情熱はもう真似ができないなあとしばしば感慨を催しました。そういった初期作品の異常と紙一重の、いや、作品によっては異常と断定してもいっこうに差し支えないだろうオーラに触れていただければと存じます。

さて、「イグザム・ロッジの夜」が収録された『秘神界　現代篇』（創元推理文庫）には作者アンケートも付されていました。「いちばん好きな神話作品は？」という問いに、私はこう答えています。

「ラヴクラフトの『アウトサイダー』。やはり、この実存的な暗さは、何物にも代えがたいものがあります」

この答えは、いまも変わっていません。

青年期というのは概して孤独なもので、自分と同じ血が流れている者がこの世界に存在していると思うだけで、妙に救われたような気分になったりするものです。私にとってのラヴクラフト、ひいてはクトゥルー神話は、そのような心地いい暗色の世界でした。

今回、望外にも去年から始めた絵画を表紙などに採用していただきましたが、絵というものは心の闇を絵の具に溶かしてキャンバスに直接塗りこめることができるので、表現媒体としてとても重宝です。似たような暗い絵ばかり描いており、具象は限られたものしか登場しません。完全な抽象画もあります。作者が同じですから当然といえば当然ですが、形状があいまいなヨグ＝ソトースやアザトースが主で、輪郭が定まった邪神があまり登場しない私の神話世界と通底するものがあるようです。

絵を見るかぎり心の闇は薄れていないようなので、今後もこちらのほうの世界を書くこともあるでしょう。気長にお待ちいただければ幸いです。

最後に、話をうかがったときは「もし実現したら嬉しいけどなあ……」と半信半疑だった企画を本当に実現に導いてくださった創土社の増井暁子さん、収録作に関わってくださった方々、そして何より、本書を手に取ってくださった読者の皆さんに心より感謝申し上げます。

二〇一七年二月　倉阪鬼一郎

収録先品・初出一覧

インサイダー（『地底の鰐、天上の蛇』・幻想文学会出版局・1987年）
異界への就職（『怪奇十三夜』・幻想文学会出版局・1992年）
便所男（『地底の鰐、天上の蛇』・幻想文学会出版局・1987年）
七色魔術戦争（『地底の鰐、天上の蛇』・幻想文学会出版局・1987年）
鏡のない鏡（『地底の鰐、天上の蛇』・幻想文学会出版局・1987年）
未知なる赤光を求めて（『地底の鰐、天上の蛇』・幻想文学会出版局・1987年）
白い呪いの館（『俳優―異形コレクション〈13〉』・廣済堂出版・1999年）
常世舟（『江戸迷宮―異形コレクション』・光文社・2011年）
茜村より（『GOD―異形コレクション〈12〉』・廣済堂出版・1999年）
底無し沼（『百鬼譚の夜』・出版芸術社・1997年）
イグザム・ロッジの夜（『秘神界―現代編―』・東京創元社・2002年）
ざらざらと（『ふるふると顫えながら開く黒い本』・マイブックル・2011年）
ぬらぬらと（『ふるふると顫えながら開く黒い本』・マイブックル・2011年）
ばらばらと（『ふるふると顫えながら開く黒い本』・マイブックル・2011年）
神社（『何も描かれない白い地図帳』・マイブックル・2011年）
ささやく女（『だれのものでもない赤い点鬼簿』・マイブックル・2011年）

倉阪鬼一郎　著訳書リスト　2017年3月現在

［著書］

1『地底の鰐、天上の蛇』(1987年8月・幻想文学会出版局) ＊短篇集

2『日蝕の鷹、月蝕の蛇』(89年4月・幻想文学会出版局) ＊歌集1

3『怪奇十三夜』(92年4月・幻想文学出版局、のちアトリエOCTA) ＊短篇集

4『怪奇館』(94年7月・弘栄堂書店) ＊句集1

5『百鬼譚の夜』(97年7月・出版芸術社) ＊連作形式

6『悪魔の句集』(98年1月・邑書林) ＊句集2

7『妖かし語り』(98年7月・出版芸術社) ＊連作形式

8『赤い額縁』(98年10月・幻冬舎) ※

9『活字狂想曲』(99年3月・時事通信社、02年8月・幻冬舎文庫) ＊エッセイ

10『死の影』(99年7月・廣済堂文庫、04年3月・ワンツーポケットノベルス)

11『田舎の事件』(99年8月・幻冬舎、03年6月・幻冬舎文庫) ＊連作短篇集

12『緑の幻影』(99年9月・出版芸術社)

13『白い館の惨劇』(2000年1月・幻冬舎) ※

14『迷宮 Labyrinth』(00年1月・講談社ノベルス)

15『ブラッド』(00年4月・集英社、03年2月・集英社文庫)

16『夢の断片、悪夢の破片』(00年5月・同文書院) ＊書評・エッセイ・評論

17『屍船』(00年8月・徳間書店) ＊短篇集

18『不可解な事件』(00年10月・幻冬舎文庫) ＊連作短篇集

19『文字禍の館』(00年11月・祥伝社文庫) □

20『首のない鳥』(00年12月・祥伝社ノン・ノベル)

21『四重奏 Quartet』(01年4月・講談社ノベルス) ☆

22『サイト』(01年4月・徳間書店)

23『ワンダーランド in 大青山』(01年6月・集英社、04年6月・集英社文庫)

24『百物語異聞』(01年9月・出版芸術社) ＊初期短篇選集

25『BAD』(01年10月・エニックス、改題『殺人鬼教室BAD』13年6月・TO文庫)

26『十三の黒い椅子』(01 年 11 月・講談社)
27『青い館の崩壊　ブルー・ローズ殺人事件』(02 年 7 月・講談社ノベルス、05 年 7 月・講談社文庫) ※
28『夢見の家』(02 年 8 月・集英社) ＊連作短篇集
29『内宇宙への旅』(02 年 9 月・徳間デュアル文庫) □
30『泉』(02 年 12 月・白泉社、改題『百物語の娘－泉－』13 年 6 月・TO 文庫)
31『鳩が来る家』(03 年 1 月・光文社文庫) ＊短篇集
32『魑魅』(03 年 4 月・邑書林) ＊句集 3
33『無言劇』(03 年 6 月・東京創元社)
34『学校の事件』(03 年 7 月・幻冬舎、06 年 12 月・幻冬舎文庫) ＊連作形式
35『The End』(03 年 12 月・双葉社) ♯1
36『大鬼神』(04 年 5 月・祥伝社ノン・ノベル)
37『42.195』(04 年 7 月・光文社カッパ・ノベルス) ☆
38『十人の戒められた奇妙な人々』(04 年 7 月・集英社) ＊連作短篇集
39『呪文字』(04 年 8 月・光文社文庫) □
40『冥い天使のための音楽』(05 年 2 月・原書房)
41『紫の館の幻惑　卍卍教殺人事件』(05 年 6 月・講談社ノベルス) ※
42『泪坂』(05 年 9 月・光文社文庫)
43『汝らその総ての悪を』(05 年 9 月・河出書房新社) ♯2
44『下町の迷宮、昭和の幻』(06 年 7 月・実業之日本社、12 年 6 月・実業之日本社文庫) ＊連作短篇集
45『ダークネス』(06 年 8 月・早川書房)
46『うしろ』(07 年 3 月・角川ホラー文庫)
47『騙し絵の館』(07 年 3 月・東京創元社)
48『四神金赤館銀青館不可能殺人』(07 年 7 月・講談社ノベルス) ☆
49『留美のために』(07 年 9 月・原書房)
50『湘南ランナーズ・ハイ』(07 年 12 月・出版芸術社)
51『ブランク　空白に棲むもの』(07 年 12 月・理論社ミステリー YA ！)
52『すきま』(08 年 6 月・角川ホラー文庫)

53『紙の碑に泪を　上小野田警部の退屈な事件』(08年9月・講談社ノベルス) ☆
54『影斬り　火盗改香坂主税』(08年12月・双葉文庫) ▲
55『ひだり』(09年4月・角川ホラー文庫)
56『遠い旋律、草原の光』(09年4月・早川書房) ♯3
57『深川まぼろし往来　素浪人鷲尾直十郎夢想剣』(09年5月・光文社文庫) ▲
58『夜になっても走り続けろ』(09年6月・実業之日本社ジョイ・ノベルス)
59『三崎黒鳥館白鳥館連続密室殺人』(09年9月・講談社ノベルス) ☆
60『風斬り　火盗改香坂主税』(09年9月・双葉文庫) ▲
61『恐怖之場所　死にます。』(10年2月・竹書房文庫)
62『さかさ』(10年2月・角川ホラー文庫)
63『忍者ルネッサンス！』(10年2月・出版芸術社)
64『薔薇の家、晩夏の夢』(10年6月・東京創元社)
65『新世界崩壊』(10年6月・東京創元社) ☆
66『花斬り　火盗改香坂主税』(10年9月・双葉文庫) ▲
67『アンドロイド情歌』(10年11月・マイブックル) ＊句集4 D
68『人生の一椀　小料理のどか屋人情帖1』(10年11月・二見時代小説文庫) ▲
69『ふるふると顫えながら開く黒い本』(11年2月・マイブックル) ＊詩集1 D
70『倖せの一膳　小料理のどか屋人情帖2』(11年3月・二見時代小説文庫) ▲
71『おそれ』(11年4月・角川ホラー文庫) ♯4
72『何も描かれない白い地図帳』(11年6月・マイブックル) ＊詩集2 D
73『結び豆腐　小料理のどか屋人情帖3』(11年7月・二見時代小説文庫) ▲
74『五色沼黄緑館藍紫館多重殺人』(11年9月・講談社ノベルス) ☆
75『だれのものでもない赤い点鬼簿』(11年10月・マイブックル) ＊詩集3 D
76『手毬寿司　小料理のどか屋人情帖4』(11年11月・二見時代小説文庫) ▲
77『裏町奉行闇仕置　黒州裁き』(12年3月・ベスト時代文庫) ▲
78『雪花菜飯　小料理のどか屋人情帖5』(12年3月・二見時代小説文庫) ▲
79『永遠に終わりから二番目の日』(12年4月・マイブックル) ♯5 D
80『怖い俳句』(12年7月・幻冬舎新書)
81『裏町奉行闇仕置　大名斬り』(12年8月・ベスト時代文庫) ▲

82『面影汁　小料理のどか屋人情帖 6』(12 年 8 月・二見時代小説文庫) ▲
83『不可能楽園〈蒼色館〉』(12 年 9 月・講談社ノベルス) ☆
84『赤い球体　美術調律者・影』(12 年 9 月・角川ホラー文庫)
85『あられ雪　人情処 深川やぶ浪』(12 年 11 月・光文社時代小説文庫) ▲
86『黒い楕円　美術調律者・影』(12 年 11 月・角川ホラー文庫)
87『命のたれ　小料理のどか屋人情帖 7』(12 年 12 月・二見時代小説文庫) ▲
88『若さま包丁人情駒』(13 年 2 月・徳間文庫) ▲
89『白い封印　美術調律者・影』(13 年 3 月・角川ホラー文庫)
90『おかめ晴れ　人情処 深川やぶ浪』(13 年 5 月・光文社時代小説文庫) ▲
91『夢のれん　小料理のどか屋人情帖 8』(13 年 5 月・二見時代小説文庫) ▲
92『飛車角侍　若さま包丁人情駒』(13 年 8 月・徳間文庫) ▲
93『八王子七色面妖館密室不可能殺人』(13 年 9 月・講談社ノベルス) ☆
94『味の船　小料理のどか屋人情帖 9』(13 年 10 月・二見時代小説文庫) ▲
95『きつね日和　人情処 深川やぶ浪』(13 年 11 月・光文社時代小説文庫) ▲
96『海山の幸　品川人情串一本差し』(13 年 12 月・角川文庫) ▲
97『街道の味　品川人情串一本差し 2』(14 年 2 月・角川文庫) ▲
98『希望粥　小料理のどか屋人情帖 10』(14 年 3 月・二見時代小説文庫) ▲
99『元気が出る俳句』(14 年 3 月・幻冬舎新書)
100『大勝負　若さま包丁人情駒』(14 年 4 月・徳間文庫) ▲
101『宿場魂　品川人情串一本差し 3』(14 年 4 月・角川文庫) ▲
102『八丁堀浪人江戸百景　一本うどん』(14 年 5 月・宝島社文庫) ▲
103『開運せいろ　人情処 深川やぶ浪』(14 年 6 月・光文社時代小説文庫) ▲
104『心あかり　小料理のどか屋人情帖 11』(14 年 7 月・二見時代小説文庫) ▲
105『波上館の犯罪』(14 年 8 月・講談社ノベルス) #6
106『闇成敗　若さま天狗仕置き』(14 年 10 月・徳間文庫) ▲
107『名代一本うどん　よろづお助け』(14 年 11 月・宝島社文庫) ▲
108『江戸は負けず　小料理のどか屋人情帖12』(14年11月・二見時代小説文庫) ▲
109『出世おろし 人情処 深川やぶ浪』(14 年 12 月・光文社時代小説文庫) ▲
110『暗色画廊』(15 年 1 月・言い値書店) ＊句画集　D

111『ほっこり宿　小料理のどか屋人情帖 13』(15 年 2 月・二見時代小説文庫) ▲
112『迷い人　品川しみづや影絵巻世直し影絵巻』(15 年 2 月・角川文庫) ▲
113『笑う七福神　大江戸隠密おもかげ堂』(15 年 4 月・実業之日本社文庫) ▲
114『もどりびと　桜村人情歳時記』(15 年 5 月・宝島社文庫) ▲
115『世直し人　品川しみづや影絵巻』(15 年 5 月・角川文庫) ▲
116『大いなる闇の喚び声　美術調律者、最後の戦い』(15 年 6 月・創土社)
117『江戸前 祝い膳　小料理のどか屋人情帖 14』(15 年 6 月・二見時代小説文庫) ▲
118『狐退治　若さま闇仕置き』(15 年 8 月・徳間文庫) ▲
119『ようこそ夢屋へ　南蛮おたね夢料理』(15 年 10 月・光文社文庫) ▲
120『ここで生きる　小料理のどか屋人情帖 15』(15 年 10 月・二見時代小説文庫) ▲
121『あまから春秋　若さま影成敗』(15 年 12 月・徳間文庫) ▲
122『桜と富士と星の迷宮』(16 年 1 月・講談社ノベルス) □
123『天保つむぎ糸　小料理のどか屋人情帖 16』(16 年 2 月・二見時代小説文庫) ▲
124『まぼろしのコロッケ　南蛮おたね夢料理（二）』(16 年 3 月・光文社文庫) ▲
125『からくり成敗　大江戸隠密おもかげ堂』(16 年 4 月・実業之日本社文庫) ▲
126『人情の味　本所松竹梅さばき帖』(16 年 5 月・コスミック時代文庫) ▲
127『包丁人八州廻り』(16 年 6 月・宝島社文庫) ▲
128『ほまれの指　小料理のどか屋 人情帖 17』(16 年 6 月・二見時代小説文庫) ▲
129『大江戸秘脚便』(16 年 7 月・講談社文庫) ▲
130『母恋わんたん　南蛮おたね夢料理（三）』(16 年 8 月・光文社文庫) ▲
131『暗黒ラビリンス』(16 年 9 月・言い値書店) D
132『若さま大転身　国盗り慕情』(16 年 10 月・徳間文庫) ▲
133『走れ、千吉　小料理のどか屋 人情帖 18』(16 年 10 月・二見時代小説文庫) ▲
134『娘飛脚を救え　大江戸秘脚便』(16 年 12 月・講談社文庫) ▲
135『花たまご情話　南蛮おたね夢料理（四）』(17 年 1 月・光文社文庫) ▲
136『猫俳句パラダイス』(17 年 1 月・幻冬舎新書)
137『世界の終わり／始まり』(17 年 2月・書肆侃侃房・現代歌人シリーズ) ＊歌集 2
138『京なさけ　小料理のどか屋人情帖 19』(17 年 2 月・二見時代小説文庫) ▲
139『生きる人　品川しみづや影絵巻完結篇』(17 年 3 月・言い値書店) ▲・D

140『魔界への入口』(17年3月・創土社)　本書

□は仕掛け本。☆はバカミス。▲は時代小説。※はゴーストハンターと黒川シリーズ（5にも登場）。♯は交響曲シリーズ（内容に直接の関連はなし）。Dはオンデマンド出版・電子書籍（マイブックルはサービス終了）。

［共著］＊主要なもののみ（このほかに《異形コレクション》等に多数寄稿）
1『珍作ビデオのたのしみ』(89年3月・青弓社)　＊B級ホラービデオ評
2『燦　「俳句空間」新鋭作品集』(91年12月・弘栄堂書店)　＊合同句集
3『さむけ』(99年4月・祥伝社文庫)
4『おぞけ』(99年12月・祥伝社文庫)
5『大江戸「町」物語』(13年12月・宝島社文庫)▲
6『クトゥルーを喚ぶ声』(14年2月・創土社)
7『大江戸「町」物語　月』(14年6月・宝島社文庫)▲
8『闇のトラペゾヘドロン』(14年8月・創土社)
9『大江戸「町」物語　光』(14年10月・宝島社文庫)▲
10『本迷宮　本を巡る不思議な物語』(16年10月・日本図書設計家協会)

［訳書］(共訳は主要なもののみ)
1『怪奇小説の世紀』(全3巻) (92年12月～93年6月・国書刊行会、共訳)
2　H.R. ウエイクフィールド『赤い館』(96年10月・国書刊行会、共訳)
3　T.S. ストリブリング『カリブ諸島の手がかり』(97年5月・国書刊行会、08年8月・河出文庫)
4　ジャック・サリヴァン編『幻想文学大事典』(99年2月・国書刊行会、共訳)
5　T.S. ストリブリング『ポジオリ教授の事件簿』(99年8月・翔泳社)
6『淑やかな悪夢－英米女流怪談集』(00年10月・東京創元社、共編訳)
7　ヒュー・ウォルポール『銀の仮面』(01年10月・国書刊行会)
8　H.R. ウエイクフィールド『ゴースト・ハント』(12年6月・創元推理文庫、共訳、2の増補版)

《オマージュ・アンソロジーシリーズ》

闇のトラペゾヘドロン

◆「闇の美術館」
◆「マ★ジャ」
◆「闇を彷徨《さまよ》い続けるもの」(ゲームブック)

倉阪鬼一郎
積木鏡介
友野詳

本体価格・一五〇〇円/四六版
カバーイラスト・小島　文美

「闇の美術館」東北地方の中堅都市、星橋市をウルトラマラソンの下見に訪れた黒田と滝野川。レンタカーでコースを走る途中に立ち寄った「闇の美術館」で目にしたものは、〈ロバート・ブレイク〉という名前の、作家兼画家の作品の数々であった。

「マ★ジャ」幼い少女モモとモノクロは夢の中を渡り歩き、メーアン様を目指す。折しも現実ので起こる猟奇殺人事件の犯人たちは〈冥闇様〉を目指していた。

「闇を彷徨い続けるもの」破滅した世界であなたの精神は結晶体に封じられ、時の彼方に飛ばされた。唯一可能なのは生き物にイメージを見せて誘導すること。あなたは人に戻ることができるか?

《長編書下ろし・美術調律者シリーズ完結編》

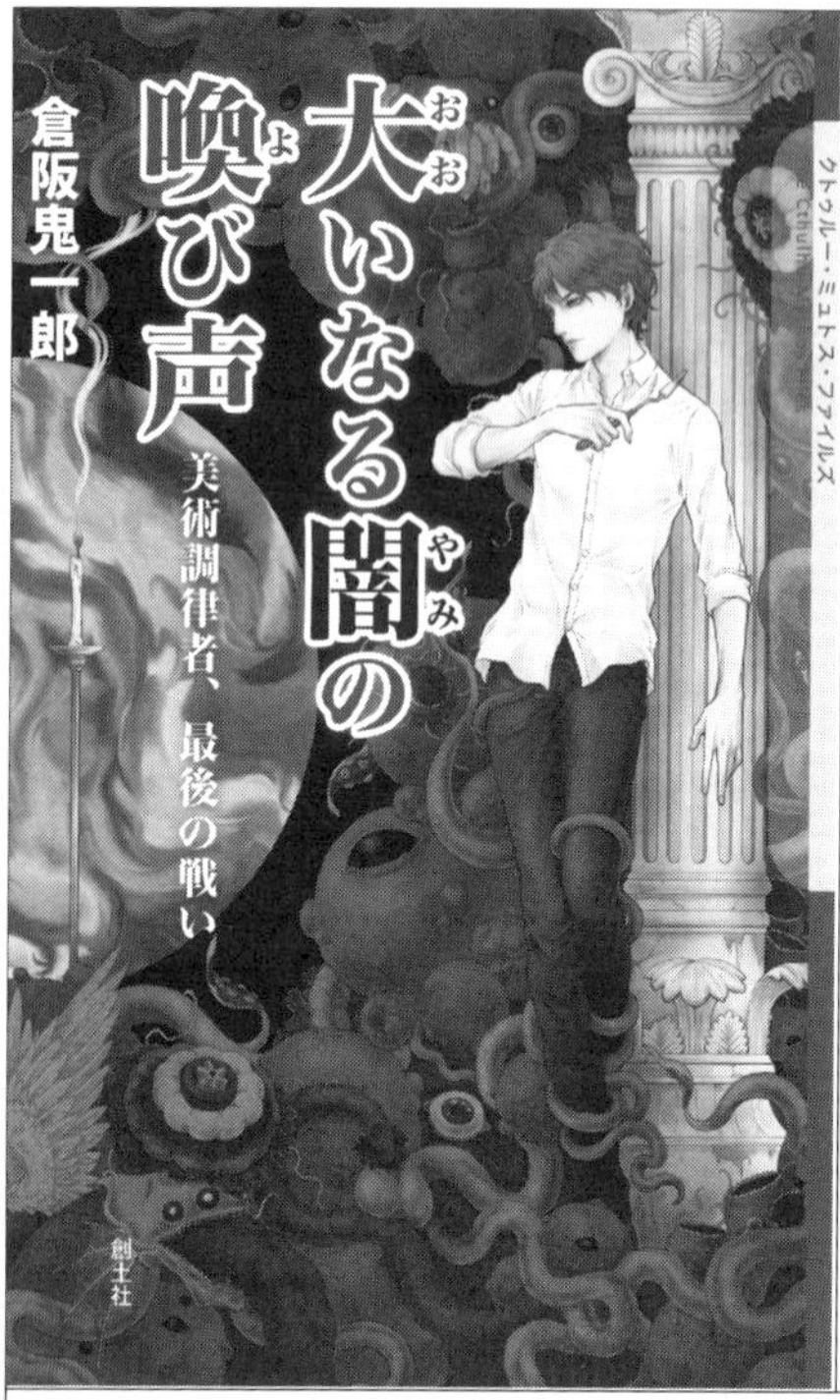

大いなる闇の喚び声

倉阪鬼一郎

本体価格・一五〇〇円／四六版
カバーイラスト・煙楽

《あらすじ》
呪われた血脈をもつ形上太郎は、一にして全なる教え「一全教」を開き、非業の死を遂げた。その弟・四郎は芸術家となり、その作品に目にした人々は、心酔するか、非業の死をとげるか、どちらかの道をたどる。四郎の息子の影は、父と同じく芸術家となり、異形の姿となり果てた父と対峙する。影を支える幼馴染の兄妹、安倍晴明の末裔たる陰陽師を擁する警察庁の霊的国防セクションとともに、影は、父・四郎に決死の戦いを挑む。
絵画と音楽に彩られた禁断のアート・ホラー！

書籍名	著　者	本体価格	ISBN：978-4-7988-
邪神金融道	菊地秀行	1600 円	3001-8
妖神グルメ	菊地秀行	900 円	3002-5
邪神帝国	朝松 健	1050 円	3003-2
崑央（クン・ヤン）の女王	朝松 健	1000 円	3004-9
邪神たちの２・26	田中 文雄	1000 円	3007-0
邪神艦隊	菊地 秀行	1000 円	3009-4
呪禁官　百怪ト夜行ス	牧野修	1500 円	3014-8
ヨグ＝ソトース戦車隊	菊地秀行	1000 円	3015-5
戦艦大和　海魔砲撃	田中文雄 × 菊地秀行	1000 円	3016-2
クトゥルフ少女戦隊 第一部	山田正紀	1300 円	3019-8
クトゥルフ少女戦隊 第二部	山田正紀	1300 円	3021-8
魔空零戦隊	菊地秀行	1000 円	3020-8
邪神決闘伝	菊地秀行	1000 円	3023-0
クトゥルー・オペラ	風見潤	1900 円	3024-7
二重螺旋の悪魔　完全版	梅原克文	2300 円	3025-4
大いなる闇の喚び声	倉阪鬼一郎	1500 円	3027-8
童　提　灯	黒史郎	1300 円	3026-1
大魔神伝奇	田中啓文	1400 円	3029-2
魔道コンフィデンシャル	朝松 健	1000 円	3030-8
呪禁官　暁を照らす者たち	牧野 修	1200 円	3032-2
呪走！　邪神列車砲	林 譲治	1000 円	3033-9
呪禁官　意志を継ぐ者	牧野 修	1200 円	3034-6
邪神街　上	樋口明雄	1000 円	3036-0
地獄に堕ちた勇者ども	牧野 修	1300 円	3038-4
邪神街　下	樋口明雄	1000 円	3039-1
邪神狩り	樋口明雄	1000 円	3040-7

『超訳ラヴクラフトライト』1〜3
全国書店にて絶賛発売中！
超訳
ラヴクラフトライト
Super Liberal Interpretation
Lovecraft Light
創土社

クトゥルー・ミュトス・ファイルズ
The Cthulhu Mythos Files

クトゥルー短編集
魔界への入口

2017年4月1日　第1刷

著　者
倉阪 鬼一郎

発行人
酒井 武史

カバーイラスト　倉阪 鬼一郎
本文中のイラスト　倉阪 鬼一郎、しわすだ ひより
帯デザイン　山田 剛毅

発行所　株式会社　創土社
〒165-0031 東京都中野区上鷺宮 5-18-3
電話 03-3970-2669　FAX 03-3825-8714
http://www.soudosha.jp

印刷　株式会社シナノ
ISBN978-4-7988-3041-4　C0093
定価はカバーに印刷してあります。

クトゥルー・ミュトス・ファイルズ
The Cthulhu Mythos Files
近刊予告

大　怪　獣　記

（長編書下ろし）

北野 勇作
イラスト　楢 喜八

　ある日、作家である私は、見知らぬ映画監督から「映画の小説化」を依頼される。喫茶店で渡された企画書には「大怪獣記」というタイトルが大きく書かれていた。物語の舞台はこの町と周辺、そして、実際の撮影もここで行うということで、協力を仰ぐ商店街の名前や町内会なども記されていた。私の代表作は亀シリーズで、「亀伝」「電気亀伝」「天六亀」。その他には「メダカマン」「ヒメダカマン」「タニシ氏の生活」「ジャンボタニシ氏の日常」などがある。その映画監督は、そんな私の著作を「あなたの作品にはね、怪獣に対する愛がある。いや、もちろん怪獣そのものは出てこない。でもね、それはあれなんだな、愛なんだ。愛するが故に出せない」と褒めてくれた。当初映画のノベライズかと思っていたが、そうではなく「映画の小説化」だという。途中までできているシナリオを渡すために連れられて行った豆腐屋で、私は恐ろしい体験をする……。巻末には「楢喜八ギャラリー」も収録！

2017年4月末・刊行予定